KB269221

내가 꾸는 꿈의 잠은
미친 꿈이 잠든 꿈이고
네가 잠든 잠의 꿈은
죽은 잠이 꿈꾼 잠이다

내가 꾸는 꿈의 잠은
미친 꿈이 잠든 꿈이고
네가 잠든 잠의 꿈은
죽은 잠이 꿈꾼 잠이다

한 차 현 소설

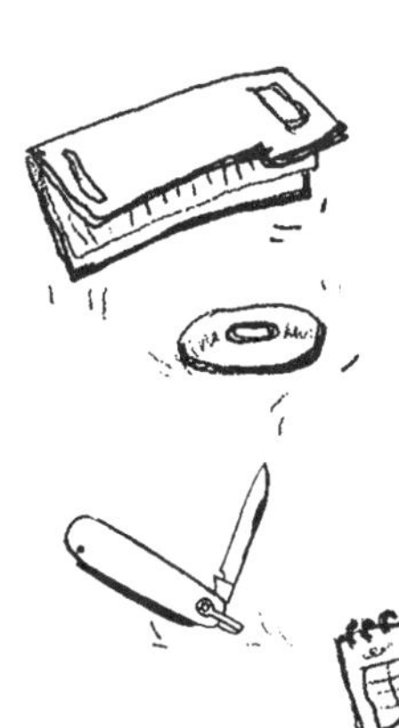

문이당

차례 내가 꾸는 꿈의 잠은 미친 꿈이 잠든 꿈이고
　　　네가 잠든 잠의 꿈은 죽은 잠이 꿈꾼 잠이다

할아버지 할머니께 이 책을 바칩니다.

내가 꾸는 꿈의 잠은 미친 꿈이 잠든 꿈이고
네가 잠든 잠의 꿈은 죽은 잠이 꿈꾼 잠이다

• • •

1년 8개월 전

진정 미쳤건 그렇지 아니하건 두엽 자신의 탓은 아니라는 점이다. 굳이 들자면 불면 때문이요 너무 오랜 나날 불면증에 시달린 때문이며 더불어 www.auction808.com 때문이겠으니 이태 전 직장 잘리고 집에 들어앉은 지 5개월째 접어들던 늦가을이었다. 어렵잖게 이혼에 합의하고 호적 정리했으며 한 달 뒤에는 종마처럼 건강하던 부친이 갑자기 세상을 떠났다. 미안하지만 그뿐이다. 정신적 외상이나 우울증 따위는 없었다. 남모르게 애태울 고민도 없이 정확히 그즈음부터 독한 불면이 시작되었다. 말했듯 이유가 없었고 이유가 있는지 없는지 알지 못했으며 어떤 이유가 있다 한들 그걸 알아낼 방법이 없었다. 다만 잠이 오지 않았고 잠이 오지 않았으며 잠이 더럽게 오지 않았을 뿐이다. 낮에는 피곤했고 새벽이면 머리 깨지게 아팠으며 밤에는 비몽사몽 맑은 정신으로 괴로웠다. 나무 울타리를 쉬지 않고 뛰어넘는 양 떼를 5천 6백 20마리쯤 세다 잠깐 잠이 들면, 서너 시간 베갯잇 적셔 가며 푹 잠들 수 있다면 좀 좋을까, 얼마 가지 않아 눈이 번쩍 떠졌다. 잠들어 있는 자기 자신에 깜짝 놀란 사람처럼 말이다. 그러고는 다시 잠들기가 죽기보다 죽지 않기보다 어려웠다. 잠든 사이 잔혹하고 불쾌한 꿈에 시달린 것도 같았지만 그런 기억이란 원래 내 것이 아닌지라, 여하간 그렇게 지저분한 상황이 햇수로 2년째였다. 도대체 왜? 미국 오하이오의 42세 여성 오하라는 1998년 6월 7일부터 23일 3시간 47분 20초 동안 잠 한숨을 자지 않아 기네스북의 이 분야 기록 갱신에 성공했으며 17세기 중국 명나라 때 이자성이 이끈 농민 반군의 참모 고태선은 후에 붙들려 참수형을 당하기 직전까지 무려 석 달 여드레를 뜬눈으로 보내었다는 기록이 있지만 두엽에게 그런 목적의식이나 혁명 정신이 있을 리 없었다.(기록 달성 직후 그 독한 백인 여성은 엽총 맞은 사슴처럼 털썩 쓰러지고 말았는데 링거를 맞으며 3박 4일을 푹 자고 나서는 "지난 일주일 동안 어디서 무엇을 했는지 전혀 기억나지 않는다"며 어리둥절해했다. 빈농 출신 장수이던 고태선의 경우 죽기 직전 보름가량 '헛소리를 지껄이며 돌아다니거나 마소 흉내를 내는 등' 반 광인과도 같은 모습을 보였다고 역사서 《명사통감》은 전한다.) 잠들고 싶지만 그러지 못하는 고태선과 오하라의 나날, 특히나 밤이 깊으면 지구별에 홀로 살아남은 듯한 고통과 고독을 나물처럼 씹고 국처럼 떠먹다 못해 어딘가로 전화를 걸었다.

「또 왜.」

「어, 미안. 안 잤지?」

「매친 새끼, 내가 니 마누라냐.」

물론 아직 마누라인 줄 알아서가 아니라, 동대문 야시장에서 밤
새 패션 액세서리 가게를 열고 있어야 하는 직업을 모르지 않기에.

「나 정말 죽겠다. 어젯밤도 꼬박 샜어. 대가리 깨지려고 해.」

「그럼 깨지든지. 바쁘니까 끊어.」

「나 좀 죽여 주라. 아니다 살려 주라. ……지금 술 빠니? 뭐 이렇
게 시끄러워.」

「남이야 술을 빨건 좆을 빨건.」

「나 좀 재워 달라고! 잠 좀. 응? 푹 좀.」

「내가 잠자는 걸 흔들어 깨웠니? 난리야 난리가.」

「아아아.」

「그러게 내가 말했지 신문 배달이라도 하라고. 노가다를 뛰든지
찌라시를 돌리든지. 온종일 방구석에 짱박혀서 늙은 엄마 차려
주는 밥상이나 축내고 앉았으니 밤잠이 오면 이상하지.」

「노가다는 아무나 하나.」

「시간이 썩어 나면 하나뿐인 딸애랑 좀 놀아 주든가.」

「수원이가 뭐 나한테 있나?」

「평소에 전화 통화라도 하고 그러면 좀 좋으냐고.」

「몰라, 그년은 툭하면 욕이나 하고. 나 무서워.」

한 달 전

「불면증의 원인이란 다양하기가 실로 경이할 정도입니다.」

우체국 지나 농협 사거리의 탐스런 신경내과 원장 새끼는 그 자신 지독한 불면증으로 정신 나간 (것 같은) 얼굴이었다. 팔자로 처진 눈썹에 느릿느릿 굵은 저음으로 인해 더욱.

「먼저 육신적 질환으로 잠을 이루기 힘드신 경우겠죠, 동맥 경화 신경통 생리통 기침 소화 불량 딸꾹질 뇌염 고환암 치질 눈 다래끼까지 말하자면 몸이 아프고 성가셔서 숙면을 방해받는. 마찬가지로 정신 분열이나 공황 장애 혹은 분노 슬픔 집착 짝사랑처럼 정신이 아프고 성가셔서 잠을 잘 수가 없는 경우가 있겠구요. 한방에서는 오장육부에 기운이 울체되었거나 반대로 기혈이 부족할 때, 과도하고 불규칙한 성생활로 음허해졌을 때 깊은 잠을 못 잔다고 설명하는데 이도 따지고 보면 데카르트 이원론에 충실한 양의학과 앞집 뒷집 삼을 분석일 겁니다. 이 밖에도 부실한 환경적 요인에 의해서, 이를테면 사십 평생 야간 경비로 일하던 사람이 직장을 잃고 시차가 완전히 뒤집어졌다거나 위층 집이 무허가 불법 단란주점이라 밤새도록 쿵쿵댄다거나. 어쨌거나…….」

「어쨌거나?」

「어쨌거나 세상 모든 불면증은 고따위 잡다한 이유에 앞서는 공통적 근인을 안고 있습니다. 형제님 자신이 불면증이 아니라는, 바로 그 사실입니다. 이해 가시죠?」

별안간 튀어나온 형제님이 누구를 가리키는 호칭인지 알아듣지 못한 두엽은 조금 짜증스러웠다.

「아니요.」

「실상은 불면증이 아님에도 자신이 불면증 환자라고 믿는 것이 그 시작입니다. 그리하여 잠잘 시간만 되면 어떻게 잠드나 초조해서 어쩔 줄을 모르고, 종내는 그런 강박에 쫓기느라 자다가도 절로 눈이 떠지는. 불면증 아닌 많은 불면증 환자들이 그로써 내내 불면 증세에 시달리다가 결국은 불면증 환자가 되고 마니 그야말로 불면증 없이 불면증 환자에 이르는 가장 위협적인 원인인 셈이지요.」

잠을 구걸하지 말라. 원장의 표현이었다. 시간 되면 불 끄고 자리에 눕되, 머릿속 훤하고 당최 잠 올 기미가 보이지 않으면 양 떼를 세거나 숫자 1천을 거꾸로 세나가는 병신 짓일랑 말고, 아예 눈을 뜨고 있으라.

「그러다 잠이 오면, 그때 눈을 감으세요. 그리고 푹 주무시면 됩니다.」

「잠이 계속 안 오면요?」

「계속 안 자면 되지요.」

「……」

「어둔 방에 누워 멀뚱멀뚱 이게 무슨 꼴인가 싶으면 아예 불 켜고 일어나세요. 맨손 체조를 해도 좋고 TV를 봐도 좋고 배고프면 컵라면 중에서 칼로리 낮은 놈을 골라서 끓여 먹어도 좋습니다. 더러운 잠아, 오지 않으려거든 말아라. 나도 너 같은 새끼 필요 없다! 그런 정신 자세가 받침하지 않는다면 어쩌다 한두 시간 얕은 잠에 빠졌다 한들 다 무슨 소용이겠습니까.」

일리가 있었다. 해서 시키는 대로 했다. 자정 지나 새벽 1시 넘고 2시가 넘고, 역시나 도통 잠이 올 것 같지 않으면 예의 정신 자세를 발휘해 이불 치우고 일어섰다. 인터넷도 뒤적거리고 부엌에 나서 간단한 야참도 만들어 먹고 동네 밤거리도 야경꾼처럼 어슬렁거렸다. 그러고도 잠이 오지 않으면 밤새 케이블TV를 봤다. 확실히 효과는 있었다. 일단 괴롭지 않았다. 씨팔 자야지 씨팔 자야 하는데 투덜거리며 밤새 이리 뒤척 저리 뒤척, 그 지긋지긋한 시간들로부터 해방될 수 있었다. 그러나 결국 나흘 만에 그 방법을 포기하고 말았다. 그 며칠을 내내 뜬눈으로 지새워야 했던 것이다. 그러다가 잠이 쏟아질 때 못 이기는 척 슬그머니 자리에 들라는 원장의 당부였지만 웬걸 며칠 밤을 뜬눈으로 설쳤음에도 야속한 잠기운은 요만큼도 찾아오지 않았다. 아니다. 어쩌다가는 눈꺼풀 뻑뻑하고 연이어 하품 나오는 순간이 없지 않았다. 그래서 올 것이 왔구나 기대감 속에 불 끄고 자리에 누우면, 바로 그때부터 빌어먹게도 머릿속은 샛별처럼 환해지는 것이었다. 그 며칠 성과라곤 케이블TV를 주름잡던 〈프리즌 머더퍽커〉를 훤히 꿰뚫게 된 정도였으니 이건 밤새 이불 속을 뒤척이다 한두 시간이라도 얕은 잠을 이루는 게 훨씬 수월한 장사 아니었겠는가. 미친 원장 새끼 같으니.

수면 클리닉 센터에 찾아가서는 일주기 리듬 교정에 대한 조언을 들어야 했다.

「아침과 낮과 밤, 그러니까 햇볕을 쬐는 시간과 각도와 양에 따라 지구 동식물들의 체내 리듬은 일정한 방식으로 변화하기 마련입니다. 물론 사람도 24시간에 가까운 일주기 리듬이 있어서 이에 따라 체온과 각종 호르몬 분비 심장 박동 판단력 소유욕 유머 감각 등은 물론 남성의 경우 발기의 각도와 경도까지 미세한 변화가 유지되지요. 때 되면 배고프고 때 되면 졸리고 때 되면 놀고 싶고 때 되면 커지고, 생명체는 한마디로 그 리듬의 조정을 받아 일상을 살아가게 되어 있는 것입니다. 수면의 경우가 바로 그렇습니다. 목도리도마뱀의 일주기 리듬을 인위적으로 조정한 결과 3개월 동안 눈앞의 먹이도 외면한 채 잠만 처자다가 굶어 죽었다는 실험이 있었습니다.」

요컨대 이른 아침 해 뜨면 눈 뜨고 초저녁 해 떨어지면 곯아떨어지는 것이 일주기 리듬에 순응하는 생활인데, 현대인 가운데 그러한 패턴을 따박따박 지키며 살아가는 작자가 몇이나 되겠느냐. 연소득 2만 불 이상의 도시 노동자 5명 가운데 2와 3분의 2명이 불면증으로 생고생하는 요인이 바로 그러하다. 그럼 이걸 어쩌느냐. 문명이 흐려 놓은 빛의 질서를 인위적으로 조절해야 한다. 치료사는 야간 근무자들의 작업 공간에 1만 룩스 이상의 빛을 쬐여 생체 교란을 막는 광치료법을 예로 들었다.

「밤과 낮을 낮과 밤으로 바꿔 보자 이겁니다. 다행히 학생도 아니고 군인도 아니고 취업 준비생도 직장인도 아니시군요.」

말인즉 낮밤으로 길들여진 일주 리듬을 밤낮으로 바꾸는 것. 잠 오지 않는 밤에 전등불 환히 켜고 TV 켜고 컴퓨터 켜고 가스레인지 켜는 거야 평소 일상이었다. 문제라면 낮을 밤으로 만드는 작업이었으니 방 안을 사진 현상소 암실 수준으로 유지하기 위해 창문에 겨울 커튼을 두 개 치고 문틈을 천으로 막고 가전제품의 반짝이는 불빛과 소음을 피하고자 전원 코드란 코드는 죄다 뽑았다. 그리고 누우니 과연 완벽한 어둠, 다만 어둠뿐이었다. 게다가 어쩌다가 방을 나설 때는 귀마개에 털모자를 있는 대로 눌러쓰고 시커먼 선글라스로 중무장을 해야 했으니 어머니로부터 아유 깜짝이야 저런 미친 새끼가, 욕을 먹어도 이상할 노릇 아니었다. 암실 같은 대낮과 활기 가득한 밤 시간. 천지 창조주도 아닌 주제에 밤과 낮을 창조하는 대신 뒤바꾸었던 며칠의 효과는 분명했다. 지금이 도대체 밤인지 낮인지 도통 헷갈리는 경지가 찾아온 것이다. 아침 7시쯤 되었나 싶어 시계를 보았는데 놀랍게도 밤 9시 20분이 조금 지나 있어 AM과 PM의 의미를 새삼 되새겨 본 적도 있었다. 그럼에도 결과는 처참했으니 낮이 밤인지 밤이 낮인지 애매한 와중에도 낮 같은 밤은 낮 같아서 잠이 오지 않았고 밤 같은 낮은 밤 같아서 깊은 잠에 들 수 없었다. 시간관념까지 뒤죽박죽 흐트러져 내내 찜찜하고 뒤숭숭하니 종내는 도대체 왜 이런 생고생을 해야 하는 건지가 궁금할 따름이었다.

보름 전

어째서 잠이 오지 않을까. 온종일 피곤한데도 왜 밤이면 깊은 잠을 잘 수 없는 것일까. 고리타분 두꺼운 책을 읽다 보면 잠이 솔솔 온다는 말을 듣고 그도 그럴듯하다 싶어 다락방 창고를 뒤지니 검은색 표지 죄다 헤진 책 한 권이 먼지로 곱게 목욕한 채 썩고 있었다. 1961년 민중서관에서 나온 《국어대사전》(편자 이희승)이었다. 바윗돌처럼 묵직한 사전을 책상에 올려놓고 펼쳐 들려니 뿌듯한 부담감이 밀려들었다. 설마 이거 한 권 다 읽을 동안 잠이 안 올까? 고시생처럼 수험생처럼 목덜미를 주물러 가며 얇은 책장을 훌렁훌렁 넘겨 나갔다. 머리 깨지고 눈알 빠질 것 같았다. 결국은 머리말과 일러두기를 지나 ㄱ자 끝나 가는 461쪽의 위에서 아홉 번째 항목

긴:-병(-病)⃞명 오래된 병. 오래도록 앓는 병. 장병.

긴병에 효자 없다⃞속 무슨 일이거나 너무 오래 끌고 가면 그 일

에 성의(誠意)가 풀린다는 말.

에서 사전을 덮고 말았다. 밤을 꼬박 새우고도 오전 11시하고 47 분이었다. 제기랄. 이불 펴고 누웠더라면 최소한 30분은 잤을 텐데. 이유 없는 불면은 잠자리 터를 의심해야 한다는, 이른바 수맥이 거꾸로 흐르는 곳에서는 잠도 잘 안 오고 아무리 오래 자도 몸이 개운치 않다는 무슨 무슨 설에도 귀를 기울였다. 그래서 집 안 이곳저곳 잠자리를 바꾸었다. 빌어먹을 수맥을 피해서 화장실 앞에도 부엌 통로에도 현관문 앞에도 이부자리를 펴고 누워 보았다. 같은 집 안인데도 자리가 바뀌니 그게 썩 낯설어 잠은 더욱 오지 않았고 결국 며칠 밤을 그렇게 소득 없이 지새우고 말았다. '불면증에 좋은 체조'라는 자료를 발견한 곳도 인터넷이다. 하나, 누운 채 양다리를 들고 뒤꿈치가 엉덩이에 닿을 때까지 힘을 주어 붙이고, 둘, 등을 똑바로 편 채 상체를 굽혔다가 폈다가, 셋, 한쪽 다리를 앞으로 뻗어 크게 원을 그리듯 돌리고, 넷, 다리를 높이 뻗어 머리 뒤로 넘기며 양다리를 똑같은 방법으로 반복하고. 좀처럼 상상이 되지 않는 동작들. 이렇게 하면 되는 건가? 확인할 길은 없었지만 근육 땅기고 관절 뒤틀리는 아픔을 참으며 열나게 팔다리를 놀렸다. 얼마나 해야 하는지 몰라 이불 위를 밤새 허우적댔다. 효과는 없었고 근육이 잘못 뭉쳤는지 다음 날은 걸음 한번 옮길 적마다 어구구구 나 죽네 고생이 이만저만 아니었다. 상추를 먹으면 잠 오는 데 도움된다는 이야기를 듣고 농산물 시장까지 쫓아간 적도 있다. 장마철이라 삼겹살만큼 비싸진 상추를 박스째 사가지고 왔다.

줄기를 꺾으면 하얀 수액이 맺힐 만큼 싱싱하고 빳빳한 이파리를 그야말로 열심히, 통조림 참치를 뜯어 쌈도 싸먹고 식초 참기름 고춧가루에 무쳐도 먹고 된장에 찍어도 먹고 맨입에도 우적우적 뜯어먹었다. 이번에는 반응이 그럴듯했다. 저녁 9시가 좀 넘으니 연달아 하품이 쏟아지고 눈꺼풀에 느릿느릿 잠이 몰려들었다. 이게 효과가 있구나. 잠기운 달아날 새라 얼른 자리에 누웠고, 참으로 오랜만에 깊고 혼곤한 잠에 빠져 들 수 있었다. 아랫배에 송곳이 박히는 통증으로 눈뜬 것은 11시 20분이었다. 그야말로 단장의 아픔에 허리를 펴지도 못하고 화장실로 달려가 양변기에 주저앉았다. 엄청난 설사가, 채 삭지 않은 상추 잎들이 쏟아지고 또 쏟아졌다. 밤새 네 차례나 화장실을 들락거렸다. 나중에 알고 보니 상추는 찬 성질이 강한 식품이란다. 그래서 두엽처럼 아랫배가 찬 사람은 조심해야 하며, 마늘 등 따뜻한 성질의 음식과 함께 먹어야 한다는 것이다. 정말이지 뒷머리 따뜻해질 노릇이었다. 그렇게 허비한 세월이 1년하고 8개월, 잠 안 오는 매일 밤 이부자리를 동해 바다처럼 원 없이 뒤척거리며 떠오르느니 별의별 잡생각들이었다. 대저 잠이란 무엇인가. 잔다는 것은 어떤 행위를 말함인가. 그게 무엇이기에 이토록 사람을 괴롭히는가. 인터넷도 뒤적이고 크고 작은 도서관도 찾아보았다. 엇비슷한 주제를 다룬 학문 분야들이 담 너머 다리 건너 드문드문 눈에 띄었지만 잠의 명확한 이론—입장을 제시한 사례는 찾을 수 없었다.

사람은 주어진 수명의 3분의 1을 잠자는 데 보낸다. 그리고 거의 모든 사람들이 거의 매일 거의 일정한 시간에 잠들며 또한 잠깬다. 고로 잠이란 24시간 주기로 반복되는 생리적 의식 상실의 상태이며 고등 생물에게서만 나타나는 특유의 생물학적 메커니즘이다. 깊은 잠에 빠진 사람은 주변의 환경 변화와 자극에 주체적으로 반응하지 않는다는 점에서 의식 불명 혼수상태나 전신 마취와 비슷하지만, 한편 잠꼬대를 하고 코를 골고 이를 갈고 몸을 뒤채고 특히 꿈을 꾼다는 점에서 그와 분명히 구별된다. 실로 잠듦이란 산 것도 죽은 것도 기절한 것도 아닌 어떠한 상태인데 그 속에서 사람은 생각 없는 생각을 하고 의도하지 않았던 꿈을 만난다. 꿈은 또 무엇인가. 길몽이니 태몽이니 흉몽이니, 꿈과 실생활을 연결시켜 생각하는 전통적 믿음은 어디에서 유래하는가. 잠은 죽음이다. 죽음과는 다르지만 어떤 면에서 조금도 다를 바 없다. 세상 누구도 그로부터 자유롭지 못하며 원하건 그렇지 않건 누구나 일정한 때에 이르면 어둠 속에 누워 눈감고 그 순간을 받아들여야 한다. 그리하여 미지의 문턱을 넘어서는 순간에 이르러는 이전까지의 자기 자신을 쉬 잃고 잊는다. 잠들며 이전의 나는 그렇게 사라지고 만다. 잠들기 전의 나와 잠 깬 후 내가 같은 인물이라고 생각하는 것은 7년 전의 나와 지금의 내가 같은 사람이라고 믿는 무지에 견줄 일이다. 숱한 밤과 밤 시간들. 오만 가지 잡생각들은 잠과 불면을 중심으로 뱅글뱅글 맴돌며 무수히 곁가지를 쳐나갔다. 파파라치들을 피해 연인과 퐁 달마 터널을 질주하다 급작스런 교통사고를 만나는 순간, 다이애나가 목도한 것은 어떤 장면이었을까. 45세의 도스토예프스키는 《죄와 벌》의 마지막 문장을 완성하며 무슨 생각에 잠겼을까. 로보트 태권브이의 슬픈 히로인 메리는 과연 훈이를 짝사랑했을까. 오만 가지 잡생각에 넋을 잃다 보면 어둔 방구석에서 누군가의 목소리가 웅얼웅얼 들려오기도 했다.

그대는 천사인가요 악마인가요? 그대가 선한지 악한지 알 수 없지만, 인간의 모습을 쓰고 나타났으니 내가 물어봐야지. 죽어서 격식을 갖춰 땅속에 묻힌 시체가 어찌하여 수의를 찢고 나타났다는 말인가요? 대답해 보세요. 답답해서 이 가슴이 터져 버릴 것만 같으니. 그대를 편안히 모신 무덤이 어찌하여 그 무거운 대리석 입술을 벌려 시체를 뱉어 놓았단 말인지. 그대 시체가 이렇게 다시 완전 무장을 하고 어스름한 달빛 아래 나타나서 이 밤을 끔찍하게 만드는 이유가 무엇인지. 아, 자연의 법칙에 묶여서 꼼짝도 하지 못하는 인간들이 한심하구나. 인간의 지혜로는 풀지 못할 문제를 던지고, 우리의 간담을 서늘하게 하는 곡절이 무엇이란 말인가요?

사흘 전

해피드림 SD-305를 발견한 곳은 인터넷 쇼핑몰 www.auction808.com에서였다. 홈〉가전제품〉주방·건강·생활〉의료·수면용품〉의료수면용품 기타(327) 카테고리의 3백 27개 상품 가운데 하나였다.

해피드림 SD-305(의료용 저주파 자극 수면기)

편한 잠 행복한 꿈! 이제 불면의 고통에서 벗어나세요.

미국 FDA 의료기 승인,

(사)한국 의료기기 심의위원회 심의필,

ISO 9003 KGOM 인증,

식품 의약 안전청 허가 제03-218호.

一 제품 특징

1. 국내 최초 2Way 2Pads 방식으로 수면 모드를 1~5단계까지 기호에 따라 선택 사용 가능

2. 체계적인 전자동 프로그램이 내장되어 숙면 효과를 극대화

3. 소프트 스타트 기능으로 초기 작동 시 강도 조절 부주의로 인한 쇼크 방지

4. 1.5V AA 건전지 1개로 일주일 이상 사용 가능한 초절전형

5. 장기간 사용 시 쇼크 방지를 위한 제로 스타트 기능

   제품 사이즈 : 130(W) x 56(D) x 20(H)

   중량 : 94g

제품 구성 : 본체 기기, 연결선, 소형 패드 2개, 중형 패드 2개, 대형 패드 2개, 관절 패드 2개, 전용 파우치(고급 레자 소재. 청색 회색 중 택 1), AA건전지 2개, 사용 설명서, 윤활용 젤.

—본 제품은 '의료기기'입니다.

사용 후기 란에는 소비자가 작성한 상품 평들이 10여 개 올라와 있었다. 만족스럽다, 신기하다, 효과가 확실하다, 덕분에 일할 맛이 난다, 친구에게도 하나 사줘야겠다, 가격도 좋고 배송도 빨라서 대만족이다…… 별점도 4개 반으로 꽤 높은 편이었다. 익명성의 진위는 알 수 없지만 말이다. 사진으로 보기엔 딱 저주파 안마기처럼 생긴 물건이었고 사용법도 그와 비슷했다. 패드를 몸에 붙이고 기기를 작동시키면 저주파가 중뇌의 기능을 선택적으로 마비시켜 신체 내외의 감각성 경로들을 차단해 주며 반대로 뇌의 수면 중추 신경 세포군을 흥분시키는 한편 척수를 자극, 잠프노톡신(1892년 러시아의 신경 화학자 유리게노프는 보름 동안 재우지 않은 개코원숭이의 뇌척수에서 이 물질을 추출하는 데 성공했는데, 다른 건강한 원숭이들에게 이 물질을 주입하자 곧바로 잠에 빠져 들었다고 한다.)의 분비를 촉진한다. 기기 작동 후 5분에서 10분 사이 잠들게 되는데 1시간부터 12시간까지 선택 가능한 수면 시간 동안 안정적인 프로그램에 따라 기기가 동작되며 예약한 시간이 끝나면—타이머로 움직이는 전기밥통처럼—누가 흔들어 깨우지 않아도 저절로 눈이 떠진다고 했다. 수면 중 뇌파 측정 실험 결과, 오르토(Ortho) 수면과 램(Ram) 수면 간의 변화 추이가 건강한 일반인의 수면 활동과 거의 흡사하게 진행되었다. 결국 기기의 도움 없이 잠을 잘 때와 생물학적 효과 및 결과가 똑같은 수면 상태를 유지할 수 있다……. 이런 물건이 정말? 잠깐 솔깃하려다 말았다. 그간 불면증과의 지루한 싸움을 벌이며 뭐라도 잡는 심정으로 사들인 물건이 한두 개가 아니었다. 잠을 잘 자게 해준다는 무슨 향초. 아침저녁 마시면 효과 있다는 무슨 허브티. 자연광과 흡사한 빛을 낸다는 백색 램프. 의료용 습식 자석이 부착된 수면 안대. 포병대 군인이 쓰는 귀마개. 17가지 한방 약재가 들어간 베개 등등. 처음엔 그럴 듯했지만 그 효과가 쏠쏠한 물건은 씹어 먹으려도 없었다. 그럼에도 돈을 내고 잠을 구입한다는 소비 기대감이란 무시하기 힘든 것이어서 특별 할인 가격에 택배비까지 포함해 무려 6만 6천 5백원을 결재하기에 이른 것인데 솔직한 심정으로 과연 효과가 있을까, 기대 요만큼 우려 요만큼 호기심 요만큼 실망 요만큼이 뒤섞여 더없이 뜨뜻미지근했던 것이다.

그날

늘 그렇듯 새벽 4시 넘도록 이불 속을 뒤척거렸고, (아마도) 20여 분가량 짧은 잠에 빠져 들었다가 무엇엔가 놀라 깼으며, 이후로 통 잠을 이루지 못한 채 보얗게 밝아 오는 아침을 뜬눈으로 맞이한 그날 오전, 늘 그렇듯 어깨 무겁고 머리 지끈지끈 가슴 울렁울렁 토할 것 같은 데다 젖은 소금을 뿌린 듯 눈가 뻑뻑했다. 11시 지나 초인종이 울렸다.

「전두엽 씨 댁인가요.」

「그런데요.」

「택배입니다. 문 좀 열어 주세요.」

헬로택배 마크가 찍힌 밝은 주황색 조끼의 택배 기사가 네모난 박스를 들고 서 있다.

「해피드림 주문하신 거 맞죠?」

그제야 사흘 전 그러저러한 물건을 인터넷에서 발견했던 기억이 되살아난다.(바지 주머니에 집어넣은 TV 리모컨을 찾아 집 안을 열나게 뒤지다가 가만, 내가 지금 뭘 하고 있었더라? 어리둥절해지는 건망증은 오랜 불면 증세가 가져온 또 하나의 병리 현상이었다.)

「잠깐 실례 좀 하겠습니다.」

「……그러시죠.」

신을 벗고 들어와 마룻바닥에 퍼질러 앉은 택배 기사는 조끼 주머니에서 커터 칼을 꺼내어 슥슥삭삭 익숙한 손놀림으로 종이 박스를 개봉했다. 그러고는 수령증을 내밀었다.

「내용물 확인하고 사인 좀 해주세요.」

보통의 경우 택배 배달원은 주소 거주자 확인하고 물건 건네고 (간혹 수령자 사인을 요구한 뒤) 바삐 돌아가지 않던가? 도대체가 배달한 물건이 무엇인지를 알고 있는 데다 손수 박스까지 열어 주다니, 조금 헷갈렸지만 머리 지끈지끈 가슴 울렁울렁 눈가 뻑뻑했으므로 따지지 않기로 했다.

「이게 뭔가요?」

인터넷에서 보던 물건이 아니다. ON/OFF 단추와 세부 조절 다이얼이 있는 본체도, 대형 중형 소형 패드도 연결선도 파우치도 윤활용 젤도 없다. 바둑알만 한, 딱 그런 크기의 금속 제품 두 개가 전부이다.

「뭐라니요.」

「주문한 거, 이게 아닌데.」

기사가 조금 귀찮은 얼굴로 서류철을 뒤적였다.

「종암 3동 121-13, 성근 연립 B-203호, 전두엽 씨.」

「그건 맞구요.」

「해피드림 XQ-1200, 17일 화요일에 주문하셨잖아요.」

「예, 하지만, ……XQ요? 아닌 거 같은데. 제가 산 건 SD-305인가 그랬어요. 6만 4천 원짜리.」

「SD요? 맙소사. 살가죽에 고무판 붙이는 모델?」

「……예.」

「이상하다. 그거 단종된 줄 알았는데.」

「아시나 봐요.」

「얘네 물건을 하루에 열 군데는 더 배달하거든요. 이건 뭐 해피

드림 배달 사원도 아니고, 제품 설명에 수리에 뭐에 반 전문가
되었다니까. 그나저나 SD 모델 그거 불편해서 못 써요. 요새 펜
티엄 투 쓰는 사람 봤어요?」

「그러면 이게, 이것도, 잠 오게 하는 그런 기곈가요? 이 쪼그만
게?」

「훨씬 낫죠. 몸에 삽입하는 방식이니까 편하고.」

「몸에?」

「저기요 제가 좀 바쁘거든요. 어떻게 하실 거예요? 반품 처리하
면 되니까.」

「글쎄요, 난 갑자기 이거.」

뭔가 이상하게 돌아간다는 생각은 들지 않았다. 다만 예의 상황
이라는 게 무척 생경한 데다 지긋지긋한 불면 탓으로 머리 깨지게
아프고 속이 울렁거릴 뿐이었다.

「제가 알기로 이게 3만 원 정도 비싸요. 성능이야 더 말할 것도
없고.」

「이런 물건은 인터넷에서 못 본 것 같아서.」

「못 보긴 뭘 못 봐요 나온 지 6개월이 더 됐는데. 보세요 아저씨,
그놈의 구닥다리 SD를 쓰다가도 이걸로 바꿀 판인데. 얘네들이
출고 실수해서 땡잡은 줄로나 아세요.」

「이거…… 괜찮을까요?」

「아 정말, 내가 뭐 여기 영업 뛰는 것도 아니고. 관둬요.」

시술은 10분 정도 걸렸다. 왼쪽 쇄골 안쪽 옴폭한 부위에, 그리고 오른쪽 겨드랑이 깊숙이에 바둑돌만 한 기기를 하나씩 삽입하는. 그 이전에 중요한 작업이 있었으니 XQ-1200을 동기화하고 프로그램 값을 정해야 했다. 기사의 조언에 따라 두엽은 2200-0700-6m을 입력했다. 밤 10시에 잠들어서 다음 날 아침 7시면 눈을 뜨고, 이를 위한 저주파 자극이 6개월 동안 매일 지속한다는 의미였다. 이제 시술이다. 피부를 깨끗이 씻고 알코올 소독한 다음, 목적하는 위치에 펜으로 정확하게 마킹하고, 실리콘 총 비슷하게 생긴 삽입 기구에 XQ-1200을 장전(!)한 뒤 표시한 곳에 삽입 기구를 가져가 댄다. 그리고 '푹!' 압축 공기 빠져나가는 소리가 나며 표피 안에 초소형 저주파 자극기가 무사히 자리 잡았다. 따끔하고 묵직하고 조금 아렸다. 의료용 카테터를 이식하는 느낌이었다.

「도대체 무슨 꼴이야. 해피드림에서 월급 받아야 한다니까.」

세탁기 배달 기사가 뒤쪽 베란다 구석 자리에 물건을 설치하되 수도관 연결하고 고정하고 벽돌 조각으로 높이까지 맞추듯, 헬로택배는 연신 투덜거리면서도 모든 과정을 능숙히 처리해 주었다.

「끝난 건가요.」

「끝났지요.」

「수고 많으셨습니다. 코코아라도 한잔.」

「코코아 됐어요. 자, 인수증 사인이나.」

운동화에 발을 몰아넣으며 현관을 나서던 남자가 휙 인사를 던졌다.

「오늘부터 푹 주무세요.」

상의를 벗고 거울 앞에 섰다. 왼쪽 목 아래, 조그만 혹 같은 것이 보일 듯 말 듯 도드라졌다. 오른쪽 겨드랑이 안쪽을 만져 본다. 작은 금속이 멍울처럼 만져진다. 무척 이물스럽지만 심하게 아프지는 않다. 그 와중에 생겨난 상처도 다행히 경미했다.

그날 밤. 일찌감치 저녁 식사를 마친 뒤 이 닦고 발 닦고 자리를 폈다. 9시 뉴스와 스포츠 뉴스가 끝나길 기다려 TV를 껐다. 마루에서 어머니의 목소리가 들려왔다. 빨랫감을 좀 어떻게 하라는 심부름 같다.

「저 자요, 엄마.」

그러자 한바탕 잔소리가 이어졌다. 지금이 몇 신데 벌써 지랄이야. 밤새 안 자고 온 집안을 들쑤셔 놓을 거면서. 내가 저 새끼 때문에 속이 터져 살 수가 있어야지. 두엽은 이불을 뒤집어썼다. 그리고 어둠 속에서 약속된 순간을 기다렸다. 9시 58분이 넘었다. 별나게도 긴장이 되었다. 장차 무슨 일이 벌어질까 기대도 약간. 9시 59분. 불을 끄고 겨울 커튼을 겹으로 친 방 안은 칠흑 어둠이다. 왼쪽 쇄골과 오른쪽 겨드랑이가, 기분이 그래서 그런가, 조금 간질거린다. 마루에서 어머니의 잔소리가 이어지고 있다. 밤 10시. 고요 어둠 속에서 두엽은 분명히 들었다.

딸깍.

쇄골에 삽입된 기기에서 나는 소리이다.

딸깍.

곧 기기가 작동한다는 신호이다. 가슴이 두근거렸다.

딸깍.

2초가량? 일정한 간격으로 반복된다. 택배 기사 설명대로라면, 신호음이 다섯 차례 이어진 뒤 수면을 유도하는 저주파 자극이 시작될 터였다.

딸깍.

솔직히, 조금 두렵다. 잠은 죽음이다. 죽음은 아니지만 그와 비슷하다.

딸깍.

그리고 두엽은 소리 없는 잠에 빠져 들었다. 잠의 강물 깊이로 절벅절벅 들어서는 자신을 의식하지도 못한 채, 깊이 더 깊이.

다음 날

눈을 떴다. 날선 칼로 뭉뚝한 무엇인가를 단숨에 끊어 내듯.

방 안은 어둡다. 이불을 걷고 일어섰다. 창가로 가 커튼을 걷었다. 시린 아침 햇살이 우왝, 쏟아진다. 시계를 보았다. 7시 4분. 21일 토요일이다. 하루가 지났다. 푹 자고, 밤 시간이 유유히 흐르고, 그렇게 하루가 가고, 새 아침을 맞이한 것이다!

감격스러웠다. 믿기지 않았다. 기억이 맞는다면 어젯밤 10시에 정확히 잠들었다. 그리하여 지금까지, 무려 9시간을, 중간에 단 한 번도 깨지 않고, 꿈도 없이 깊은 잠을! 이게 도대체 얼마 만인가.

손을 들어 목덜미를 더듬고 겨드랑이 안쪽을 만져 보았다. 피부 안쪽에 멍울진, 작고 가벼운 금속의 감촉. 거 참 용하구나. 그간 사 들였던 물건들과는 차원이 다르구나. 온몸이 개운했다. 사우나 한 판 하고 전신 마사지라도 받은 것 같았다. 머리도 아프지 않고 가 슴도 울렁거리지 않았으며 눈가도 뻑뻑하지 않았다. 불면의 오랜 증세들이 단 하룻밤 만에 깨끗이 사라지고 말았는가. 실로 개벽이 었다. 컴퓨터를 켜고 인터넷에서 www.auction808.com을 찾아간 다. 의료 수면용품 기타의 3백여 개 상품들. XQ-1200이, 과연 있 었다. 국내는 물론 미국 일본 영국 핀란드 남아공에 이미 특허 출 원을 받은 기술력이란다. 저주파 자극 원리는 SD 제품보다 개선되 었으며 반영구적 피부 삽입 방식으로 때마다 패드를 찾고 세척하 고 부착하고 혹시 자다가 떨어져 나갈까 싶은 걱정과 번거로움이 없어졌단다. 오, 과연. 창밖을 내려다보았다. 교복 입은 학생들, 가 방을 든 회사원이 바쁜 걸음으로 골목길을 지나가고 있다. 아무것 도 아닌 그 풍경이 대단히 감동적이다.

「어머니, 엄마!」

방문을 열고 뛰쳐나갔다. 천지가 개벽할 소식을 누구에게라도 전해야 했다.

「엄마! 어머니!」

「왜 그래.」

화장실에서 빨랫감을 한 아름 들고 나오는 중이다. 온종일 빨래만 하시나.

「나, 지금 일어났어요!」

「……뭐?」

「여태 자다가 지금 막 깼다고요. 어제 10시부터 푹 잠들어서 지금까지!」

「잘 했다.」

「놀랍지 않아요, 어머니는?」

「놀랍긴 얼어 죽을, 먹고 자고 싸는 게 놀라워?」

「그게 아니라, 내가 요즘에 계속 잠을 못 잤잖아요. 불면증. 몰라요? 그런데 지난밤은 밤새 아주 푹 잘 잤다니까. 2년 만에 처음으로.」

「갑자기 왜? 별일이네.」

「그건.」

SD-305에서 XQ-1200으로 뒤바뀐 해피드림 이야기가 식도까지 치밀었지만 뱉어 낼 수 없었다. 미친 새끼가 집안에 돈 한 푼 안 들여놓으면서 또 그딴 물건을! 운운의 잔소리가 귀에 선했다.

「늙어서 그런 모양이죠.」

「얼씨구 이게 누구 앞에서.」

「아, 배고파. 빨리 밥 먹어요.」

아닌 게 아니라 무척 시장했다. 밤잠 설친 다음 날 늘 그렇듯 입 안 깔깔하던 것과는 뭐가 달라도 달랐다.

「간만에 일찍 일어났으면 부엌 가서 좀 챙겨 봐. 사람 바빠 죽겠구만.」

「뭐가 바빠요?」

「10시까지 구민회관 앞으로 가야 해.」

「구민회관은 또 왜……. 아, 온천 여행 가신다는 거 오늘이에요?」

2일 뒤

다음 날도 어김없었다. 냉동된 고기를 식칼로 단숨에 절단 내듯 반짝 눈뜨니 어김없이 아침 7시. 전날 밤 10시에 딸깍, 딸깍, 딸깍, 딸깍, 딸깍, 그러고는 여름날 하드 녹듯 곯아떨어져 무려 9시간을 푹 잤다. 밤새 한 차례도 깨지 않았으며 이상한 꿈에 시달리지도 않았다. 습관처럼 목 아래와 겨드랑이에 손을 가져간다. 처음의 거북하던 이물감도 이제는 많이 익숙해졌다. 반창고를 떼어 냈다. 상처가 잘 아물고 있다.

창가에 서서 일요일 아침의 한가한 골목길 풍경을 한참 내려다보았다. 골목집 담장 너머, 비좁은 마당에 하얗게 널린 속옷들이 살랑살랑 춤을 추고 있다. 스무 살 푸릇하던 시절로 돌아간 기분이었다. 무엇보다 여기저기 쑤시고 저리고 아프지 않아서 좋았다.

집 안에는 아무도 없다. 일본 여행 떠난 어머니는 일주일 후에나

돌아올 예정이다. 뭐라도 하고 싶은 의욕에 온몸이 근질거렸다. 숙면이 가져온 매우 긍정적인 갱생의 조짐이었다. 부엌으로 가 냉장고를 뒤진다. 이런저런 밑반찬들을 식탁에 늘어놓고 찬밥을 전자레인지에 돌리고 미역국을 덥힌다.

아침밥을 한가득 먹은 두엽은 화장실로 가 한가득 대변을 보았다. 이를 닦고 샤워를 하고 머리를 감고 면도를 하고 나와서는 가장 최근에 산 외출복으로 갈아입었다. 일요일 아침 거리. 얼마 만의 집밖 나들이인지 기억도 나지 않았다. 수면제 대용 소주를 사러 편의점엘 들르거나 하도 잠 오지 않음에 치받는 열을 식히러 새벽 깊은 동네 골목을 공연히 싸돌아다니던, 그런 경우 말고는. 버스 정류장으로 가 사람들 속에 섞였다. 막 출소해 햇살 아래 나서는 짧은 머리 청년처럼 눈 가는 모든 것이 아름다웠다.

그날 두엽의 일요일은 참으로 각별했다. 불면 속에 허우적대던 지난 2년 세월뿐 아니라 그의 전 생애를 통틀어 단 한 차례도 경험 못했던 특별하고 소중한 날이었다. 무작정 올라탄 3131-2번 버스는 청소가 잘 되어 깔끔한 데다 승객이 몇 없어 매우 쾌적했으며 버스 뒷자리에서 감상하는 휴일 시내 거리는 명화 속 풍경처럼 아름다웠고 한강 다리를 달릴 때 저편 강 물결은 바람도 없이 잔잔하게 반짝거렸다. 변두리의 버스 종점에 내려서는 고적하고 우아한 주택가 풍경이 아담하게 펼쳐졌는데, 오고 가는 이들의 옷차림 대개가 등산복 등산화라 사연을 알아본즉 경기 북부에서 이어지는 산줄기의 등산로가 그로부터 멀지 않았다. 하여는 생각 못했던 산행까지를 시작하게 되었다. 덥지도 춥지도 않은 날씨였으며 산길은 다가갈수록 깊고 울창했다. 3시간 조금 넘게 산을 타고 나니 내려오는 길이 조금 버거웠지만 그래도 기분 좋았다. 기분 좋아서 아무 생각도 나지 않았다. 등산로 초입에 늘어선 식당 한곳에 들어가 이른 저녁으로 뜨끈한 소머리 국밥을 한 그릇 사먹었다. 발갛고 벌건 얼굴로 떠들어 대는 등산객들 속에 섞인 자기 자신이, 두엽은 대단히 자랑스러웠다. 누구에겐 특별할 것 하나 없을지 모르지만 세상 무엇과도 바꾸고 싶지 않은 하루였다. 그 멋진 하루를 함께 보낼 이가 곁에 없으니 아쉬울 따름이었다.

집에 돌아와서는 따뜻한 물에 샤워를 하고 간만에 집 안 청소를 했다. 청소기 돌리고 방 안 정리하고 책상 위를 치웠다. 집 안이 이렇게 생겼던가. 온종일 뜬눈 벌게져 있을 땐 미처 발견 못했던 집 구석구석이 생경한 인사를 건네 오는 것 같았다. TV를 틀어 놓고 거리에서 집어 들고 온 생활 정보지를 뒤적였다. 구인란. 뭐 좀 만만한 일자리가 없을까. 어느새 9시 뉴스가 방송되고 있었다. 이제 잠자리에 들 즈음인 것이다. 9시 뉴스와 함께 잠들어 7시 뉴스와 함께 아침을 시작하는, 이야말로 예전엔 감히 상상도 못 했던 일상이었다. 스포츠 뉴스의 결승 스리런 홈런 소식을 들으며 자리를 폈다. 온종일 쉬지 않고 몸을 움직였더니 제법 피곤하다. 저 불면의 나날 그러했듯 찐득하고 지저분한 피곤과는 거리가 한참 멀었다.

9시 57분.

불을 끄고 누웠다. 길었던 휴일 하루가 검은 망막 위를 스쳐 간다. 이제 잠들 시간이다. 이틀 전만 해도 밤새 잠 못 이루고 이부자리를 뒤척일 일이 지레 걱정이었지만 이제 두렵지 않았다. 다만 아쉬울 뿐이다. 특별했던 하루를 이렇게 끝내야 한다는 것이.

맞다, 잠은 죽음이다. 죽음과는 다르지만 어떤 면에서 그와 조금도 다르지 않다.

두엽은 양손을 가지런히 가슴에 모았다. 그리고 숨죽여 기다렸다. 이윽고,

딸깍.

쇄골과 겨드랑이에서 나직한 신호음이 시작되었다.

딸깍.

꿈같은 잠을 부르는 저주파 자극이 곧이어 시작될 것이다.

딸깍.

딸깍.

딸깍.

두엽은 깊은 잠에 빠져 들었다.

3일 뒤

월요일 아침. 커튼을 걷어 아침 햇살을 가득 들여놓고 TV를 잠깨운 뒤 늘어지게 기지개를 켰다. 어제 무리하게 산을 탔던 탓에

허리와 장딴지가 조금 땅겼지만 그래도 개운했다. 화장실에서 소변을 보고 부엌으로 가서 끓여 놓은 보리차를 꿀꺽꿀꺽 마셨다. 온몸의 신경 세포가 반짝반짝 깨어나는 기분이다. 아침을 챙겨 먹은 뒤 어젯밤 뒤적이던 생활 정보지를 다시 펼쳐 들 것이다. 눈여겨봤던 구인 광고가 몇 건 있었다. 먼저 전화를 해보고, 웬만큼 확실한 곳 아니면 면접 약속도 잡지 말아야지.

방으로 돌아와 이불을 털어 접고 요를 개키던 두엽은, 갑자기 왜 그랬을까, 저편 방구석을 문득 바라보았다. 벽 오른편 모서리와 책상 아래 컴퓨터 본체가 놓인, 그 조붓한 공간에 시커먼 물건이 누워 있다. 저게 뭐지? 웬 나무토막인가 싶었다. 젖은 빨랫감인가 싶었다. 그러나 나무토막도 빨랫감도 아니다. 무심코 다가가 물건을 확인한 두엽은 어라? 고개를 갸웃거렸다. 그리고 잠깐 생각에 잠겼다. 가만있자, 지금 꿈을 꾸는 중인가. 하지만 그렇지 않다는 것을 그 자신 너무도 잘 알고 있다. 방바닥에 음흉하게 자리 잡은 물건. 손을 가져갔다. 선뜻하고 묵직한 철제 감촉에 화들짝 놀라 물건을 내려놓았다.

절그럭.

놀라 주저앉은 두엽은 뒤로 슬금슬금 물러섰다. 뒷머리에 얼음 조각이 슉슉 박히는 것 같았다. 뭐야 씨팔. 저게 뭐야. 가슴이 팔락거렸다. 다시 조심조심 다가가 물건을 확인했다. 맙소사. 눈이 멀 것 같았다. 쥐 반 토막을 문 고양이가 죽어 있었더라도 이렇게 놀랍지는 않을 것이다. 옆구리 터진 구렁이가 꿈틀거리고 있어도 이렇게 어이없지는 않을 것이다. 잘려 나간 사람의 정강이가 썩어 가고 있더라도 이렇게 숨 막히지는 않을 것이다.

소총 한 자루, 탄창 두 개, 수류탄 두 개.

군용 K-2 소총은 개머리판이 접혀 있으며 탄창은 실탄이 가득 채워져 묵직했다. 그리고 동그란 안전 고리가 떨어질 듯 위태롭게 달려 있는 K400 수류탄. 도대체 이 상황이, 어떻게 꿈이 아닐 수가 있는 거지? 머리가 욱신거렸다. 손을 짚으니 이마가 몹시 쓰리다. 끈적끈적한 것이 만져진다. 찐득찐득 말라붙은 피였다. 이건 또 웬 상처야. 어제는 안 이랬는데. 잠자리에 들 때만 해도 멀쩡했었는데. 아아. 아아아. 반쯤 혼이 나간 두엽은 혼자 열나게 떠들어 대는 TV를 바라보았다. 아침 뉴스다. 화면은 마이크를 들고 선 기자의 얼굴에서 막 바뀌어, 전소된 채 들판에 버려진 차량을 비추고 있다. 노란색 폴리스 라인 테이프 주변, 소총을 맨 군인들이 서성이고 있다.

……태워 버린 뒤 도주한 것으로 경찰은 파악하고 있습니다. 조사 결과 이 차량은 어젯밤 경기도 K시의 아파트 단지 내 주차장에서 도난당한 차량으로 드러났습니다. 이에 따라 군경은 경기도 K시 주변과 인근 도로에 6백여 명의 병력을 동원해 정밀 수색 작업을 벌였습니다. 군경은 또 K경찰서에 합동 수사본부를 마련하고, 이번 사건에 공범이 있었는지 여부, 또 현역이나 예비역 군인이 개

입했는지 등 여러 가지 가능성을 열어 두고 다각적으로 수사하고 있다고 밝혔습니다. 지금까지 수사본부가 마련된 K경찰서에서 KBS 뉴스…….

뭐야. 이게 뭐야. 씨팔 이게 뭐야. 컴퓨터에 전원을 넣었다. 위이이잉. 부팅이 진행될 동안 머리에 불이 붙은 사람처럼 방 안을 오락가락 맴돌았다. 무시무시한 물건이 놓인 방구석 쪽으로는 차마 시선을 돌리지 못한 채 말이다. 뭔가 엄청난 일이, 그게 뭔지는 몰라도, 벌어지고 있어! 마우스를 쥔 손이 달달 떨렸다. 인터넷 시작 페이지에 링크된 뉴스 기사들. 그리하여 밤사이 벌어졌던 사건이 무엇인지 확인하는 데에는 오랜 시간이 걸리지 않았다. 〈범인은 30대 남성〉, 〈계획적 총기 탈취, 군인 차로 치어〉. 〈용의자 오리무중. 초기 대응 허술〉, 〈탐문 수사 본격 시작〉, 〈총기·수류탄 등 대량 살상 무기……. 2차 범행 초비상〉. 제목들만으로도 구역질이 울컥 넘어왔다.

사건은 어제 새벽 경기도 K시 도언군 길상 사거리 앞 4차선 도로에서 발생했다. 이 시각 나주일(21) 병장과 남정연(20) 일병은 초소 근무를 마치고 부대로 돌아가는 중이었다. 흰색 뉴코란도 승용차가 느닷없이 돌진해 남 일병과 나 병장을 잇달아 치고 지나간 것은 1시 20분경. 곧이어 승용차에서 내린 30대 중반 남성이 나 병장의 K-2 소총을 빼앗으려 달려들었다. 범인은 저항하는 나 병장의 허벅지를 지니고 있던 흉기로 세 차례 찔렀고, 이때 범인도

나 병장이 휘두른 K-2 소총의 개머리판에 머리를 맞아 부상을 입었다. 격투 끝에 범인은 군인들로부터 K-2 소총과 실탄 75발, 수류탄 2발을 빼앗아 타고 온 승용차를 타고 달아났다. 사건 직후 남일병과 나 병장은 인근 소생 병원으로 옮겨졌으나 남 일병은 숨졌으며 나 병장은 인하대 병원으로 다시 옮겨져 허벅지 등 상처 부위를 수술했다. 군경은 범인이 타고 도주한 승용차가 의정부IC를 통해 서울 외곽 순환 도로로 진입했을 것으로 추정했다. 한편 사건 발생 1시간 뒤인 2시 20분경, 성남IC에서 10킬로미터가량 떨어진 무용 초등학교 정문 앞에서 용의 차량이 불에 타고 있는 상태로 발견되었다. 군경은 범인이 이 지역에 차를 버리고 다른 지역으로 이동했을 것으로 보고 일대에서 밤새 검문검색을 벌였다. 사건 발생 직후 군은 대간첩 침투 작전 경계 태세인 '진돗개 하나'를 발령했다.

머리가 아팠다. 찢어진 이마도 아프고 두개골 안쪽도 몹시 울렁거렸다.

컴퓨터 모니터를 한참 들여다보다가, 뉴스 끝난 TV 광고 방송을 넋 놓고 지켜보다가, 지옥을 접하는 심정으로 저편 방구석의 시커먼 물건들을 힐끔거리다가, 시커먼 한숨을 토해 냈다. 오 마이 갓, 내가? 내가 그랬단 말인가? 지금의 방 안 꼬락서니를 누군가 목격한다면, 재작년에 세상 떠난 아버지라 해도, 두엽 자신이 품고 있는 의심을 사이좋게 나누지 않을 수 없으리라. 밤새 무슨 일이 있었던가. 잠든 채 잠에서 깨었던가? 잠든 채 잠 깬 상태로 집 밖에 나가, 차를 훔쳐 밤길을 마구 달려, 군인 두 명을 치고 무기를 빼앗은 뒤, 사람들 눈을 피해 몰래 집으로 돌아와, 고이 잠자리에 들었던가? 간밤. 깊이 잠든 와중에 과연 그런 일이? 사고가 난 K시는 어제 3131-2번 버스를 타고 갔던 종점 동네 ─등산로가 있던 그 산자락에 인접한 위성 도시이다. 절망스러운 우연의 일치였다. 고통스럽게 기억을 더듬는다. 애타게 더듬는다. 활활 불타오르는 차량. 철모를 쓴 젊은 군인의 얼굴. 어둔 도로 위로 끊임없이 이어지는 주황색 가로등 불빛들. 흐릿한 모습들이 언뜻 스쳐 가는 것도 같다. 아니다. 그건 실상의 잔재가 아니라 머릿속이 억지로 짜내는 가짜 기억이다. 그렇다면 왼쪽 이마의 이 상처는? 방구석의 저 끔찍한 물건들은?

아침이 가고 정오가 지났다. 오후가 깊어 갔다. 두엽은 내내 방 구석에 이불 뒤집어쓰고 잔혹한 시간들을 버티었다. 걱정과 불안과 공포가 샤워 물줄기처럼 쉼 없이 쏟아졌다. 이 상황에서 할 수 있는 최선의 일이 있을까. 경찰에 신고를? 어젯밤 10시쯤에 잠들어 오늘 아침 7시에 일어나 보니 발치에 저런 물건이 놓여 있더라고? 이마에는 못 보던 상처가 생겼는데 기억나는 일은 도통 없다고? 아무래도 몽유병 같다고? 몽유병이라. 불면증 때문에 괴로웠던 나날이야 두말하기 귀찮을 정도지만 그따위 증세는 입에 올리기도 처음이다. 겨드랑이와 목 아래를 만져 본다. 그래, 이거. 해피드림 XQ가 문제일지 모른다. 불면증을 감쪽같이 치유한 이 물건이 어쩌면 팔자에 없던 몽유병을 불러왔을까. 부작용이라는 게 가장 문제되는 이유는 예측이 쉽지 않다는 점이다. 발기 부전제를 복용했더니 물건이 10시간 동안 죽지 않는 지속 발기 증세로 병원 응급실에 실려 갔다던가 유통 기한 지난 감기약을 먹었더니 오른손 약지와 중지 사이에 큼직한 사마귀가 생겼다든가, 기대치 못한 곳에서 본래의 목적과는 전혀 상관없는 이상 작용이 느닷없이 발생하는 의외성 말이다.

부작용이라, 하지만.

하지만 이건 스스로 용납이 되지 않는다.

백번 양보해서, 예컨대 뜻하지 않은 몽유병 증세가 찾아왔다 해도, 도대체가 총기 탈취라니?

자다가 벌떡 일어나 혼잣말을 중얼거리거나. 거실 소파에 누워 다시 잠든다거나. 옆 사람에게 느닷없이 신경질을 낸다거나. 걸친 옷을 훌훌 벗어 던지고 하느작하느작 춤을 춘다거나. 책상 앞에 서서 이 닦는 시늉을 한다거나. 어째서 그런 사례가 아니란 말인가. 총기 탈취라니. 차를 훔쳐 무고한 군인들을 들이받고 상처를 입히고 죽이고 총을 빼앗다니. 빌어먹을. 이게 말이나 되냐고.

인터넷 뉴스 게시판에 속속 올라오는 K시 총기 탈취 사건 관련

소식들. TV 오후 뉴스에서도 연말에 치러질 제24대 대통령 선거보다 오히려 비중 있는 기사로 지난 새벽 사건을 이야기하고 있었다. 그러나 수사 진행은 지지부진 난항이었다. 합동 수사본부는 현장에 남겨진 혈흔을 분석한 결과 범인의 혈액형이 A형인 것으로 확인됐다고 밝혔다. 이에 따라 합수 본부는 1989년 이후 해병 2사단 5연대에서 전역한 2만 321명 가운데 혈액형이 A형인 자, 전과가 있는 자, K시 I시 N시 등 수도권에 거주하는 자 등을 중심으로 수사를 벌이고 있다. 합수 본부는 또 사건 전날인 21일 오후 3시경, K시 길상 사거리의 한 식당에서 범인과 인상착의가 비슷한 30대 남자가 혼자 내장탕을 먹고 6천 원을 지불했다는 식당 주인의 제보에 따라 식당에서 5천 원짜리 지폐 일곱 장과 천 원짜리 지폐 서른여덟 장을 수거해 국립 과학수사 연구소에 지문 채취를 의뢰했다. 또한 범행이 일어나던 새벽 시간 범인의 도주 경로로 추정되는 지역의 기지국 통화 자료 4만여 건을 확보해 이의 정밀 분석에 들어갔다. 두엽은 사람이 감당할 수 있는 극한의 불안과 공포와 절망 속에서 예의 사태들을 지켜보았다. 모르는 일이다. 지난 새벽 잠든 채 잠 깨어 밤거리를 헤집고 다니며 어떤 부주의한 흔적을 남겼을지. 그리하여 수사망이 언제 이 동네 이 골목 안쪽으로 좁혀질지. 죽고만 싶었다. 어쩌다가 이런 일이. 정말이지 자수를 해야 할 것인가. 1급 정신 분열증 수준의 정상 참작이 가능할까. 머리가 깨지게 아팠고 속이 울렁울렁 토할 것만 같았다. 지긋지긋한 불면의 나날에 그러했던 것처럼.

딩동.

5시 조금 넘어서이다. 현관 벨소리가 울렸다.

딩동.

온몸이 얼어붙는 것 같았다. 얼어붙은 피톨들이 온몸 안쪽을 콕콕 쑤시는 것 같았다. 누굴까. 누가 찾아왔을까. 명치끝이 딱딱하게 경직된다.

딩동. 딩동.

가만있자. 저 빌어 처먹을 물건을 어떻게 해야 하나. 옷장에 집어넣을까 책상 뒤로 숨길까. 그런다고 숨길 수 있겠어? 어쩌나. 이러고 있다간 현관문을 부수고 들이닥칠지도 몰라.

「……누구세요.」

대답이 없다. 골목길, 두부와 계란과 콩나물을 파는 트럭의 확성기 소리가 들려왔다.

「누구세요.」

잠시 후.

「저어, 실례합니다.」

차분한 목소리.

「어디신가요.」

「잠깐 실례 좀 하겠습니다. 좋은 소식이 있어서.」

좋은 소식? 어차피 두엽이 선택할 수 있는 상황은 없다. 자물쇠 두 군데를 풀고 현관문을 열었다. 감청색 양복을 입은 남자가 빙긋 웃는다.

「안녕하세요. 소망 교회에서 나왔습니다. 형제님이 꼭 알아야 할 말씀이 있습니다.」

옆에 서 있던 귤색 투피스 아주머니가 질세라 내뱉었다.

「예수님은 우리를 사랑하십니다. 잠깐 시간 좀 내주세요.」

「교회 안 다니시죠? 주님 믿고 복 받는 것이 우리 인간으로서 살아갈 가장 가치 있는 삶입니다.」

맥이 풀렸다.

「죄송합니다. 좀 바빠서.」

「잠깐만요. 그러지 마시고.」

「……나중에 오세요.」

현관문을 닫으려는데 문틈으로 작은 전단지가 쏙 들어온다. 마음이 부르는 소리, 이다. 방으로 돌아가던 두엽이 문득 걸음을 멈추었다. 화장실 앞 전신 거울. 절망으로 눈 밑 까맣게 타들어 간 사내가 이편을 멍히 바라보고 있다. 반나절 새에 10년은 늙은 모습이다.

날이 저물었다.

몇 시간 새 달라진 것은 없었다.

양 방송사의 9시 뉴스는 그날 새벽 발생한 초유의 군 총기 탈취 사건을 저마다 경쟁적으로 앞머리에 올렸다. 9시 뉴스의 주인공이

되었구나. 살다 보니 이런 날이. 이제 지옥 같은 하루를 마감할 시간이다. 어이없는 노릇이지만, 예약된 수면 시간이 머지않은 것이다. 이 판국에 잠이라니? 눈물이 날 것 같았다. 원통했다. 목덜미와 겨드랑이 안쪽에 자리 잡은 금속 멍울을, 그럴 수만 있다면, 뜯어내고 싶었다.

4일 뒤

어김없이 아침 7시. 잠 깨어 눈을 뜨자 몽중에 잠깐 내려놓았던 근심과 걱정과 불안과 두려움의 무게가 고스란히 어깨에 올라앉았다. 지옥과도 같은 일상이 다시 시작이다.

내내 굶었지만 배도 고프지 않았다. 방 저편 구석. 입에 올리기 끔찍한 군용 무기들이 얇은 이불 한 장을 덮고 누워 있다. 토할 것만 같았다. 저걸 감쪽같이 없앨 방법만 있다면. 시멘트 반죽 속에 굳힌 다음 인천 앞바다에 던질까. 제철소에 찾아가 몰래 용광로에 집어넣을까. 총기 여기저기 남겨진 흔적들을 완벽하게 없앨 수만 있다면 그리고 수많은 목격자들을 속일 수만 있다면, 그야 광화문 사거리에 슬쩍 놓고 온대도 나쁘지 않겠지.

인터넷을 연 두엽은 다시 한 번 숨을 멈추고 말았다. 몽타주가 떴다. 군경 합동 수사본부가 K지방 경찰청 홈페이지를 통해 공개한 K시 총기 탈취 살인 사건의 범인 몽타주가 웹페이지 여기저기에 듬뿍듬뿍 퍼 올려져 있다. 사건 당시 부상당한 병사의 진술을 참고했다는 공개 수배 전단에는 3천 5백만 원의 신고 보상금이 붙었다. 키 170~175센티미터의 30대 중반 남성으로, 왼쪽 이마에 찢긴 상처가 있음. 여러분의 신고와 제보가 사건 해결의 결정적 단서가 됩니다. 회색 모자를 눈썹까지 눌러쓴, 턱과 입 주위에 까칠하게 수염이 자란 남자의 흑백 얼굴. 먼 곳을 응시하는 눈매는 초점 흐릿했고 콧잔등은 희극적일 정도로 크고 길었다. 3천 5백만 원이라고? 비감한 심정으로 그 얼굴을 한참 들여다보았지만 그게 자기 자신이라는 생각은 조금도 들지 않았는데, 묘하게도 그게 더 울적했다.

　다용도실의 재활용 쓰레기통에서 종이 상자를 찾아내었다. 상자 안 제품 인증서에 연락처가 있었다. 경기도 안양시 만안구 안락 3동 재세플라자 301 영안테크. 소비자 상담 번호 031-769-4017.
「감사합니다, 영안입니다.」
「여보세요.」
「저기, XQ 때문에 그러는데요.」
「……예?」
「그거 있잖아요, 잠자는 기계.」
「해피드림 말씀인가요.」
「예.」
「구매하시려고요?」

「아니요, 사용하고 있는 사람입니다. 그런데.」

「효과가 없으신가요.」

「잠은 잘 옵니다. 잠이 너무 잘 와서 걱정인데, 그게 아니라 뭐가 좀 이상한 것 같아서.」

「담당자 바꿔 드릴게요. 기다리세요.」

그러고는 비발디 〈사계〉의 봄 악장이 지익, 지익, 지익, 이어졌다. 이윽고.

「전화 바꿨습니다.」

「해피드림 때문에요, 뭐 좀 물어보려고요.」

「예?」

「그거 말예요, 잠자는 기계.」

「구매하시려고요?」

「아뇨. 사용하는 사람입니다. 그런데.」

「제품 번호가 어떻게 되나요.」

「이게…… XQ-1200.」

「효과가 없으신가요.」

「잠은 잘 옵니다. 잠이 너무 잘 와서 걱정인데.」

빌어먹을. 똑같은 말을 얼마나 반복해야.

「그게 아니라 뭐가 좀 이상한 것 같아서.」

「뭐가 이상한가요.」

「이게, 이걸 이용해서 잠을 자다 보면, 혹시 이상한 일이 생길 수도 있나요?」

「이상한 일이라면.」

「예를 들어 잠꼬대가 심해진다든가. 안 하던 이갈이를 한다든가.」

「그야 사람마다 체질마다 다르겠죠. 잠버릇이란 게 평소 개인의 스트레스 정도나 그로 인한 무의식과 관련 깊으니까요. 저희 제품을 그 직접적인 원인으로 보기는 조금 무리가.」

「아니면 몽유병 증세라든가.」

「몽유병이라고요?」

전화 저편의 목소리가 진지해졌다.

「고객님께 그런 증세가 나타났나요?」

「꼭 그런 건 아니고요.」

「XQ-1200이라고 하셨지요. 언제부터 이 제품 쓰셨나요.」

「며칠 전에요. 아니요, 제가 그렇다는 게 아니라, 혹시나 싶어 여쭤 보는 거거든요. 혹시 이걸 썼던 사람 중에서 몽유병이 생긴 경우가 있었는지.」

「말씀드렸잖아요. 사람마다 체질마다 다르다고. 스트레스와 무의식의 문제라고. 그런데 실례지만 어떤 몽유병 증세를 경험하셨나요?」

「아니요. 내 이야기가 아니래도요.」

「상관없으니 말씀하세요. 자다가 문득 정신을 차려 보니 밤길을 운전하는 중이라든가. 그런 경우인가요.」

「그런 사례가 전에 있었나요?」

「그야 사람마다 체질마다 다르니까요. 선생님은 어땠나요. 깨보니 새벽 거리의 환경 미화원과 시비가 붙어서 먹살잡이를 하고 있다든가.」

「여보세요. 에이 거참, 전화 끊습니다.」

이런 식으로 전화를 하는 게 아닌데. 빌어먹을. 차라리 112를 누르지 그랬어?

전날 그러했듯 이불을 뒤집어쓴 채 온종일을 보내었다. 상황이 이러함에도 아무 대책이 없다니 그만으로도 끔찍한 불행이었지만 방구석-이불 외의 어떠한 일을 벌였다가는 그야말로 어떠한 종말을 앞당겨 초래할지 알 수가 없었다. 내내 TV 채널을 돌리고 인터넷을 뒤지며 불안과 두려움을 다독였다. 아니 키워 나갔다. 총기 탈취 사건의 새로운 소식들을 전하는 취재 기자의 목소리는 전날보다 차분한 편이었다. 오늘 오후 4시경, 서울 여의도 새나라당 당사에 박이명 대선 후보를 해치겠다는 협박 전화가 걸려와 경찰이 수사에 나섰습니다. 전화를 건 협박범은 자신이 사흘 전 K시 군부대 앞에서 일어난 총기 탈취 사건의 범인이라고 주장하며 조만간 이 후보를 저격하겠다고……. 한편 지난 22일 발생한 총기 탈취 사건에 대해, 이것이 국내 비호 세력을 등에 업은 계획적 사건이라는 주장이 정치권 내에서 제기되었습니다. 새나라당 안승수 원내

대표는 오늘 국회에서 열린 주요 당직자 대책 회의에서 '범행 수법으로 보아 테러 전문범이 정치적 목적에 의해 무기를 탈취한 것으로 보인다'며……. 모른다. 모르는 일이다. 아까 4시쯤, 방문을 열고 나와 마루의 전화기를 집어 들었던가? 새나라당 선거 본부로 전화를 걸어 대선 후보에게 총을 쏘겠다고 협박했던가? 기억은 나지 않지만 지난달 어느 날, 반정부 세력으로부터 총기 탈취에 대한 지시를 받은 적이 있었던가?

저녁이 찾아왔다. 방이 어두워졌지만 불을 켜지 않았다.

9시 뉴스. 검은 옷을 입은 중년 여인이 양손으로 허공을 더듬으며 통곡한다. 바닥에 쓰러지는 그녀를 주위의 사람들이 겨우 붙들어 잡는다. 지난 22일 총기 탈취 사건으로 숨진 고 남정연 상병의 영결식이 오늘 해병대 29사단 연병장에서 엄수되었습니다. 이미 만신창이가 되고 말았지만 뉴스 화면은 두엽의 심약해진 육신을 뒤흔들어 놓기에 충분했다. 남 상병의 시신은 벽제 화장장을 거친 뒤 대전 국립 현충원에 안장될 예정입니다. 사고 당시 남 상병은 괴한의 차에 치인 뒤 흉기로 수차례 찔리면서도 총을 빼앗기지 않으려고 끈질기게 저항했던 것으로 밝혀져 안타까움을 더했습니다. 국방부는 당시 일병이었던 고 남 상병을 어제 부로 상병으로 1계급 추서……. 하얀 국화에 둘러싸인 영정 사진. 짧게 깎은 머리에 군복을 입은 청년이 어색한 얼굴로 이쪽을 보고 있다. 검은 뿔테 안경을 썼다. 울컥 신물이 넘어왔다. 정수리가 뜨끈해졌다. 내가 너를 죽였는가. 총기를 뺏기 위해 차로 들이받고 칼로 찔렀는가.
알지도 못하는 너를, 내가 진정 그렇게 했는가. 불같은 충동이 일
었다. 방구석에 놓인 저 K-2를 집어 들어 총구를 입에 쑤셔 넣고
싶은.

5일 뒤

　새벽 비가 흩뿌리고 간 거리는 물 빠진 개펄처럼 번들거렸다. 전
조등을 끄고 운전석에 웅크린 채 때를 기다리던 남자는, 이윽고 클
러치로부터 발을 떼어 놓았다. 어둔 길 저편에 사람 그림자가 어른
거린다. 가속 페달을 힘껏 밟았다. 부웅! 폭발하듯 차가 튀어 나갔
다. 젖은 길 50미터가량을 무섭게 질주하던 차량이 끼이익, 방향을
꺾으며 급박하게 멈추어 선다. 사고가 났다. 어둠 속을 걷던 두 사
람이, 뒤에서 돌진한 차 옆구리에 들이받히고 만 것이다. 한 명은
몸이 붕 떠서 길가 수풀에 처박혔으며 또 한 명은 도로 옆에 나동
그라졌다. 두 명 다 군인이다. 야간 근무를 마치고 부대로 복귀하
던 중이었다. 차 문이 열리고 남자가 달려왔다.
　「괜찮아요?」
　도로에 쓰러졌던 군인이 주춤주춤 몸을 일으킨다.
　「미안합니다, 못 봤어요. 많이 다쳤어요?」
　그렇게 접근한 남자의 태도가 갑자기 돌변한다. 군인의 어깨에
매달린 K-2 소총을 억센 힘으로 빼앗으려 한다. 군인은 본능적으

로 저항했다.

「이거 봐요! 당신 뭐야!」

찰칵. 남자가 품에서 작은 칼을 꺼내었다.

「총 놔. 죽고 싶어?」

「쏜다! 손 치워.」

남자가 으르렁거렸다.

「씨팔 새끼 너 죽는다.」

남자가 칼을 휘둘러 군인의 팔과 허벅지에 상처를 입힌다. 군인은 소총을 휘두르며 맞선다. 일순 남자의 눈가에 불빛이 번쩍 튀었다. 픽. K-2 개머리판이 남자의 머리를 돌려 친 것이다. 이마에서 끈적끈적한 피가 흘렀다. 남자가 주춤주춤 물러섰다. 몸을 돌려 길가 비탈로 뛰어 내려간다. 저편 어둑한 수풀, 누군가 기이한 자세로 꺾여 있다. 발소리가 가까워지자 힘겹게 신음 소리를 낸다.

「……도, 도와주세요.」

남자의 칼이 죽어 가는 군인의 등과 허리를 마구 찔러 댔다. 윽. 으윽. 새벽 비가 다시 시작되고 있다. 풀숲에 쓰러진 군인으로부터 소총과 탄창 등을 빼앗은 남자가 돌아서 성큼성큼 걸음을 옮겼다. 피 흘리며 죽어 가는 군인이 나직이 신음했다.

「……두엽 형. 나한테 왜 이러는 거야.」

천장을 바라보고 누운 두엽은 가만히 숨을 골랐다. 가슴 안쪽이

거칠게 툭탁거리고 있다. 아침 7시 8분. 어제도 10시를 조금 넘겨 잠들었을 것이다.

자리에서 일어나 두 겹 커튼을 걷었다. 아침 볕이 보얗게 쏟아진다. 몸이 무겁다. 알 수 없이 찌뿌드드하다. 추리닝 바지를 꿰어 입고 이불을 섭어 개켰다. 공개 수배자의 숨은 하루가 다시 시작이다.

그런데 이상하다. 뭔가 이상하다. 악몽 탓일까.

막연한 공포가 목덜미를 스멀스멀 간질이고 있다. 뭐지, 이 기이한 예감은?

몸을 더듬어 보았다. 팔다리 멀쩡하다. 다친 곳도 잘린 곳도 없다.

방 안을 둘러보았다. 역시 별 이상 없(어 보인)다. 오래된 장롱. 컴퓨터와 플라스틱 책상. 양말과 서랍장. 작은 휴지통. 그리고.

아아.

진정한 의미의 악몽이 이제 막 시작되었음을, 두엽은 온몸으로 확인했다. 없어졌다. 벽 오른편 모서리와 컴퓨터 본체 사이. 얇은 이불 한 장을 쓰고 누워 있던 K-2 소총이, 탄창과 수류탄이, 그 자리에 없다.

머릿속이 몹시 가려웠다. 방구석에서 예의 군용 무기들을 문득 발견하던 며칠 전보다 열다섯 배는 아찔했다. 개켜 놓은 이불을 마구 헤집고 장롱 속을 들쑤시고 서랍장을 발칵 뒤집었다. 없다. 어디에도 없다. 어디 갔어. 이게 어디 갔냐고. 걱정과 공포가 다시금 샤워 물줄기처럼 쏟아져 내렸다. 입 안이 바짝 마른다.

속이 메슥거렸다.

방 한가운데 서서 시근덕시근덕, 어깨로 숨을 쉬었다.

정리를 해보자. 안 그랬다간 가슴이 터져 죽을지 모른다. 먼저, 며칠 전 K시에서 총기 탈취 사건이 실제로 일어났음은 분명하다. 범인의 행방은 아직 묘연한 채 수사를 맡은 검경 합동 수사반만 죽어나는 중이며 이는 인터넷과 TV 뉴스가 여실히 증명하는 사실이다. 다음으로 확실한 사실은 집 안에 분실 무기류가 없(어졌)다는 것. 이는 지금-여기의 상황이므로 별도의 실증이 필요 없다. 문제는 이제부터다. 방구석에 얇은 이불을 덮고 누워 있던 무기들이 대관절 어디 갔는가. 하나의 추론이 가능하다. 월요일 아침부터 바로 어젯밤까지 만지고 보았던 K-2 소총과 탄창과 K400 수류탄은, 실은 존재치 않은 허상이었다는. 무엇에 홀렸거나 정신이 어떻게 되었거나 지금의 기억이 왜곡되었거나, 하여간. 그렇다면—과연 그렇기만 하다면—이건 당장에 일어서서 춤을 출 일이다. 그로써 모든 고뇌는 끝이 난다. 세상이 떠들어 대는 총기 탈취 사건은 이제 나와 무관한 일. 요 며칠 다른 세상의 지옥을 살다가 돌아왔다고 치면 그만이다. 그런데 그게 아니라면? 방 안의 총기가 진짜 존재했던, 이른바 실증적 물자체였다면? 밤새 깨끗이 녹아서 방바닥에 스며들었거나 나프탈렌처럼 증발한 것이 아니라면? 발이 달려서 집 밖으로 총총 도망갔거나 어느 도둑님이 왕림해서 답삭 집어 간 것이 아니라면? 그렇다면. 정리는커녕 머릿속 빠개지려고 한다.

아앗, 빌어먹을.

이제 어쩔 것인가. 없던 물건 새로 생긴 것도 문제지만 있던 물건 갑자기 없어진 이야말로 무시무시한 사단 중 사단이다. 이대로 있을 수는 없다. 어서 몸을 피해야 한다. 검경 기동대가 언제 현관문을 부수고 들이닥칠지 모른다. 하지만 도대체 어디로. 남해의 작은 섬에 들어가 3년만 소문 안 나게 숨어 지낼 수 있다면. 지리산 천내골에 땅굴을 파고 통조림을 뜯어먹으며 1년만 버틸 수 있다면. 지금이라도 자수하면 광명 찾을 수 있을까. 광명은 아니더라도, 순순히 죗값을 치르는 것이 피해자와 주변 사람들을 위하는 마지막 수단이라면. 제기랄. 죄를 지은 기억도 없는데.

목 잘린 닭처럼 갈피를 못 잡고 우왕좌왕, 그렇게 정오가 지나고 오후가 저물었다. 7시 조금 지나 전화가 구슬피 울었다. 핸드폰 아니라 집 전화이다.

「여보세요.」

「전두엽 씨.」

남자다. 알지 못하는 목소리이다.

「어디신가요.」

「마음고생이 얼마나 심하십니까. 온 나라가 주목하는 인물이 되었으니.」

팔등에 굵은 소름이, 마른 들판의 기름불처럼 번졌다.

「무슨 말씀이신지.」

「걱정 마세요. 저는 당신 편입니다.」

「…….」

「본인에게 아무 잘못도 없다고 생각하시나요?」

기가 막혔다. 기가 딱 막혀 할 말이 없었다.

「저 역시 그렇게 생각합니다. 그래서 돕고 싶은 겁니다. 지금의 괴상한 곤경에서 벗어날 수 있도록.」

「여보세요. 도대체 누구신가요.」

「그걸 따질 만큼 한가한 처지가, 실례지만 아닐 텐데요.」

백번 옳은 지적이긴 하다만.

「기회를 주십시오. 당신을 도울.」

꿈인가. 이것도 꿈인가. 빨간 약이든 파란 약이든 기회는 한 번 뿐.

「제가…… 어떻게 믿을 수 있지요?」

목적어가 생략되어 불완전한 질문에 저편이 잠시 침묵했다.

「지금 TV를 켜보십시오.」

「TV?」

「KBS 제2텔레비전입니다.」

정규 뉴스 나올 시간이 아닌데 속보가 시끄럽게 떠들고 있다. 들바람을 맞으며 서성거리는 경찰 대원들. 노란 폴리스 라인을 사이에 두고 여기저기 터져 나오는 카메라 플래시. 눈에 보이는 화면도 기자의 열띤 음성도 또렷했지만 두엽은 좀처럼 그 내용을 이해할 수 없었다. 다만 멍했다.

……보시는 대로 K-2 소총과 실탄, 수류탄 등 지난 22일 K시 군부대에서 탈취된 총기류입니다. 방금 전인 오후 6시 20분경, 서울 홍인동 청계천 맑은내 다리 2미터 부근 물속에서 소총과 실탄 75발 등 탈취된 총기류가 모두 발견됐습니다. 날이 저물고 가로등이 켜지면서, 물속에 잠긴 채 어른거리는 물건을 발견한 산책로 주변 시민들의 신고가 결정적이었습니다. 발견 당시 K-2 소총은 흐르는 개울물 속에, 수류탄과 실탄이 담긴 탄통은 인근 갈대밭에 놓여 있었는데요, 소총에는 총기 탈취 당시 격투를 벌였던 병사의 명찰이 있었으며 총기 번호도 탈취된 것과 일치…….

빌어먹을. 또 몽유병인가. 지난 새벽, 또 잠든 채 잠에서 깨었던가. 밤길을 한참 헤매고 다니다가는 그예 청계천 다리 밑에 총기를 버리고 돌아왔던가. 정말 미치겠구나.

「보고 계십니까?」

「……예.」

「이제 저를 믿으시겠습니까?」

나를 믿느냐. 네가 나를 믿느냐. 기가 죽고 풀이 죽었다. 전화 속 목소리가 누군지, 여전히 알지 못하는 채로.

「저를 돕, 돕고 싶다고 하셨나요.」

「이제 말이 좀 통하는 것 같군요.」

「어떻게, 제가 어떻게 하면 되겠습니까.」

「우리 만나지요. 그리고 방법을 찾아보지요.」

「…….」

「거기서 뵙겠습니다.」

「어디서요?」

「거기. 지금 보고 계시는 그곳에서.」

「아이고. 하필이면.」

「세상에서 제일 안전한 장소니까요. 청계천 발원지에서 두 번째 다리, 광통교입니다.」

「…….」

「내일 3시 정각. 먼저 버스를 탄 뒤 지하철로 갈아타고 시청역에서 내리세요. 정확히 5분만 기다리겠습니다.」

「제가, 어떻게 알아보지요?」

「걱정하실 것 없습니다. 이쪽에서 알아볼 테니까.」

종잡을 수 없는 혼란과 두려움에 더해 미열 같은 기대감으로 아랫배가 살살 아팠다. 도대체 누굴까. 믿어도 좋은 사람일까. 남은 생의 총합보다도 중요한 선택의 순간이지만, 과연 그걸 따질 만큼 한가한 처지가 아니었다.

「갈등으로 불쌍한 시간을 허비하지 않으셨으면 좋겠군요. 이만 끊습니다.」

「저기, 여보세요.」

「내일 뵙죠.」

6일 뒤

일요일 이후 나흘 만의 외출이다. 나흘 아니라 40년 만에 세상에
나선 기분이다. 비가 쏟아질 듯 내내 우중충한 하늘. 자살을 꿈꾸
는 고3 수험생들이 아파트 옥상에 올라가기에 딱 좋을 날씨였다.
여덟 정거장 만에 버스에서 내려 지하철역까지 조금 걸어야 했다.
오래된 재래시장 거리. 과일이 쌓인 리어카를 지나고 생선 좌판을
지나고 속옷 가게와 화장품 가게와 제과점을 지났다. 기분 이상했
다. 먹먹했다. 주변 풍경으로부터 불투명하고 끈적끈적한 막에 몇
겹 둘러싸인 것 같은. 곁을 지나는 이에게 소리쳐 자신을 알린다
한들 누구 한 명 고개 돌려 귀 기울일 것 같지 않은. 요컨대 죽은
자의 무엇이 자신의 죽음을 깨닫지 못한 채 길을 걷다가, 피치 못
한 서먹함으로 문득 어리둥절해진다면 아마도 이 비슷한 기분이리
라. 가슴이 뻐근했다. 뻐근하도록 우울했다.

지하철 3호선. 승강장 노란 선을 밟고 섰다. 주머니에서 핸드폰
을 열고 열한 자리 익숙한 번호를 누른다.

「아아, 왜 또 전화질이야. 사람 한참 자는 시간인 거 알면서.」

한참 만에 통화 연결이 된 수원이 엄마는 역시나 자다 깬 목소리
이다. 두엽은 좀처럼 입을 열지 못했다.

「여보세요. 말을 하셔.」

「……」

「나 끊는다?」

「……여보, 나 어떻게 하냐.」

「여보 좋아하네. 누가 아저씨 여보예요?」

「나 사고 친 거 같아.」

「가지가지 한다니까. 또 술 먹고 차 몰았냐?」

「그게 아니라.」

「아니면 전화 끊어. 졸려 죽겠으니까.」

「나, 큰일 났다고.」

「글쎄 할 얘기 없어 난.」

「미치겠네 정말. 내가 그런 게 아니라고. 정말 난 아무 기억 안 난다니까.」

「얘가 왜 이래?」

「억울해서 그런다. 억울해서.」

「하여간 난 몰라. 돈 없어.」

「그게 아냐. 돈 필요 없어.」

「그럼 뭐? 졸려 죽겠구만.」

열차가 도착한다는 안내 방송이 승강장 가득 울려 퍼졌다.

「미안해.」

「뭐야?」

「미안해. 미안하다고.」

빠아앙. 탁한 바람이 불어왔다. 터널 저편에서 빛과 어둠의 속도가 거침없이 달려들고 있다.

「당신한테 미안해. 수원이에게도 미안하고. 진심이야. 내가 정말 잘못했어.」

눈가가 뜨끈 묵직해진다. 이를 악물었다.

「……뭐야. 왜 갑자기.」

「그냥, 내가 잘못했다고. 후회스럽다고.」

「무슨 일 있는 거야?」

「그 말 하려고 전화했어. 미안하다고. 옛날에 말 안 들었던 거, 못되게 굴고 괜히 지랄했던 거, 진심이 아니었다고. 내가 미쳤었나 봐. 그러니 용서 안 해도 괜찮아.」

「이 사람이…… 어디 죽으러 가는 사람처럼.」

「수원이한테도 전해 줘. 아빠가 무서워하는 거 아니라고. 사랑한다고. 사랑해서 무서운 거라고. 알았지?」

「이거 봐. 왜 이래?」

「……그럼 나 끊는다. 잘 있어.」

「여보세요. 야. 여보!」

소란스럽게 열차가 멈춰 섰다. 핸드폰을 접고 열린 출구 안으로 들어섰다. 기다릴 새도 없이 호주머니의 핸드폰이 우웅 우우웅 몸을 떨었다. 방금 통화했던 그 번호이다. 후회스러웠다. 공연히 엄살을 떨었다. 이 끔찍한 사건에 다른 이를 끌어들일 생각은 없다. 그저 누군가에게라도 무슨 말이라도 하고 싶었을 뿐이다. 배터리를 떼어 냈다. 진동하던 핸드폰이 가만 숨을 멎는다.

2시 42분. 시청역 2번 출구로 올라섰다. 고궁 앞이다. 잘못 올라
왔구나. 대한문 주변이 복잡하다. 관광객들이 모여 선 속에 빨갛고
노랗고 파란 복장을 갖춘 사람들이 일렬로 움직이고 있다. 왕궁 수
문장 교대 의식이 진행 중이다. 횡단보도를 건너, 시청 광장에서
광화문 쪽으로 걸음을 옮겼다. 시간은 빠듯하고 갈 길은 멀다. 그
러고 보니 출구를 잘못 찾은 게 아니라 내릴 지하철역을 잘못 생각
했다. 청계천 광장에서 가장 가까운 지하철역이 5호선 광화문역일
까 2호선 을지로입구역일까. 걸음을 빨리 했다.

내내 흐리던 하루가 청계천 광장에서 묵묵히 저물고 있다. 보라
색 다슬기 모양의 거대한 조형물이 시야 한가득 들어온다. 이게
340억 원짜리라던가. 다리 아래로 산책로와 연결된 계단을 밟아
내려갔다. 지상과는 소리와 냄새와 색채가 전혀 다른 별세계가 검
은 물길을 따라 길게 누워 있다. 음울하다. 지나간 세기의 전쟁 포
로 생체 실험장을 복원해 놓은 것 같다.

상류를 향해 빠르게 걸었다. 약속했던 3시에서 1분이 지났다. 첫
번째 다리 모전교 밑을 지났다. 저편에 약속 장소인 광통교가 보인
다. 달렸다. 1백 미터 달리기를 하듯 달렸다. 그러다가 누군가의
어깨를 거세게 툭! 부닥치고 말았다. 어이쿠. 상대편이 짧게 내뱉
었지만 사과도 하는 둥 마는 둥 내처 달렸다. 개울 가장자리에 듬
성듬성 자라난 수풀이 시야 뒤편으로 사그락 사그락 소리를 내며
멀어져 갔다. 마침내 육중한 돌다리 앞에 다다랐다. 손을 뻗고 번

쩍 뛰면 닿을 듯 키 작은 돌기둥이 양편으로 무게를 지탱하고 있다. 다리 위로는 한 무리의 노인들이 천천히 길을 건너고, 그 밑으로는 마침 지나가는 강아지 한 마리 없다. 다리 밑 좁은 공간. 흐린데다 날빛이 거의 차단된 그곳은 한없이 음하고 습하고 위태롭다. 스쳐 가는 소리도 움직임도 거기 빠지면 영영 헤어나지 못할 것만 같다. 다리 이편에 서서 주변을 둘러본다. 아무도 없다. 여기 아닌가. 맞을 텐데. 시계를 보았다. 많이 늦지는 않았다.

「전두엽 씨.」

기둥 뒤편에서 누가 나타났다. 밝은 곳을 등지고 어둠을 향해 선 터라 검은 형상뿐, 얼굴은 보이지 않는다. 이를테면 돌다리 밑 어둠을 사이에 두고 두 사람이 마주 선 셈이다. 전두엽 씨. 그 소리가 다리 밑 축축한 공기 속을 아직도 메아리치고 있다.

「전, 전화 주신 분인가요.」

「그렇습니다.」

이편을 향해 저벅저벅 다가온다. 마침내 그 얼굴이 밝히 드러났다.

「안녕하셨나요.」

철컹, 가슴 아래로 커다란 냄비 뚜껑이 굴러 떨어진다.

아는 얼굴이다. 헬로택배 로고가 찍힌 밝은 주황색 조끼. 지난주 금요일의 그 배달 사원이다. 잘못 배송된 QX 모델을, 시종일관 투덜거리면서도 손수 삽입 시술까지 거들어 준.

「당신, 당신은.」

남자가 조심히 웃었다. 세상에서 가장 수줍고도 은밀한 웃음이었다.

「기억하시는군요.」

두엽의 얼굴이 썩은 생선처럼 허예졌다.

「……도대체 이게, 무슨 경우인가요.」

「생각하시는 그대로입니다.」

혀가 꼬이도록 어이없는 이 와중에, 참으로 불쾌한 각성 하나가 성큼 찾아들었다. 누군가 억지로 귀에 대고 중얼거리는 것처럼 말이다. 이 모든 상황들이, 어쩌면 논리적으로 상식적으로 충분히 가능한 장면 아닐까. 하여 내가 모르는 많은 사람들이 일상적으로 종종 이런 상황을 접하곤 하는 것 아닐까.

「모두, 알고 계신가요?」

「……그런 셈이지요.」

「전부 다? 지난 며칠 동안 내게 일어났던 일들을?」

「본의 아니게 그렇게 되었습니다.」

숨 쉬기가 불편했다.

「놀라시는 것도 무리가 아니겠지요. 이해합니다.」

「나를. 그렇다면. 나를.」

너무 놀라 속이 뒤집힌 모양이다. 호흡이 몹시 곤란했다. 괴로웠다.

「천천히 숨을 들이마시세요. 천천히. 이러다 큰일 납니다.」

남자가 다가와 팔을 잡았다. 두엽은 그 손길을 뿌리치지 못했다.

폐에 김치 국물이 들어간 것 같았다. 나를 지켜보고 있었다고? 도대체 당신 정체가 뭐야? 그렇게 따져 묻고 싶었지만 소리가 나오지 않았다.

「저를 믿으세요. 도우려는 겁니다. 자, 긴장 푸세요. 천천히 심호흡을.」

다리 위쪽이 소란스럽다. 경찰차 몇 대가 멈추어 서고, 번쩍번쩍 사이렌 소리가 소란스럽고, 차에서 내려선 사람들이 이편을 향해 모여들고 있다. 놀란 구경꾼들이 저편에서 수군거리는 중이다. 그러고 보니 다리 주변은 어느새 완벽하게 봉쇄가 되어 있다.

「겁내지 마세요. 두려울 것 없습니다.」

남자의 얼굴이 진지하다. 손목을 움켜쥔다. 심상치 않은 악력이다.

「도망갈 곳은 없습니다. 아시잖아요. 저를 믿어야 합니다.」

허억. 허억. 숨을 들이마시려 하지만 뭐에 걸렸는지 여의치 않았다. 주저앉을 것만 같다. 남자가 움켜쥔 손목은 부러질 듯 아프고, 저편에서는 총을 든 군인과 경찰들이 총총히 다가온다. 나쁜 자식. 도와주겠다고 사람을 꼬드기다니, 함정이었어. 그러고는 자기를 믿으라고? 개새끼. 이제 알 것 같아. 다 네가 꾸민 일이야. 군인들을 차로 치고 총기를 빼앗은 것도, 물건들을 내 방에 갖다 놓은 것도. 어째서 이런 누명을 씌우는 거지? 내게 왜 이러는 거냐고. 허억. 허억. 고통스러운 호흡 곤란. 두엽은 온 힘을 다 모아 팔을 뒤틀었다. 억센 손아귀로부터 가까스로 손목을 빼내었다. 남자의 가슴을 거세게 떠밀고 하류 쪽으로 달렸다. 주먹을 불끈 쥐고 도망치기 시작했다. 고함 소리가 뒤를 쫓아왔다. 멈춰라! 거기 서! 발포한다!

어지러웠다. 다리 위로 올려다보이는 오후 하늘이 온통 보랏빛이다. 현기증이 일었다. 다급한 와중에도 경찰에 쫓겨 도망치는 자신이 구경꾼들 보이기에 무척 수치스러웠다. 그래서 이를 악물고 달렸다. 트랙 위 단거리 육상 선수처럼 달렸다. 가쁜 숨이 목구멍까지 꾸역꾸역 차올랐다. 새로운 다리를 지나 계속 달렸다. 이제 어디로 가야 하지?

타앙!

따끔했다. 가슴속에서 작은 폭탄이 터진 것 같았다. 시야가 온통 붉어졌다. 실탄이 오른쪽 가슴을 비스듬히 관통했다. 어디선가 찢어지는 비명 소리가 들려왔다. 세차게 등 떠밀린 두엽은 수풀로 굴렀다. 정신을 잃은 채 청계천 검은 물속으로 첨벙, 고꾸라졌다.

그날

눈을 떴다. 상체를 쳐들었다. 책상 위이다. 뒷목이 뻣뻣했다. 엎드려 잠이 든 모양이다. 입가에 흐른 침을 옷소매로 닦아 냈다.

오후 3시 53분. 금요일이다. 2시간은 잔 것 같다. 마우스를 움직여 어두워진 컴퓨터 모니터를 밝혔다. 인터넷이 혼자 깜빡이고 있다. 자리에서 일어섰다. 방 안을 한 차례 둘러보았다. 컴퓨터 책상은 자잘한 물건들로 지저분하고, 창가에는 오후 햇살이 보얗게 걸쳐 있다. 머리가 깨질듯 아팠다. 지긋지긋한 불면의 나날, 낮잠을 설친 때문이다.

목 아래편을 더듬었다. 겨드랑이 사이에 손을 넣어 보았다. 아무것도 만져지지 않는다. 흉터도 없었다. 책상 앞에 다시 앉았다. www.auction808.com을 찾아간다. 검색란에 해피드림 QX-1200을 쳐본다. '해피드림 QX-1200'에 대한 상품이 없습니다. 검색어 입력이 정확한지 확인하시고 재검색……. 이번엔 저주파 자극 수면기, 라고 입력한다. 비슷한 이름의 전혀 다른 상품 목록이 쏟아진다.

그러면 그렇지.

가슴이 여태 팔딱거리고 있다. 총알이 관통하고 지나간 자리가, 그 느낌이 실제인 양 생생하다. 어쩐지 이상하더라니. 몸 안에 삽입해서 잠을 부르는 기계라니. 그런 게 세상에 있을 리 없잖아. 잠든 채 잠 깬 몽유 증세로 군인을 죽이고 무기를 빼앗다니. 그런 더러운 몽유병이 있을 리 없잖아. 전부 꿈이었구나. 3131-2번 버스를 타고 휴일 한적한 시내 거리를 달린 것도. 버스 종점 동네에서 시작되는 등산로를 올랐던 일도. 이혼한 아내에게 전화를 걸어 밑도 끝도 없이 과거를 사과했던 순간도. 모두 길고 헛된 꿈이었구나. 잠 속의 일이었구나. 그것 참. 방 안 어디선가 낯선 목소리가 웅얼웅얼 들려왔다. 잠을 잃고 뒤척이던 숱한 밤 시간, 창백한 낮빛으로 찾아오던 덴마크의 그 심약한 청년이었다.

……이것이 문제로다. 가혹한 운명의 화살이 꽂힌 고통을 죽은 듯 참는 것이 옳은가, 아니면 거친 파도처럼 밀려드는 재앙을 맨손으로 싸워 물리치는 것이 옳은가. 죽는 건 그저 잠드는 것일 뿐. 그뿐이야. 잠들면 우리 마음과 육체에 끊임없이 따라붙는 고통이 모두 끝나지. 죽음이야말로 우리가 열렬히 바라는 삶의 결말이니까. 아아, 그러나 잠들면 꿈꾸기 마련. 그게 걱정이야. 세상 번뇌를 벗어나 영원한 잠에 잠길 때, 우리에게 어떤 꿈이 나타날지 두렵구나. 이러한 주저 때문에 인생은 평생 불행할 수밖에 없지 않은가.

딩동. 딩동.

초인종이 울었다. 누가 찾아온 모양이다. 하루가 저물고 있다. 천년처럼 길었던 하루가.

딩동. 딩동.

집 안에 아무도 없는 모양이다. 외출했던 어머니가 돌아왔는가. 모니터를 하염없이 지켜보던 두엽은 천천히 일어섰다.

「누구세요?」

현관문 너머, 힘찬 목소리가 들려왔다.

「전두엽 씨 댁인가요.」

「그런데요.」

「택배입니다.」

애석하게도 문이 잠기지 않았던 모양이다. 누군가 현관문을 열고 들어섰다. 네모난 박스를 들고 서 있다.

「해피드림 주문하신 거 맞죠? 내용물 확인하고 사인 좀 해주세요.」

밝은 주황색 조끼를 입은, 검은 피부에 턱이 긴 택배 기사이다. 무릎에 힘이 툭, 풀렸다. 아직도 꿈꾸고 있는가. 그리하여 많은 사연들이 지나간 뒤, 시간이 거꾸로 흐르다 다시 출발점에 이르렀는가. 두엽은 풀 죽어 대꾸했다.

「……그런 거 주문한 적 없는데요.」

「없다고요?」

기사가 조금 귀찮은 얼굴로 서류철을 뒤적인다.

「종암 3동 121-13, 성근 연립 B-203호, 전두엽 씨 맞지요?」

「예, 하지만.」

「해피드림 XQ-1200, 이거 17일 화요일에 주문하셨잖아요.」

「이거 참. 아아.」

꿈도 현실도 환각도 뭣도 아닌—그야말로 잠든 채 잠 깬 상황에 질린 두엽은 깊은 한숨을 내뱉었다. 그러자 남자가 빙그레 웃는다.

「한숨은 왜 쉬세요?」

「답답해서요. 속이 답답해서.」

「총 맞은 데는 좀 괜찮고요?」

「어라.」

옆집 마당에서 개 우는 소리가 들렸다. 목구멍에 생선 가시가 걸렸나, 가히 결사적으로 캥캥거리고 있다.

「당신 뭐야.」

분노가 치밀었다.

「누구냐고. 도대체 지금.」

「아니, 그게 아니지요.」

남자가 두 손을 쳐들었다. 방금 전까지 들고 있던 종이 상자는 어디론가 사라지고 없다.

「그보다 중요한 것이 있습니다. 바로, 전두엽 씨 자신에 대한 문제입니다.」

「당신 택배 기사 맞아? 젠장. 아직도 꿈을 꾸는 건가.」

「진정하세요.」

「아이고, 내가 미쳤나.」

「미친 게 아닙니다. 잠들고, 꿈을 꾸고, 잠 깨고, 다시 잠들고. 그뿐이지요.」

「……뭐 어째?」

「바로 그것이 당신의 현재요 미래가 기억하는 당신의 과거입니다. 끊임없이 꿈을 꾸고 그 속에서 생각하고 행동하고 희망하고 기뻐하고 두려워하며 오해하고 슬퍼하고 분노하고. 그걸 다시 반복하고. 그 총합이 바로 전두엽 당신입니다.」

「빌어먹을. 지난 2년 동안 제대로 잠을 잔 적도 없어. 꿈이라니.」

「불면 말씀이군요. 그야말로 사람들을 가장 많이 괴롭히는 오해죠. 왜 기억나지 않습니까? 세상 모든 불면증은 별별 잡다한 이유에 앞서는 공통적 근인을 안고 있다는.」

「도대체. 당신은.」

「잠 못 이루고 괴로워하던 당신은, 실은 당신이 잠 속에서 만난 꿈일 뿐입니다. 지난 2년이 아니라, 그보다 훨씬 전부터.」

「……」

「하지만 두려워할 필요 없습니다. 잠과 꿈이 아니었다면 애초에 당신은 존재하지 않았을 테니까.」

「도대체 뭐라는 거야.」

「진정하세요. 이제 잠들 시간입니다. 죽음처럼 깊고 고요하게.」

「이런 미친 새끼가.」

「쉿. 안 들리나요?」

손이 절로 목덜미로 갔다. 딸깍, 신호음이 몸 안에서 들려왔던 것이다. 오른쪽 쇄골에, 겨드랑이 안쪽에 바둑돌만 한 뭔가가 만져진다. 그 이물감이 낯설지 않다.

딸깍.

언제 이 물건이 내 몸 안에?

딸깍.

정말 미치겠군. 이건 너무하잖아. 아직 날도 저물지 않았는데.

딸깍.

남자가 빙그레 웃는다. 그 와중에, 참으로 불쾌한 각성 하나가 성큼 찾아들었다. 누군가 억지로 귀에 대고 속삭이는 것처럼 말이다. 이 모든 상황들이 어쩌면 논리적으로 상식적으로 충분히 가능한 장면 아닐까. 하여 내가 모르는 많은 사람들이 일상적으로 종종 맞이하곤 하는.

딸깍.

딸깍.

두엽은 눈을 감았다.

딸깍.

다음 날

눈을 떴다. 아침이었다.

이상한 꿈을 꾸었어. 기억은 확실치 않지만.

두엽은 시린 미간을 찌푸렸다.

안두루이두 초희는 부활했을까

• • •

　옛날 하고도 먼 옛날 마호메트도 예수도 석가모니도 공자도 그들의 아버지의 외할머니의 고조할아버지도 태어나지 않았던 시절 그리하여 이 시대엔 유물 한 점 역사 한 줄 남아 있는 것이 없는 그 시절은 참으로 경이로웠다,고 전해지지는 않지만 어쨌거나 그러했다. 무엇이 어째서 그렇게 경이로운가. 한마디로 그 시절에는 할 수 있는 것과 할 수 없는 것과의 경계가 존재하지 않았다. 말이 쉽게 그 시절 아닌 지금 시절을 돌아보자. 북한산 대남문 올라가듯 달의 뒤편에 들락거리고 앉은뱅이를 주사 한 방으로 일으키며 대추나무에서 바나나만 한 고추를 수확하는 일이 조금도 놀랍지 않은 과학 천국 불신 지옥의 이 시대에도 참으로 안타까운 노릇이니 할 수 없는 일이 얼마든지 있다는 것. 그렇지 않은가? 헌신적인 종교 지도자와 철학자와 정치인과 공무원들이 지구 평화와 인류의 행복을 위해 물심양면 노심초사 주야장천으로 심신을 혹사하는 이 시대에도 온 세상에 서캐같이 들끓는 것은 고통이요 결핍에 비극인바 그럴밖에 없는 수천 가지 이유를 간단히 요약하자면 '할 수 있는 것과 할 수 없는 것'의 경계가 염연히 존재하는 때문이다. 옛날 그 시절에는 그렇지 않았다. 예를 들어 사람이 1천 2백 23년을 건강하게 살다 가는 것이 그 시절에는 가능했다. 수십 리 하늘 길을 훨훨 걷거나 스무길 물속에서 3박 4일 잠만 자는 사람을 접하는 것도 어려운 일이 아니었다. 누구건 원하고 노력하면 산들의 동식물과 우주의 질서에 대해 토론을 주고받을 수 있었다. 다만 여기서 유의할 점이 있다면 할 수 있는 것과 할 수 없는 것과의 경계가 존재하지 않았다는 참의미이다. 요컨대 그 시절 사람들은 갓난이부터 얼굴 허연 노인네까지 일평생 젖은 차돌만 갉아먹으며 사는 일이 가능했는데, 그렇지만 당시 사람들 모두가 끼니때마다 차돌만 빠각빠각 갉아먹었던 것은 아니라는. 1천 2백 23살을 살다 가는 사람이나 하늘 길을 날아다니는 사람의 경우 역시도 그와 다르지 않는데 그렇다면 할 수 있는 일과 할 수 없는 일을 나눌 필요가 당최 무엇이며 얼마든지 가능하니 어쩌니 엉너리를 쳤던 까닭은 또 뭐냐고 따져 묻는 작자가 있을 것인데. 그렇다면 이렇게 정리해 보자. 까마득히 먼 그 시절과 이즈음 시대의 근본적인 차이란 이름하여 믿음의 문제에 근접해 있다고. 이 시대를 예로 들자. 모 국회의원이 정당 갈아타기라는 구국의 결단에 앞서 석 달 열흘 동안 단식

농성을 벌였다고 했을 때, 이 수작을 곧이곧대로 사람은 세상에 없다. 웅녀도 아니고 1백 일이나? 좆까지 말라고 하셔. 밤중에 몰래 설렁탕 시켜 처먹었겠지. 그러나 그 시절 사람들은 그렇지 않았다. 1백 일이건 1천 일이건, 단식이건 그 이상의 뭐가 되었건, 누군가 뭘 어쨌다더라 하는 이야기를 접했을 때 사람들은 한 점 의심도 없이 그를 믿었다. 제아무리 기이하고 요상 망측하고 희한 발칙한 이야기라 해도 기이 요상 망측 희한 발칙함에 놀랄지언정 이야기의 진위 자체는 조금도 의심하지 않았으니 왜냐 의심할 필요가 없었기에. 왜 의심할 필요가 없느냐 세상에 불가능한 일은 없으며 따라서 있지 않은 일을 있는 양 거짓을 발설하거나 눈속임을 하는 경우 역시도 없었기에.

그 시절. 동쪽의 드넓은 대륙. 자고 나면 생기고 사라지고 흥하고 망하고 합치고 나누고 죄 없는 땅덩어리를 주물러 대느라 정신이 없는 수천의 세력 가운데 연와라는 나라가 있었다. 연꽃 위에 납작 엎드린 개구리 모양새의 지형으로부터 연꽃 연 개구리 와자를 딴 국호였다. 연와. 국경의 이쪽 끝에서 저쪽 끝까지 말을 몰고 사흘이면 다다를 땅덩어리에 젖과 꿀 아니라 유독 물질 오염된 흙탕에 중금속 섞인 황사 바람이 사시사철 머무는 나라. 가축은 깡마르고 과실은 퍽퍽하며 곡식 한 섬을 심으면 절반의 소출이나 거둘까 걱정인 연와에 황자 공자 어른이 계시었다. 물론 위엣분이었다. 위엣분이자 위엣분들 중의 위엣분이었다. 지금은 그렇지 않지만 그 시절 사람들은 위엣분과 밑엣것이란 두 가지 신분으로 간단명료히 구분되었다. 위엣분이라 함은 그 어감으로 충분히 파악될 일인데 한마디로 있는 분들을 말함이었다. 힘 있고 돈 있고 배경 있고 능력 있는 혹은 그런 부모가 있는 분들. 그리고 밑엣것들이란, 그렇다, 없는 것들이었다. 가진 것 없고 배운 것 없고 능력 없고 배경 없고 장래 비전 없고 희망 없으며 결국 삶에의 의미란 약에 쓰려야 찾을 길이 없는 존재들. 위엣분들이 베푸는 찌꺼기들을 주워 먹으며 시청 앞 비둘기들처럼 하루하루를 살아가는 밑엣것들에게는 그런데 공통으로 주어진 것이 있었으니, 이름하여 걱정이었다. 농사 걱정 살림 걱정 자식 걱정으로 시작해 세금 걱정 명절 걱정 김장 걱정 병원비 걱정까지, 이러니 걱정이 돈이고 집이고 쌀이었다면 죽고 못 살겠다며 경제를 살려 내라고 온종일 투덜투덜 고시랑고시랑거리는 비렁뱅이들은 세상에 있지 않았으리라.

각설하고 황공 어른이야말로 연와를 대표하는 위엣분 중의 위엣분이라 하였다. 모든 분야에서 상위 0.01% 안에 드시는, 가장 많이 있는 분 중에서도 가장 많이 있는 분. 이를테면 저자에 나셨을 때 눈에 드는 곡식이며 과일 채소 가운데 그분 땅에서 나지 않은 것을 찾기가 힘들고 물 간 생선 한 마리를 집어 들어도 그분 고깃배가 잡아오지 않은 것이 없으며 육곳간에서 고깃근을 끊더라도 그분 밭에서 키우던 놈 아닌 살코기를 보기 힘들 정도였다. 돌담 따라 그분 집을 한 바퀴 도는 데만 사흘 넘어 걸리고 집안엔 딸린 식솔이 하도 많아 한두 해 일해서는 서로가 얼굴들을 알아보지도 못한다고 했다. 그러니 지방의 껌 좀 씹고 침 좀 뱉는 건달 관리들 따위야 그분의 그림자 앞에서 살포시 고개를 숙여 줄밖에. 젊으신 한때 제헌 국회 의장이야 중정 부장이야 수도 경비 사령관이야 날고 기는 자리에 두루 몸담으셨던 전력의 황공 어른은 또한 고급 예술을 통해 삶의 진경을 들여다보고 느끼고 맛볼 줄 아는 분이셨다. 그림이면 그림 시면 시 음악이면 음악 춤이면 춤, 다방면에서 넓고 깊은 식견은 전문가가 머쓱해 돌아갈 정도라 취미 생활이라곤 그저 노름하며 기생집 아가씨 젖 주무르기 정도인 여타 위엣분들과는 한데 묶어 생각할 수 없는 기품이 있었는데 그리하여 황공 어른의 드넓은 집안 곳곳에서는 시와 서와 화가 함께 어우러진 잔치의 흥겨움이 1년 중 하루도 떠날 날 없이 이어졌으며 그 속에 들끓는 것은 시조를 읊고 가야금을 뜯고 난을 치고 춤을 추는 잔재주로 빌붙어 먹고 마시고 싸고 자는 딴따라 거지들이었다.

어느 날 황공 어른이 이웃 마을의 손재주 뛰어난 기술자 이야기를 들었다. 월경산 밑자락에 오두막을 짓고 살며 마을 아낙들이 들고 오는 냄비도 때워 주고 신발 밑창도 갈아 주고 우산살도 고쳐 주며 곡식 따위를 받아먹고 사는 그자는 언사라고 하였다. 웬만큼 유별난 이야기 가지고는 눈도 꿈쩍 않던 황공 어른, 언사의 신묘한 손재주 이야기에 그만 입맛을 참참 다시고 말았다.

「그자가 만들어 내는 물건 앞에서 놀라 입을 벌리지 않는 어른이 없고 좋아 웃으며 손뼉 치지 않는 아이들이 없으며 주님 보이신 은혜 놀랍다고 통성 기도 않는 목회자가 없다는 후문입니다 어르신.」

「문풍지를 뜯어 요렇게 조렇게 접고 구기고 꼬고 침 바르고 하면, 저 혼자 팔랑팔랑 날아다니는 종이 나비가 즉석에서 만들어진다는 것입니다요. 풀잎을 또 몇 개 뜯어 그걸 요렇게 꿰고 조렇게 붙이고 해대면 어느 틈에 손바닥 위에 메뚜기 한 마리가 앉아 갖고설랑, 금방이라도 이슬을 털어 내며 풀숲으로 사라지는 형세라는 겁니다.」

「시냇가의 조약돌 몇 개도 그의 손만 닿으면, 어느새 뚝딱뚝딱 아기 인형이 되고 서역 코끼리나 낙타 인형으로 변하곤 하는 것인데, 들리는 이야기로는 도를 닦는 무리 속에서 흑마법을 익히던 자라고 하더군입쇼.」

「그렇습니다. 능력이 뛰어나 젊은 나이에 아라한 경지까지 올라갔는데, 그만 율을 어기고는 파문을 당했다는 소문입니다요.」

「죽은 지 이틀 된 사람을 도술로 살려 냈다더군요. 여동생이라던가?」

요새 같으면 이놈 어디라고 닭 뼈다귀 같은 설레발을 풀고 앉았느냐 불호령이 다섯 번은 떨어졌을 일이지만 이 시절에는, 반복되는 이야기지만, 의심이라는 단어가 존재하지 않았다. 할 수 있는 것과 할 수 없는 것과의 경계가 없었으니 말이다. 그러잖아도 뭐 좀 즐겁고 신나는 놀이가 없나 몸이 뒤틀리던 황공 어른, 발 빠른 심복을 불러 여차여차한 작자를 얼른 발아래 끌고 오라고 시켰다.

「살려서 데리고 올깝쇼? 아니면 가죽은 벗기고 고기만 토막 내어 담아 올깝쇼?」

멍청한 소리 한 번만 더 나불대면 네놈 껍질을 벗겨 들개에게 주겠다는 꾸중에 눈썹 진한 심복은 발바닥에서 고무 타는 냄새가 나도록 말을 몰아 사라졌다.

언사를 뒤에 태운 심복의 천리마가 다가닥다가닥 돌아온 것은 그날 밤 술시 넘어 해시가 가까울 무렵이었다. 황공 어른 앞에 끌려간 언사는 땅바닥에 이마를 처박고 엎드렸다.

「고개 들라.」

검불이라도 칠한 듯 온통 거무스레한 눈두덩과 그 안에서 재빠르게 움직이는 회색 눈알. 소문처럼 천재적인 기질이 엿보이는, 한편으로는 어딘지 음침한 인상이다.

「그대가 언사인가.」

「황, 황공하옵니다.」

「그건 내 이름인데.」

「……에구머니.」

언사는 덫에 채인 고라니처럼 상체를 움츠렸다.

「그대의 손재주가 특출하다고 들었다.」

「황공, 아니, 부끄럽사옵니다.」

「그 솜씨를 보고 싶다. 무엇이라도 관계치 않으리라. 나와 이곳
의 사람들 모두를 즐겁게 할 수 있는 것이라면.」
「하오나 소인은, ……그저 미천한.」
「겸손이 지나치구나. 신묘한 손재주를 선보이기 위해 필요한 것
들이 있다면 아낌없이 제공하겠다. 충분한 시간까지도.」
「……어르신.」
「염려 말라. 결과가 흡족하다면 그대가 평생을 쓰고도 남길 보상
을 내릴 터이니. 허나 한 가지.」
황공 어른의 인자한 눈매가 조금 진지해졌다.
「그대에겐 안된 일이지만 내 집에는 세상 학문과 예술의 분야들
에 두루 통달한 전문가들이 여인네의 머리카락 수만큼이나 많
다. 그대가 선보이는 것이 조잡한 술수와 얕은꾀로 창의성 없이
빚어낸 쓰레기에 지나지 않는다면, 하여 전문 평가단으로부터 기
술 점수 예술 점수 합계 60점 이상을 받아 내지 못한다면, 슬프
지만 그대는 오늘 밤 나를 만나기 전에 죽지 못한 것을 크게 후
회하고 말겠지.」
언사는 다시 땅바닥에 이마를 박았다. 그리고 죽어 가는 소리로
중얼거렸다.
「아뢰옵기 황공하오나, 아니 참 죄송하오나, 원컨대 준비할 것들
이 적지 않사옵니다.」
「어서 말하라.」

「먼저, 작업실이 있어야 합니다. 조금 특별한.」

별난 놈 별난 티를 내려는지 별나기 그지없는 요구에 따라 세상에 단 하나밖에 있지 않을 별난 시설이 황공 어른 댁 뒷마당 터에 뚝딱뚝딱 지어졌다. 가로 열두 자 세로 열두 자 넓이에 다섯 자 깊이의 땅을 파 다듬은 뒤 온 세상 열일곱 곳의 큰 강이 시작되고 끝나는 지점에서 채취한 서른네 종류 흙과 모래와 황토를 배합해 아홉 번 굽고 말리고 찌고 말린 벽돌을 일곱 자 다섯 치 높이까지 피라미드형으로 쌓아 올리되 꼭대기에는 80캐럿 다이아몬드가 피뢰침처럼 달려 하늘의 좋은 기운을 빨아들이며 마룻바닥 마감재는 수령 30년 넘긴 오동나무를 쓰되 벼락 맞은 놈과 맞지 않은 놈을 번갈아 깔아 주며 아침과 낮에도 빛과 소리가 새어 들어오지 않도록 삼중으로 창을 덧대고 실내 공기가 눅눅해서도 안 되지만 땅의 음기는 충분히 받아들일 수 있게끔 황금으로 열십자형 통기구를 설치하고 조명 시설은 충분히 갖추되 건물의 안과 밖은 만물 일체의 총합인 검은색을 띠도록 할 것. 작업실이 완성되기도 전에, 언사는 꼭 필요한 재료라며 희한한 물건들의 목록을 수줍게 내밀었다. 18년 6개월 된 암은행나무의 뿌리. 동쪽에서 북쪽을 향해 섰을 때 서쪽으로 허리가 구부러진 백오십 살 소나무의 밑동 껍질. 흰점무리장수하늘소의 말린 껍질. 만 일곱 살 먹은 수놈 바다표범의 뱃가죽. 어린 인도대머리코끼리의 엉덩이뼈. 인디아 하이에나의 목덜미 심줄. 열두 살 소녀의 초경이 묻은 속곳. 폐가 상한 여든 살 노인의 피고름과 가래침. 딸자식 잃고 목매어 죽은 아비의 밧줄. 쌍둥이가 태어난 지 사흘이 지나지 않은 집 뒷간의 녹슨 문손잡이. 고랭지에서 홀로 자라난 야생 옥수수수염. 어린 참개소리부엉이의 겨드랑이 깃털. 짝짓기 끝낸 아프리카 화냥앵무새의 부리. 기름불에 타 죽은 정신병자의 손가락과 손톱. 암컷 유령고래의 머릿기름. 철 한 근 반. 구리 반 근. 베 한 포. 아교. 옻. 아라비아 향료. 백흑과 단청 등등. 도대체 이런 걸 뒤섞어 뭐가 만들어질까 싶은 재료들을 빠짐없이 수집하기 위하여는 현지 사정을 파악하고 효율적으로 인력을 가동하는 수급 기획안이 먼저 꾸며져야 했는데 이만 해도 나흘이 넘게 걸렸다. 황공 어른 집안 식솔들이 가진 정보력과 기동력 그리고 재력이 아니고는 그조차도 불가능한 일이었다. 작업실에 짐을 챙겨 들어가던 날. 하직 인사를 올린 언사는 다시금 까다롭기 그지없는 요구를 건넸다.

「석 달에서 넉 달 사이로 걸릴 테지만 확실한 날짜를 기약드릴 수는 없습니다. 그사이에 절대 저를 부르지도 마시고 사람을 시켜 찾지도 마십시오. 진척 사항이 궁금하다고 누군가 안을 기웃거린다면 기간이 두 배로 늘어나게 됩니다. 하루 24시간 3교대 2인 1조로 경비를 붙이되 근무자들은 업무 시간 이외라도 술과 담배와 여자를 가까이 하지 않도록 주의시켜 주십시오. 식사는 하루 한 차례만 넣어 주시되 해가 정오에서 15도 기우는 무렵에 두 끼 분량을 주십시오. 국물이 있어서도 안 되고 기름에 지져서도 안 되는데 육류는 상관없지만 잡을 때 눈을 가린 놈들 중에서 우짖지 않았던 것의 고기여야 하고 과채류도 무방하지만 서쪽 땅에서 싹을 틔우고 자란 것들 중에서 약과 비료를 치지 않은 것이어야 합니다. 거듭 죄송합니다.」

「그대 같은 이가 한 명만 더 있으면 내 집안사람들이 따로 다이어트할 필요가 없겠다. 또 필요한 것은?」

「없습니다. 이상의 약속만 지켜진다면.」

하루가 지났다. 사흘이 지났다. 일주일이 났다. 작업실에 틀어박힌 언사는 그 안에서 뭘 하는지 꼼짝도 하지 않았다. 보름이 지났다. 매일매일 배달되는 식사가 빈 그릇으로 나오는 걸 보면 죽지는 않은 모양이었다. 싸구려 잔재주로 나날을 버티며 잔칫상의 식은 음식과 술동이를 축내던 딴따라 거지들은 심심하던 차에 재미 좋은 말거리가 생겼구나 싶어서는 세 치 혀끝에 깨방정을 떨었다. 언사란 자가 대단하긴 대단한 모양이야. 언젠가는 먹어도 먹어도 줄어들지 않는 만두를 한 판이나 빚어냈다지. 작년에 저 남녘에 가뭄으로 대기근이 들었을 때, 그 만두 한 판을 쪄서 굶주리던 주민들 1천 3백 명을 두루 배부르게 하고도 다섯 개가 남았다잖아. 에끼 이 사람, 아니 황공 어르신이 뭐가 부족하다고 고작 음식거리를 해 바치겠어? 창고마다 떡이며 물고기며 썩어 나는 냄새가 진동을 하는데 말이야. 이건 순전히 내 추측이지만, 혹시 순간이동장치 같은 게 아닐까 싶은데. 들어 봐. 책에서 봤는데, 위치나 거리가 전혀 문제되지 않는 마차가 있대요. 아니. 말이 끄는 것은 아닌데, 이건 아무리 먼 거리라도 사방팔방 좌표만 입력해서 출발을 시키면 순식간에 그곳으로 사람이고 짐이고 옮겨진다는 거지. 생각해 봐. 지난번에 언사가 요구한 물건들 중에서 바다표범 가죽과 고래 기름을 수집해 들일 때, 그 넓은 바닷길에서 얼마나 많은 시간을 허비해야 했냐고.

달포가 지났다. 그간 비가 내렸고 천둥이 쳤으며 바람 부는 날도 안개 낀 날도 화창한 날도 있었다. 작업실에는 아무 기척도 없었다. 예컨대 망치 소리 한번 풀무질 소리 한번 들려오지 않았다. 조용해도 너무 조용했다. 무언가 하긴 하는 게 맞나? 있는 대로 냄새만 풍겨 놓고 나선, 나 몰라라 나자빠져 있는 거 아닌지 몰라. 글쎄. 목숨이 스물세 개 정도 된다면 한 번쯤 그래 볼 만도 하겠지만. 그리하여 참을성 없는 사람들은 쉽게 언사를 잊고 뒷마당의 작업실을 잊었다.

언사의 작업실에서 어떠한 기척이 시작된 것은 정확히 석 달 열흘 후, 구름에 가렸던 하현달이 검푸른 밤하늘 구석을 찢고 나오던 즈음이었다. 두 명의 초병은 자기 귀를 의심했다. 1백 일 넘도록 어항 속처럼 고요하던 작업실에서 어떠한 소리가 들려오기 시작했던 것이다. 그야 물론 안에 사람이 들어 있는 데다 뭔가를 시작했다면 어떤 소리가 들려도 매우 당연한 일이겠지만, 그게 아니었다. 그 소리라는 게 이상했다. 많이 이상했다. 뜨끈한 호기심에 콧물 줄줄 흘리던 병졸들은 초병 근무 수칙을 감히 망각하고 말았다. 살금살금 작업실에 다가가 창가에 찰싹 귀를 가져간 것이었다. 틀림없다. 틀림없는 사람 목소리이다. 틀림없는 사람 목소리이되 한 사람 것이 아니었다. 갓난아이 칭얼거리는 소리가 들렸다. 여인의 수줍은 속삭임이 들렸다. 청년의 신경질적인 웃음소리가 들렸다. 노인네 뒤로 넘어가는 해소 기침 소리가 들렸다. 거 참 신묘할세. 그간 작업실에 들고난 사람 하나 없음은 하늘이 몰라도 그들만은 확실히 알았다. 그렇다면 이이가 둔갑술을 부리나? 아니면 성대모사를? 두려움은 견뎌도 호기심은 참지 못하는 법. 팔자수염 얇은 초병이 작업실 들창 안으로 조심히 고개를 디밀었다. 등불이 일렁이는 작업실 안은 그저 고요했다. 적어도 네다섯은 되었을 사람들 기척은 간데없고 그 주인공들도 어디로 증발했는지 뵈지 않았다. 가부좌를 틀고 앉은 언사만이 홀로 벽을 응시하고 있을 뿐이다. 거 희한하네, 직업성 난청 아니라 직업성 이명도 있는가, 어쩌면 두 사람이 동시에? 그리고 며칠이 지났다. 새벽녘. 작업실 쪽에서 다시 어떠한 기척이 시작되었다. 쓸데없이 간이 커진 그날의 초병들, 지난밤의 반만큼도 망설이지 않고 호기심 해소에 나섰다. 땅속으로 반쯤 가라앉은 작업실에 살금살금 다가가 귀를 기울인다. 틀림없다. 틀림없이 어떤 소리가 나는 중이다. 이번엔 사람 소리가 아니다. 짐승들 소리였다. 코끼리가 뿌우우 울었다. 부엉이가 구슬피 울었다. 하이에나가 기침하듯 캥캥거렸다. 바다표범이 꺼억꺼억 목을 놓았다. 은행나무 가지에 바람 소리가 휘잉 스쳐 갔다. 늙은 소나무 밑동에 자그락자그락 장수하늘소가 기어가고 있다. 이런 참, 귀신이 곡하고 도깨비가 일수 찍을 노릇이구나. 그것은 갈데없이, 두 번 생각할 필요 없이, 언사의 작업실 안에 차곡차곡 쌓인, 온 세상에서 모여든 물건들이 살아생전 가지고 있던 소리 아닌가! 애초부터 신경 안 쓰고 지나쳤다면 모를까, 이제 와서는 얌전히 물러설 수가 없었다. 어떤 대의나 명분 때문이 아니라 밑 찢어지게 끓어 넘치는 호기심 때문이었다. 주변을 한 차례 살핀 팔자수염, 들창 안으로 슬그머니 고개를 디밀었다. 그러기를 잠시, 헉! 외마디 비명을 삼킨 그가 와락 몸을 뺐다. 마른 개똥처럼 창백한 얼굴로 슬금슬금 뒷걸음질을 친다. 그러더니 벌러덩 자빠졌다. 도대체 무엇을 목격했는가. 재작년 죽은 어미의 알몸이라도 보았는가. 뭐여, 왜 그러는데? 와락 겁이 오른 동료의 질문에 어더 어더더 병신 흉내만 내던 팔자수염, 우억 우어억 구토를 쏟아 냈다. 그리고는 창칼이며 군모며 다 팽개치고 부랴부랴 도망을 쳤다. 얼마나 빨리 달아나는지 두 다리가 팔랑개비 날개처럼 보이더란다. 그날 이후 팔자수염을 보거나 소문을 들은 사람은 아무도 없었다.

늦가을 비가 그치던 어느 오후, 굳게 닫힌 봉인이 풀리듯 마침내 작업실 문이 열렸다. 1백 일 하고도 23일 만이었다. 쓰러질 듯 지친 걸음으로 나오는 이는 언사가 틀림없었다. 까맣게 입가를 덮은 수염과 부스스한 머리칼이 사람을 몇 배로 지쳐 보이게 했다.

「평안하셨습니까, 황공 어르신.」

사람들이 숨을 죽였다. 매일 밤부터 낮까지 새벽부터 저녁까지 흥청망청 벌어지는 공짜 잔치에 찌들었던 마을 관리며 장사치며 농부며 학자며 야바위꾼들이 저마다 누렇고 벌건 눈을 바쁘게 깜박였다. 그간 놀고 먹고 마시느라 깜빡 잊고 있었던 언사의 돌연한 등장 때문이 아니었다. 그의 신묘한 손재주가 1백하고도 23일 동안 만들어 낸 결과물이 무엇일지, 그 기대감 때문이 아니었다. 그로 인해 이제 언사가 평생을 쓰고도 남을 재물을 푸짐하게 포상받을지 아니면 생전에 황공 어르신 알게 된 것을 뼈저리게 후회할지, 그 운명의 기로에 덩달아 긴장해서도 아니었다. 오직 하나. 그의 등 뒤에서 새치름하게 선, 고개를 외로 꼰 여인 때문이었다. 여자. 여자. 세상 모든 사내가 공통적으로 원하는 그것. 사내가 사내로서 사내 행세를 할 수 있는, 사내가 사내로 늙고 사내로 병 걸리며 사내로 싸우다 죽고 마는, 그 이름 앞에서 세상 모든 사내가 똑같아지고 마는 이유, 바로 여자. 하여 바로 그날만 해도 좋은 술과 음식 넘쳐나는 잔칫상 곳곳에는 황공 어른의 넓으신 아량이 베푸는 꽃다운 여성들이 여럿 자리하고 있었다. 그러함에도 전에 볼일 없던 한 소녀의 등장은, 고 시리도록 수줍은 자태로 인해 좌중의 뱃속 시커먼 사내들을 죄다 숨죽이게 했던 것이다.

「그대가 언사 아닌가.」

　　황공 어른도 예외가 아니었다. 웃음소리 해맑은 계집들을 팔꿈치에 옆구리에 가랑이에 끼고 술잔을 막 털어 넣으시던 어르신은 그만 꿀걱, 술 아닌 군침을 삼키었다. 그러고는 언사 아닌 그 뒤의 소녀를 향해 인사를 건넨다.

「적지 않은 나날 고생이 많았네.」

　　열여섯을 넘겼을까. 분홍 꽃봉오리가 뺨에 이마에 입술에 피어오른 듯 곱고 향기롭고 탐스러운, 어디 가서도 좀처럼 찾아보기 쉽지 않은 인물이었다. 술자리 여기저기 도사리고 앉은 여인네들은 그들대로 자신의 파릇파릇한 데뷔 시절을 떠올리며 시기와 감탄 섞인 한숨을 폭폭 뱉어 냈다.

「어르신, 먼저 인사를 받으십시오. 초희라는 아이입니다.」

　　푸른 속눈썹 길게 내려뜨린 초희가 사뿐 절을 올렸다. 황공 어른은 숨이 딱 멎었다. 고년 참 기묘하구나! 참으로 귀염기와 색기와 총기와 찰기와 물기와 끈기가 두루두루 몸에 밴 자태. 그런가 하면 뭔가 조금씩 어긋난 듯 서툴고 사내아이에게 여장을 시킨 듯 중성적인 기운도 느껴지는데 그런 풋풋함에 도리어 애간장이 녹아나니 천하의 황공 어른이, 평생을 예쁜 년 좋은 년 귀한 년 비싼 년 드문 년 잘 하는 년에 더해 깡마른 년 푸짐한 년 막 주는 년 잘 안 주는 년 얼굴에 칼 댄 년 가슴에 칼 댄 년 온몸에 칼 댄 년 하다 우는 년 하다 웃는 년 하다 기절하는 년 냄새 좋은 년 냄새 더러운 년 온갖 년들을 다 접해서는 웬만한 인물이면 홀라당 벗고 벌리고 달려들어도 그다지 마음 동하지 않을 만큼 이골 나신 어른의 가슴이 그만 두근두근 요동치고 말았던 것이다. 간만에 찾아든 춘심은 황공 어른을 거세게 다그쳤다. 이제 모두 필요 없다. 잊을 만하니까 나타난 언사도 그의 선보일 손재주도, 종이로 접은 나비고 풀잎으로 접은 메뚜기고 이제 관심 밖이로다. 떡 벌어진 술상도 그 앞에 온종일 붙어 앉아 간사스럽게 비위를 맞추는 치들도, 부족할 것 없는 생의 풍요 속에 그저 허무하고 다만 허무한 허무의 허무를 망각하고자 매일 밤낮 흐벅지게 뚜드려 대는 연회의 흥겨움도 이제는 흥미 없구나. 다만 하나, 저 아이뿐. 저 호리호리 야들야들한 것을 난짝 안아다가 침소에 들고 싶을 뿐. 오오, 고것 참. 침 흐르는 줄도 모르고 중얼거리던 황공 어른, 잠시 정신을 차리고는 앉은 자세를 바로 했다.

「그래 언사, 불편한 점은 없었나?」

「불편하긴요. 좋은 잠자리며 음식이며 아낌없이 베풀어 주신 은혜, 엎드려 감사드립니다.」

「별소리를. 여하튼 수고 많았군.」

「너무 오래 기다리시게 하였습니다. 헤아려 주시길 빕니다.」

「사람이 큰일을 하려면 그럴 수 있는 법이지. 그래, 이제 나에게 보여 줄 것이 있겠는가.」

「물론입지요.」

「기대가 크네. 나뿐 아니라 여기 모인 이들이 모두가.」

「송구스럽습니다.」

「자, 그럼 어디.」

「예?」

「그대가 공들여 준비한, 그으……, 말일세.」

「지금 보고 계시지 않습니까.」

「뭐이?」

「바로 이 아이입니다. 황공 어른을 위해 제가 넉 달 동안 만든 인형입지요.」

살아 있는 꼭두각시, 사람보다 더 사람 같고 사람보다 더 아름다운 사람, 초희. 여태 돌아가는 꼴을 지켜보던 사람들이 크어어 조심성 없는 감탄을 뱉어 냈다. 1천 년에 한 번 나올 신기의 손재주라더니 실로 명불허전이로구나. 예술 점수 기술 점수 합계 최고점을 준대도 아까울 것이 없겠구나. 저러니 죽은 사람을 살려 내고 파문을 당했다는 소문이 나왔지. 저러니 뭘 하나 만들어 내면 애 어른 할 것 없이 혀를 내두르고 목회자들은 주님 은혜를 찾았겠지. 그런데 이상하다. 황공 어른이 심각하시다. 입술 꾹 다물고 계신 게, 조금도 기꺼운 기색이 아니다. 놀라셨는가. 너무 놀라 언짢아지신 것인가.

「어르신. 초희가 노래와 춤을 준비했습니다. 부디 이 앞에서 선보일 기회를 주십시오.」

사람들이 조금씩 물러서서 자리를 만들어 주었다. 그 가운데 초희가 사뿐히 다가와 섰다. 눈치 빠르기로 2등 섭섭한 풍각쟁이들이 척 자세 잡고는 악기를 집어 들었다. 20여 년 눈칫밥의 서정이 녹아든 오케스트라 연주를 시작한다. 비파가 울고 아쟁이 운다. 가야금이 뚱땅거리고 해금이 앵앵거린다. 그 장단 맞춰 초희가 춤을 춘다. 덩실덩실 난실난실 사뿐사뿐 풀숲을 날아다니는 하얀 나비 한 마리에 보는 눈이 새콤달콤해진다. 징이 길게 울고 꽹과리가 깨갱 외치며 태평소가 날아다닌다. 장구가 자분자분 두드리고 용고가 힘차게 내리친다. 설렁설렁 진양조부터 중모리와 중중모리가 이어지다가 자진모리가 잦게 몰아가고 휘모리가 빠르게 휘몰아 가며 세마치에 타령 굿거리 도드리로 내달린다. 덩달아 바빠지는 초희의 춤사위가 음률에 착착 감기어 샘물처럼 찰찰 흐른다.

백마아강 다알바암에
물새애가 우우우울어
잃어어버리인 옛나아아알이
애달프구나아

하늘하늘 춤을 휘감으며 초희가 노래한다. 그 소리가 비단 사탕처럼 곱고 달콤하다.

저어라 사고옹아

일엽편주 두두우우웅실
낙화아암 그늘 아래애에
울어나 보오오오자

사람들은 절로 어깨를 덩실거리고 고개를 까딱거리고 발가락 장단을 맞추었다. 하도 흥이 겨워서는 그렇게 하지 않을 재간이 없었다. 암은행나무의 뿌리. 늙은 소나무의 껍질. 바다표범의 뱃가죽. 인도대머리코끼리의 엉덩이뼈. 하이에나의 목 심줄. 장수하늘소의 말린 껍질, 야생 옥수수수염. 참개소리부엉이 겨드랑이 깃털. 아프리카 화냥앵무새의 부리. 저 아름다운 소녀가—그녀의 눈부신 춤과 노래가 과연 고따위 칙칙한 물건들로부터 탄생했단 말인가. 그러한 비감함으로 인해 아까운 순간을 허비하는 작자는 그 순간 없었다.

고란사 조옹소오리
사무우치느으으은데
구곡간자앙 오로오오오지
찢어어어지느은듯

무엇이 진실이고 무엇이 거짓인가. 무엇이 실체고 무엇이 허상인가. 무엇이 진짜이고 무엇이 복제인가. 무엇이 자연이고 무엇이

인공인가. 그 기준은 무엇이고 남겨진 차이는 무엇인가. 세상 누가 저 아름다운 자태로부터 여든 살 노인의 피고름과 가래침을, 목매어 죽은 자의 밧줄을, 유령고래의 머릿기름을 분리해 낼 수 있는가. 누군들 저 신비로운 춤사위와 노랫가락으로부터 뒷간의 녹슨 손잡이와 정신병자의 손톱을 연관시킬 수 있단 말인가.

    누구라 알리이요
    백마강 탄시이익을
    깨어어진 달비잊만
    옛나알 같구우우나

　구슬프게 우아하게 치달아 오르던 연주가 대단원의 막을 맺었다. 절정의 춤과 노랫가락을 정지된 시간의 여백 뒤로 떠나보낸 초회, 그렇게 멈춰 선 채 새근새근 어깨 숨을 고른다. 그러고는 이내 자세를 바로 하고 고운 인사를 올린다. 새하얀 이마가 땀에 젖어 사기그릇처럼 번들거린다. 지켜보던 이들이 홀린 얼굴로 박수를 친다. 그 감동 그 여운이 깨질까 조심스러운 박수의 물결이 이어졌다. 그들 가운데 불쑥 튀어나온 바지 앞섶을 들킬세라 엉거주춤 앉은 자리를 고치는 작자도 드물지 않았다. 그런데 황공 어른은 여전히 심각하시다. 짧은 공연이 모두 끝났건만 누룽지처럼 굳은 얼굴을 펴지 못한다.

「언사 듣거라.」

「예, 어른신.」

「저 아이를, 그대가 만들었는가.」

「황…… 공하옵니다.」

「다시 묻겠다. 하늘 무서운 줄 안다면 추호도 거짓이 없어야 하렸다.」

「어느 안전이라굽쇼.」

「온갖 잡다한 물건들을 가지고, 1백 일 넘게 저 땅속에 들어앉아서, 그대의 손으로 조물조물 꿰어 만든 물건이 바로 저 아이라?」

「여부가 있겠습니까.」

「그 대답에 목숨을 걸 수 있겠는가.」

「……예, 어르신.」

「너 이놈!」

벼락같은 호통이 우르릉 꽝 떨어진다. 지켜보던 이들은 자기 모가지에 칼날이 내려앉기라도 한 것처럼 화들짝 놀란다. 언사에게 넉넉한 칭송과 선물이 내려지리라고 모두가 믿어 의심치 않았던 것이다.

「이놈이 아주 하늘에 계신 아버지 조물주 흉내를 내고 있구나. 돼먹지 못한!」

「예에?」

「죽은 사람을 살려 낸다더니 이제는 사람을 만들기까지? 이노

옴. 1천 년에 한 번 나올 신기의 재주가 손재주 아니라 거짓말 재
주였구나.」

「어르신. 아니 어르신.」

「어르신 찾는 그 입을 짝 찢을라. 거기 뭐하느냐. 이 잘난 사기꾼
을 어서 모시지 않고.」

어리둥절 지켜보는 자들이 수백이었지만 분노한 황공 어른에게
이의를 달 만큼 정신 나간 이는 반쪽도 없었다. 덩치 좋은 경비원
들이 포승줄을 꼬나 쥐고 다가왔다.

「생각 같아서는 물 곤장 1백 20대를 안긴 뒤 시뻘겋게 달군 가마
솥에 통째로 넣고 12시간을 푹푹 고아야 마땅할 터이지만 내 딱
한 자비심이 간곡하게 만류하는구나. 여봐라. 이자를 집 밖 멀리
로 끌고 가거라. 가서는 손톱 발톱 스무 개를 몽땅 뽑고 그 자리
에 소금 간을 세게 하라. 다시는 요망한 손장난으로 선량한 사람
들을 속여 넘기는 일이 생기지 않도록. 알겠는가.」

「예이.」

그런데 여기 이년은 어쩔깝쇼, 거무튀튀 두꺼운 입술이 멍청하
게 보이는 경비 하나가 눈치 없이 중얼거리다가, 옆에 선 동료가
다급하게 옆구리를 찌르자 흠칫, 입을 다물고 만다. 경비들의 억센
손아귀에서 발버둥 치며 언사가 개처럼 울었다.

「어르신. 황공 어르신. 어찌하여 저를 의심하시는 것입니까?」

의심! 경악할 노릇이었다. 모두들 귀를 막고 싶은 얼굴들이었다.

의심. 그것은 실생활에서 거의 사용되는 일이 없는, 거의 금기에 해당하는 요망한 단어였다. 왜냐하면 그 시대엔—귀 따갑게 반복하지만—할 수 있는 것과 할 수 없는 것이 따로 존재하지 않았고 원하고 상상하는 모든 일이 가능했기에 있지 않은 일을 있는 양 거짓말을 하거나 눈속임을 할 필요가 없었다. 따라서 누군가 하는 말과 주장을 단숨에 믿지 않고 의심하는 일은, 사려 깊은 실증주의적 사고 체제의 발현과는 전혀 무관한, 그저 상대방을 깔아뭉개고 무시하는 처사였다. 원 세상에, 저잣거리의 술 취한 양아치 거지 껄뱅이도 아니고, 감히 황공 어른 앞에서 의심 어쩌고를 씹어 대다니? 죽어도 세상 갖은 고통을 즐기며 천천히 죽고 싶어 용을 쓰는 자가 있다더니, 바로 저런 자를 두고 하는 소리구나.

「그대를 의심하는 것이 아니다.」

「그, 그, 그러믄요?」

큰 인물은 뭐가 달라도 다른 법. 황공 어른은 별다른 노여움의 기색도 없으시다.

「다만 나는, 네놈의 거짓을 알고 있을 뿐이다.」

「제가요? 제가 왜, 무, 무슨 거짓을?」

「내 귀는 해외 시찰이라도 떠난 줄 아느냐. 모든 이야기를 들었다. 그 안에 있으면서 연장 한 번 만지는 것을 보지 못했다고. 주는 밥은 꼬약꼬약 처먹으면서 하는 일 없이 잠만 처잤다고. 아니면 온종일 멍히 벽만 쳐다보며 시간을 보내었다고.」

「에구머니 어르신. 무릇 하늘의 일이란 손으로 도구로 하는 것이
아닙니다요.」

「응당 그러하겠지. 밤중에 제 식구들 몰래 찾아들어 숙덕숙덕 내
통하는 것이 바로 하늘의 일이겠지.」

「내통이라니요? 아이고 억울합니다요.」

「곱게 설명해서는 먹히지 않는 종자가 바로 여기 있구나. 이놈아,
초병은 귀가 없고 발이 없는 줄 아는가? 밤늦게 작업실에서 사람
들 목소리가 생생히 들렸다고 하더구나. 여자를 불러들이고 아
이를 불러들이고. 나중에는 아주 애완동물들까지.」

「아닙니다요. 아닙니다요.」

언사가 괴롭게 몸부림쳤다.

「지금 작업실에는 이 아이 초희를 만드는 데 필요했던 재료가 단
한 줌도 남아 있지 않습니다. 굽어 주십시오 어르신. 저야 그저
시키시는 분부대로 어르신을 즐겁게 해드리려는 일념밖에는.」

「미친 소 새끼가 어디서 어르신 일념을 팔고 지랄이신가. 1백 일
이면 그쯤이야 야금야금 빼돌려 없애기에 충분한 시간 아닌가.
근무 중이던 초병 하나가 어디론가 감쪽같이 사라졌다지? 네놈
이 잡아먹지 않았다면 수작을 붙인 것이 분명할 터!」

등 뒤로 팔이 거세게 꺾인 채 강제로 꿇어앉힌 언사, 저러다가 무
릎도가니가 남아날까 싶도록 세차게 몸을 펄떡인다. 그 옆에 오도
카니 선 초희는 하얗게 넋 나간 얼굴이다. 저 소녀가 책으로나 보

고 말로만 듣던 안두루이두(眼頭淚以頭)인가. 사람이 아니란 말인가. 그렇다면 아시모프 3원칙에 길들여진 자기 자신을 어떻게 생각하고 있을까. 무거운 분위기에 짓눌린 사람들이 수군댔다. 거참 기분 묘하네. 어쩐지 사람 아니게 예쁘더라니. 어쩐지 밥 먹고 똥 싸는 게 아니라 이슬만 먹고살 것 같더라니. 거기는 어찌 생겼을꼬? 사람하고 똑같을꼬? 털은 났을꼬? 머릿속에 든 거라곤 그 정도 수준인 이들 사이, 삿갓을 깊이 눌러쓴 사내 한 명이 뱀눈을 심상찮게 반짝이고 있었다.

「무얼 하고 섰느냐. 어서 끌고 가래도.」

경비들의 솥뚜껑만 한 손이 언사의 목덜미를 쥐고 팔목을 쥐고 괴춤을 쥐었다. 생뚱 지린 표정의 언사가 허공에 번쩍 들려 사지를 버르적거렸다.

「어르신! 어르시인!」

초희가 사람인지 안두루이두인지, 지금 그건 중요하지 않았다. 1백여 일 만에 나타난 언사가 선보이는 것이 신묘한 재주인지 저급한 술수인지, 그따위는 관심 밖이었다. 할 수 있는 것과 그렇지 않은 것의 경계가 없는 호세상이라지만 과연 사람이 사람을 만들어 낸다는 게 가능할까,를 궁리할 필요도 없었다. 지금 황공 어른의 몸속을 가득 채우고 있는 기운은 다만 한 가지 종류였다. 저것을, 보기에도 말캉말캉 보드랍고 따끈하고 쫄깃하고 매끈하고 어여뻐서 환장할 것 같은 저것을 난짝 업고 처소에 들고픈 그리하여 해구신에 사슴피에 반달

곰에 황구에 사향고양이에 비암에 개구리에 고라니에 너구리에 오소리에 붕어에 미꾸라지에 까마귀에 왕거미에 인삼에 통마늘에 양파즙에 복분자에 매실액에 온갖 귀하고 효과 좋은 것들의 섭생으로 지금 탱탱하게 의기충천해 마지않은 고기 몽둥이를 온 천하에 당당히 휘두르고 싶다는 욕구 말이다. 그런데 문제가 있었다. 초희가, 이미 안두루이두라는 이름으로 널리 소개되고 말았다는 점이었다. 어르신의 갈등은 그로부터 시작되었다. 초희와 서둘러 처소에 들 경우, 도대체 어떤 소문이 나겠는가. 눈 떠서 할 줄 아는 일이라곤 내 집에서 내 음식 내 술 축내며 혀끝 나불대는 것밖에 없는 작자들이, 뒤에 가서는 배은망덕하게도 무슨 헛소리를 지껄이겠는가. 황공 어른 이제 보니 변태였다네. 언사가 만든 인형을 대하고는 그만 목덜미 벌게지고 아랫도리 불거져서는, 그것과 함께 냉큼 처소에 드시더라네. 꼭 뒤 급한 사람 측간 내달리듯 하셔서는, 그 연세에 힘도 좋으시지 며칠이 지나도 나오실 줄을 모르시더라네. 나이 잡숫더니 부끄러움도 잊으신 모양이라네. 기방에서 독수공방 애타게 간택을 기다리는 여인들 숫자나 적은가, 어쩌자고 고따위 노리갯감을 상대 삼아 오나니를 하시는지 모르겠다네. 저 천한 서양 것들은 사람 닮은 고무 인형에 구멍을 뚫어 변태 성욕자들에게 팔기도 한다던데, 그런 망조가 우리네에게도 시작되는 모양이라네. 에그 난 시냇가에 가서 귀나 씻어야겠다네.

꼴리는 대로 하자니 소문이 두렵고 안 하자니 간만에 힘 팍 들어간 물건에 송구스럽고. 하여 순간적으로 떠올린 묘안인즉 언사를 엎어뜨리는 방법이었다. 다시 말하지만 언사가 거짓 술수를 부렸는지 아닌지는 중요치 않았다. 초희가 과연 구멍 뚫린 안두루이두인지 여염집에서 돈 받고 팔려 온 소녀인지 역시도 문제가 아니었다. 어디까지나 분명한 것은, 위엣분들이 힘주어 뭔가를 말할 때 그것은 그대로 아랫것들의 법이자 진리가 된다는 점이었다. 이야말로 세상에 가능한 것과 그렇지 않은 것과의 경계가 없다는 참의 미요 만인의 만인을 위한 공포 정치의 진수이리라. 눈물 나도록 속 시원한 황공 어른의 판결이 있었으므로, 이제 초희 차자 한 자를 함부로 꺼낼 사람은 세상에 없을 것이다. 그러니 이 아니 좋은가. 이제는 뒷말 걱정 없이 초희를 양껏 주무를 수 있는 데다 더불어 언사에게 하사할 재물까지 아끼게 되었으니.

「잠깐! 고정하십시오 어르신.」

이건 또 뭔가. 오늘 볼거리 터져 나는구먼. 마감 임박을 외치는 쇼핑 호스트처럼 새된 사내의 목소리에 사람들이 일제히 시선을 모은다. 경비들이 흠칫 멈춰 선다. 공중에 붕 뜬 채 반쯤 죽어 있던 언사가 슬그머니 고개를 쳐든다.

「그대는 누군가.」

삿갓을 눌러쓴, 아까부터 검은 뱀눈을 유독 반짝이며 사태를 지켜보던 자이다. 몇 걸음을 나선다.

「문안드리옵니다. 이웃 나라 용두에 사는 백도제라 합니다. 황공하오나, 저기 언사의 오랜 친구 되는 몸입지요.」

황공 어른이 뜨악한 시선으로 백도제를 훑는다. 말랐지만 강단 있는 체형. 길게 찢어진 눈매에 맹독이 숨겨져 있다.

「어떤 용건인가. 긴요한 사연도 없이 나선 것이라면, 그대 역시 친구와 사이좋게 손발톱이 뽑힐 수 있도록 선처하겠다.」

「언사에게 죄가 없음을 이 자리에서 밝히겠습니다. 허락해 주십시오.」

「당돌하구나. 그대가 또 다른 술수를 쓰지 않는다고 장담할 수 있을까.」

긴 하루가 저물고 있다. 저녁 바람이 구경꾼들의 목덜미를 스산하게 매만지고 지나갔다. 백도제는 손을 들어 구석 자리에 멍하게 쪼그리고 있는 초희를 가리켰다. 겁에 질린 소녀. 인간을 닮은 어떤 것의 얼굴.

「저 아이를 원래의 상태로 돌려놓겠습니다. 처음의 재료들로 말입니다.」

「뭐이?」

황공 어른도 지켜보던 사람들도 입을 헤 벌리고 말았다. 도포 자락을 연 백도제가 날 푸르른 칼―장검을 드러낸 것이다.

「정신 나간 소 새끼가 여기 또 있구나. 어느 안전이라고 칼부림을 하려 들다니. 여봐라. 여기 이 잘난 선생님을 당장에.」

「어르신. 아닙니다. 그게 아닙니다.」

「그럼 여기가 안이지 밖인가.」

「칼부림을 하려는 것이 아닙니다. 사람을 해하려는 것이 아닙니다. 다만 저 초희란 물건을 처음의 상태로 바꾸어, 그 정체를 확실하게 드러내고자 함입니다. 그리 된다면 언사에게 잘못이 없음이 가려지지 않겠습니까.」

「허어.」

황공 어른이 허연 턱수염을 배배 꼬았다.

「그것이 가능하단 말인가.」

「단 68수면 됩니다. 두 식경도 채 걸리지 않을 겁니다.」

「그래서, 그래서 사람들 다 보는 앞에서, 저 아이를 난자하겠다?」

「난자하는 것이 아닙니다. 십자드라이버 하나로 중고 컴퓨터를 분해하는 것과 다를 바 없는 작업입니다.」

「그대의 말이 틀리면? 오판으로 생목숨 하나를 끊어 놓는 결과가 되면, 그 책임을 어찌 질 셈인가.」

「제 목숨이 두 개라면 세 개를 바치겠습니다.」

「얼씨구.」

「헤아려 주십시오. 제 친구 언사를 구할 수 있는 유일한 방법입니다.」

「찢어진 입이라고 말은 잘도 뱉어 내는구나. 여봐라, 이놈을 당장.」

빨개 벗겨 코를 도려내고 혀를 잡아 뽑고 눈구녁을 인두로 지지되 행여 실신할 것 같으면 펄펄 끓는 물과 얼음물을 번갈아 부어 정신을 차리도록 도와주어라, 호통 치려던 황공 어른은 멈칫하였다. 노회한 그의 두뇌가 빠르게 회전한다. 아니 된다. 그것은 옳은 처신이 아니다. 새로운 대안이 제시되었음에도 그로부터 무조건 등 돌리고 귀 막는 폐쇄적 자세란 무릇 공포 정치가 그 날카로운 창끝을 잃었다는 사실을 성난 시민군 앞에 자인하는 것에 불과하다. 요컨대 백도제를 무조건 억누를 경우 무고한 언사에게 죄를 뒤집어씌우고 여자 아이 하나를 날로 꿀꺽하려 했던 쪽팔린 속셈을 널리 시인하는 꼴 아니겠는가.

백도제가 검은 뱀눈을 반짝였다.

「사랑 많으신 황공 어른이시여. 부디 제 친구를 구할 은혜를.」

수많은 눈과 귀가 온통 자신에게 향해 있음을 황공 어른은 잘 알았다. 이거 참. 사면이 초가로다.

「……좋다.」

황공 어른의 얼굴이, 한순간이지만, 가진 거라곤 걱정밖에 없는 밑엣것들처럼 거칠고 퍽퍽해졌다.

「친구를 위한 뜻이 정 그러하다면 내 어찌 만류하겠는가.」

「감사하옵니다.」

「그러나 명심해야 할 것이 있다. 듣느냐?」

「물론입니다 어르신.」

「예전의 상태로 되돌리는 데 있어, 어떠한 문제라도 발생해서는 아니 된다. 이를테면 초희가 조금이라도 고통을 느끼거나, 그래서 눈물을 보이거나 비명을 내는 경우, 피 한 방울 살점 한 조각이라도 내 집 마당을 더럽힌다면 당장 작업을 중지시키겠다. 그리고 즉시 그대의 목을 베어 여기 이 사람들로 하여금 전투 축구를 실시토록 하겠다.」

이건 어디서 많이 듣고 보던 희곡의 한 장면 아닌가. 백도제의 가늘고 긴 실지렁이 눈썹이 꿈틀, 움직였다.

「좋습니다. 제 이름과 제 목과 이 칼을 걸겠습니다.」

제기랄. 이럴 줄 알았으면 뱀 눈깔을 치켜뜨고 나설 때 뭐라 지껄일 기회 주지 말고 냅다 땅속에 파묻는 건데! 황공 어른은 울며 똥 먹는 심정으로 오른손을 쳐들었다.

「자, 이제 숨은 진실이 가려지리라. 저 아이를 앞으로 끌어 와라!」

처형장(!) 한가운데에 홀로 선 초희는 종잇장처럼 하얀 얼굴이다. 모든 것을 체념한 듯, 아무것도 모르는 백치인 듯, 이 더러운 장면들을 초월해 이미 먼먼 세상으로 떠나가 있는 듯, 아무 저항도 없었다. 그녀가 누구건 무엇이건, 사람이건 안두루이두건 제3의 생명체건 그 밖의 어떤 종류이건, 이제 필멸의 순간을 맞으며 존재의 세상으로부터 서서히 사라져 갈 터였다. 백도제가 눌러썼던 삿갓을 벗었다. 긴 칼을 왼쪽 어깨 위로 천천히 쳐든다. 에구머니 이걸 어쩐대. 얼굴을 가린 사람 사람들이 손가락 틈새로 살포시 눈을 떴다. 심기 불편한 황공 어른은 그러나 안절부절 자리를 뜨지 못한다. 초저녁 노란 반달이 구름에 가린다. 멀리서 정신 빠진 수탉이

홰를 치며 울어 댄다. 긴 칼날이 저녁 빛을 받아 슬프게 번득인다. 누군가 아아, 짧은 신음을 되삼킨다. 시종 무표정하던 초희가 처음으로 반응한다. 입술을 달싹이며 뭐라고 지껄인다. 대부분의 사람들이 그 소리를 듣지 못했다.

……그러지 마세요. 나, 무서워요.

쉬익. 바람 속을 칼이 날았다. 공기 베는 소리가 차가웠다. 쉭. 쉬익. 칼 울음이 휘파람처럼 이어졌다. 백도제는 눈을 감고 춤추는 사람 같았다. 옷소매에 붙은 불을 털어 끄는 사람 같았다. 느리게, 때로는 격렬하게 또한 날카롭게. 칼끝은 살아 있는 날벌레처럼 자유롭게 날아다녔고 먼 별빛처럼 빠르게 흔들렸으며 흑백 사진 속의 빗줄기처럼 역동적으로 멈추어 섰다. 사람들은 4년 수명이 다한 리플리컨트처럼 멍한 시선으로 칼끝 움직임을 좇았다. 백도제가 공언한 대로였다. 피 한 방울 흐르지 않았다. 비명 한 마디 들리지 않았다. 슥슥삭삭 칼끝이 가는 곳마다 연분홍 저고리와 치마가 벗겨지고 허연 속곳이 산산이 흩어지고 슥슥삭삭 눈부시게 새하얀 알몸을 드러낸 초희가 슥슥삭삭 손으로 부끄러운 곳을 가릴 틈도 없이 슥슥삭삭 우유보다 곱고 비단보다 보드라운 18제곱미터의 살가죽이 상한 사과 껍질처럼 힘없이 훌렁 훌러덩 벗겨진다. 사람을 닮은 어떤 것이 사람을 닮지 않은 어떤 것으로 탈바꿈한 이후에도 백도제의 놀라운 칼춤 쉴 새 없이 허공을 갈랐다. 그리하여 슥슥삭삭 은빛 칼날이 번득일 때마다 얼굴이 사라지고 팔다리 손발이 사라지고 몸의 형체가 희미해지며 슥슥삭삭 650개의 근육과 1백여 개의 관절과 10만 개의 머리카락과 12만 킬로미터의 혈관과 1백조 개의 세포 조직이 슥슥삭삭 저마다 종류별 재료별로 차곡차곡 해체되고 분리된다. 무참한 도륙이란 생각이 들 사이도 없이 슥슥삭삭 뇌와 척수와 간 쓸개 심장 위 폐 신장 내장의 모조품들이 제 형태를 버리고 원래의 재료로 되돌아갔다. 사람들은 대체로 말이 없었다. 나도 죽어 장기 기증을 하면 저런 식으로 해체되려나 허탈한 웃음을 피식거리는 이, 두 손을 연신 마주 비비고 허리를 굽실거리며 나무 관세음보살을 외는 이, 무엇이 그리 슬픈지 빨개진 눈매를 자꾸 훔치는 이, 구역질을 참다못해 입을 틀어막고 구석 자리로 달려가는 이들도 다수였다.

상황은 깔끔히 종료되었다. 약속한 68수만이었다. 백도제는 숨찬 기색조차 없다. 피 한 방울 묻지 않은 칼을 도포 자락 안에 집어넣는다. 그리고 두 손을 마주하여 황공 어른에게 정중히 인사 올린다. 초희는 어딜 갔는가. 방금 전, 백 년 전도 석 달 전도 일주일 전도 아닌 30여 분 전, 바로 이 앞에서 백마강 달밤을 노래하고 세마치장단에 잘록한 허리를 배배 틀던 소녀는 어디로 사라졌는가. 그녀의 곱디고운 육신이 서서히 사라져 간 자리, 낯익은 물건들이 층층이 쌓여 있다. 18년 6개월 된 암은행나무의 뿌리. 백오십 살 소나무의 밑동 껍질. 흰점무리장수하늘소의 말린 껍질. 만 일곱 살 먹은 수놈 바다표범의 뱃가죽. 어린 인도대머리코끼리의 엉덩이뼈. 인디아 하이에나의 목덜미 심줄. 열두 살 소녀의 초경이 묻은 속곳. 폐가 상한 여든 살 노인의 피고름과 가래침. 딸자식 잃고 목 매어 죽은 아비의 밧줄. 쌍둥이가 태어난 지 사흘이 지나지 않은 집 뒷간의 녹슨 문손잡이. 고랭지에서 홀로 자라난 야생 옥수수 염. 어린 참개소리부엉이의 겨드랑이 깃털. 짝짓기 끝낸 아프리카 화냥앵무새의 부리. 기름불에 타 죽은 정신병자의 손가락과 손톱. 암컷 유령고래의 머릿기름 등등. 기분이 그래서 그럴까, 어디선가 역한 비린내가 나는 것 같았다.

　좌중의 고요는 오래 이어졌다. 백도제도 묵묵히 침묵을 지켰다. 고개 숙인 언사도 언사를 붙들고 선 경비들도 뭐라 입을 열지 못했다. 이윽고, 태초의 큰 폭발이 작은 일렁임으로 시작되듯, 누군가 깊은 한숨을 뱉어 냈다.

　「여기가 어디인가. 그 짧은 사이에 천국과 연옥과 지옥을 두루 다녀왔구나.」

　황공 어른이었다. 진이 빠져나간 얼굴. 아닌 게 아니라 잠깐 사이에 12년은 더 늙어 보인다. 그러나 노기는 찾아볼 수 없다.

　「언사와 백도제, 두 사람이 친구라고 했던가.」

　「황공합니다 어르신.」

　「유유상종에 초록 동색이라더니 용호상박 용형호제가 일사천리로 백문불여일견이구나. 훌륭하다. 참으로 신이 내린 솜씨들이다.」

짝. 짝. 짝. 어르신이 손들어 천천히 박수를 치신다. 구경꾼들은 뒤따라서 기립 박수를 응대해야 할지 말지 조금 헷갈린다.

「하마터면 내가 실수를 할 뻔했군. 용서를 비는 의미로 그대들에게 큰 선물을 내리겠다. 여봐라, 게 누구 없느냐.」

哀必錄

늦은 해시. 국경 어름. 달그림자를 이끌며 두 마리 말이 밤길을 걷는다. 말 탄 두 사람은 언사와 백도제이다. 달빛에 드러난 그들의 상체가 안장 위에서 앞서거니 뒤서거니 흔들리고 있다.

「거기 멈춰 섯거라!」

다급한 말발굽 소리에 이어 누군가의 외침이 뒤를 따랐다. 푸른 수염의 젊은 장수가 먼지바람을 일으키며 말을 멈춘다. 놀란 두 사람이 얼굴을 마주 본다.

「두 나그네는 언사와 백도제가 맞소이까.」

「그렇습니다만.」

「옳게 찾았군. 가던 길을 멈추고 나를 따르시오.」

장수를 뒤따라온 병사가 셋에서 다섯, 순식간에 열 명으로 불어난다. 의아함을 넘어 더럭 경계심이 인다. 산적인가. 연와에서 가죽포대 터져라 얻어 가지고 온 금은보화의 냄새를 맡았는가.

「뉘시며 어쩐 일이신지.」

「나를 따라오시오. 이유는 묻지 말고.」

「아니…….」

「어서. 한시가 급하오.」

허나 생김새나 말하는 품이 날강도의 그것은 아니다. 영문도 모른 채, 알 수 없는 위압감에 감히 그걸 묻지도 못한 채 두 사람은 오던 길로 다시 말을 돌렸다.

한참을 달렸다. 밤길을 내내가 가로지른 거리만큼은 되는 것 같았다. 그 이상인 것도 같았다. 먼 별이 힘없이 일렁이고, 어둠을 밀어내며 저편 새벽이 흐리게 밝아 올 무렵이다. 묵묵히 앞서 달리던 장수가 말고삐를 놓았다. 얕은 구릉을 끼고 돌아앉은 벌판이었다. 어둔 대나무 숲이 빽빽하게 들어선 너머에 큼직한 막사가 세워져 있다.

「어서 드시오. 기다리고 계실 터이니.」

털가죽 드리워진 출구 양쪽으로 횃불이 타닥타닥 불꽃을 뱉어내고, 시퍼렇게 날선 삼지창을 막아선 9척 장신 둘이 앞을 비켜 주었다.

우물쭈물 막사 안에 들어선 언사와 백도제는 뭔가 익숙한 냄새에 큼큼 숨을 들이마셨다. 비릿한 기름내였다. 저편 어둠에 앉아 있던 그림자가 일어섰다. 이편으로 천천히 다가온다.

「에에, 다시 보니 참으로 반갑군.」

일렁이는 기름 심지 너머에서 비죽이 웃는 이는 황공 어른이었다. 대체 이게 무슨 일인가. 언사와 백도제는 꿈속에서 꿈을 꾸는 심정이었다. 그러나 혼란은 오래 가지 않았다. 막사 안에 가득 쌓인 물건들을, 코에 익은 기묘한 냄새의 정체를 발견하고 만 것이다. 18년 6개월 된 암은행나무의 뿌리. 백오십 살 소나무의 밑동 껍질. 흰점무리장수하늘소의 말린 껍질. 만 일곱 살 먹은 수놈 바다표범의 뱃가죽. 어린 인도대머리코끼리의 엉덩이뼈. 인디아 하이에나의 목덜미 심줄. 열두 살 소녀의 초경이 묻은 속곳. 폐가 상한 여든 살 노인의 피고름과 가래침. 딸자식 잃고 목매어 죽은 아비의 밧줄. 쌍둥이가 태어난 지 사흘이 지나지 않은 집 뒷간의 녹슨 문손잡이. 고랭지에서 홀로 자라난 야생 옥수수수염. 어린 참개소리부엉이의 겨드랑이 깃털. 짝짓기 끝낸 아프리카 화냥앵무새의 부리. 기름불에 타 죽은 정신병자의 손가락과 손톱. 암컷 유령고래의 머릿기름. 그로써 모든 것이 명확해지고 있었다.

「가는 길을 잡아끌어 미안하게 되었네만, 에에, 기왕에 연이 닿았으니 다시 한 번 부탁을 드리겠네. 시간이나 비용, 그 밖의 문제들은 걱정 말고. 할 수 있는 모든 지원을 아끼지 않을 터이니.」

그것이 사람이건 사람을 닮은 무엇이건, 합쳐져서 무엇이 되었으며 해체되어 무엇이 되었으므로 재차 합친다면 다시 무엇이 될 수 있지 않을까—그로써 시간조차도 고스란히 되돌릴 수 있지 않을까 하는 진취적이고 창조적인 사고는 일부 높으신 위엣분들만이 누릴 수 있는 종류의 것이겠다. 왜냐하면 할 수 있는 것과 할 수 없는 것과의 경계가 따로 없는 그런 호시절에도, 밑엣것들에게는 그런 여유가 없었기 때문이다. 아침에 눈 떠 저녁에 눈 감을 때까지 평생을 짊어지고 챙겨야 할 걱정들이 징그럽게 많았으니까.

「그리고, 개인적으로 뭐 하나 묻고 싶은 게 있는데.」

얼이 빠져 아무 말도 못하고 있는 언사와 백도제를 향해 황공 어른이 음성을 낮추었다.

「초희가 다시 태어나면, 오늘의 기억을 가지게 될까?」

언사는 대꾸가 없다. 화가 났는지 머리가 아픈지, 고개 들어 컴컴한 막사 천장만 올려다보고 있다. 할 수 없어 백도제가 대신 나섰다.

「그건 이 친구도 모를 겁니다 어르신. 아직 그런 경험이 없으니까요. 그런데, 그게 중요한 문제인가요?」

「아니. 중요하다기보다.」

황공 어른이 어험, 점잖은 기침을 뱉었다.

「기억이 살아 있다면, 에에, 피차 얼굴 대하기도 마음 편치 않을 테고. 그래서 가능하다면 아예 기억을 죄다, 뭐, 그건 어차피 기술적인 문제겠지만.」

당신은 날 잘 몰라요

2011/08/04 아내를 죽일 생각은 없었다. 그것은 분명하다. 죽을 만큼 혼란스러웠던 것은 분명하다. 분노나 절망에 대해서는 잘 모르겠지만 죽을 만큼 낯설었던 것 또한 사실이다. 하지만 살인이라니. 그건 푸른 별 지구와 초원의 기린 가족과 단단한 산호초를 꿈꾸는 11년차 채식주의자가 꿈꿀 행동이 아니다. 40분 전. 집을 나서기에 앞서 침대에 누워 있는 아내의 어깨를 흔들어 보았다. 이거 봐. 정말 안 일어날 거야? 아내는 자는 사람 같기도 했고 뽀로통해서 자는 척 눈감은 사람 같기도 했다. 장마 끝난 여름 더위가 오전부터 제대로였다. 이제 빠른 속도로 시신이 부패할 것이다. 살았을 때 끊임없이 체세포가 분열하고 심장이 수축 이완 운동을 했듯 죽은 몸속에서 여전히 살아 움직이는 체내 박테리아의 번식 량이 급격히 증가하고, 그 냄새에 날아든 쉬파리 집파리가 콧구멍과

귓구멍 깊숙이 알을 낳고, 깨어난 구더기가 적당히 상한 살을 파먹기 시작할 것이다. 아내가 죽은 뒤로 나는 예전의 내가 아니다. 예전의 내가 어떤 사람이었는지조차 기억나지 않는다. 감옥 탑에 갇힌 마리 앙투아네트라면 내 혈관에 감염된 공포의 무게를 이해할 수 있을지 모른다. 사람을 죽이다니. 정말이지 이건 11년차 채식주의자가 감당할 상황이 아닌 것이다.

일렉트릭글루미랜드를 만나러 가는 2호선 열차 안은 한산하다. 한창 휴가철이다. 마리화나와 버번과 LSD 속에 부유하던 1960년대 사이키델릭 사운드의 한 축이었던 일렉트릭글루미랜드를 알고 있는 사람. 아직 한 번도 만난 일 없는 그를 나는 안다. 모르지만 안다. 매우 유감스럽지만 그는 나만큼이나 아내의 죽음에 깊이 관여하고 있는 인물이다. 그로서는 내 주장에 동의할 마음이 별로 없겠지만 말이다. 아내의 죽음 앞에서 그와 나 사이에 중대한 입장 차이가 있다면 아직 그는 예의 사실을 알지 못한다는 점이 되겠다. 적어도 이 점에 대해서만큼은 그도 내 주장에 동의하지 않을 수 없으리라. 3만 볼트 전기 충격기와 등산용 폴딩 나이프, 최루 가스 분사기와 청색 테이프 한 통. 노트북 가방에 노트북 대신 들어 있는 이 물건들을 결국 사용하게 될는지 아직은 모르겠다. 그를 만나러 가는 지금 내 머릿속은 토사물 얼룩진 양변기 속처럼 복잡하다.

2011/07/24 일요일. 그날 오전 나는 어떤 상상 하나에 꼼짝없

이 붙들려 있었다. 세상 모든 것은—눈으로 보고 손으로 만질 수 있는 것과 그렇지 않은 종류까지를 포함해서—그에 앞선 배경과 원인을 가지기 마련이며 따라서 세상의 모든 상상도 그에 합당한 원인,이랄 무엇이 존재할 터 이를테면 그게 한 손에 들어오는 65밀리리터 요구르트 병이거나 플라스틱 페트병이었다면 혹은 나무젓가락에 감긴 솜사탕이거나 식빵이 가득 담긴 비닐 봉투였다면 그처럼 놀라운 상상은 찾아오지 않았을 것이다. 그러나 내 손에 들린 것은 오렌지 주스가 반쯤 담긴 1.5리터 유리병이었고 식탁 아래 무릎을 꿇은 아내는 묵묵히 마룻바닥을 걸레질하는 중이었다. 세상 모든 원인과 배경이 뒤돌아보았을 때 늘 결정적이듯 주스 병마개를 돌려 열다가 문득 발견한 아내의 뒤통수는 묵직한 유리병으로 힘껏 내려치기에 더없이 적합한 대상으로 보였다. 근거는 알 수 없지만 말이다.

유리병의 입구는 넓은 편이며 옴폭 팬 손잡이 부분은 오톨도톨 미끄럼 방지 처리가 되어 있다. 무가당 100%,라고 적힌 글자를 묵묵히 바라보던 나는 문득 서먹했다. 이게 뭐지? 이런 물건이 어째서 내 손에. 낯선 물건을 위태롭게 집어 든 내가 식탁으로 두 발짝을 다가갔다. 걸레질에 열중인 아내의 뒤통수는 장윤현 감독의 1997년 영화 〈접속〉에서 전도연이 선보였던 짧은 파마머리를 닮아 있다. 손바닥에 땀이 찼다. 어금니를 악물었다. 전도연의 뒤통수를 향해 들고 있던 물건을 힘차게 내리친다. 퍼석! 혹은, 와작! 뭔가 박살 나거나 으깨는 소리는 둔탁했지만 길지 않았다. 아야 아파, 나한테 왜 이러는 거야? 아내는 원망 가득한 눈으로 나를 올려다보지 못했다. 젖은 걸레를 쥔 채 바닥에 얌전히 엎어져 있다. 쿨럭 쿨럭. 뒤통수와 유리병이 깨져 나간 자리에서 검붉은 피가 불규칙적으로 솟구치고 있다. 죽은 물건에 대고 염오는 중얼거린다. 미안해, 냉장고 안에 살인 무기가 있을 줄은 몰랐어. 맹세코 다른 뜻은 없었다고.

여보.

……응?

나 지금, 이상한 상상을 했어.

아이고 머리야. 약 하나 먹어야겠네.

듣고 있어?

뭘.

되게 이상한 걸 상상했다고.

무슨 상상.

유리병으로 당신 대갈통을 내려치는.

너무해.

상상이니까.

대갈통이 뭐야 대갈통이. 그런데 왜?

나도 몰라. 상상이니까.

그래서 어떻게 됐는데.

당신이 죽더군. 아무 말도 못하고 마룻바닥에 고꾸라져서. 피를 꿀럭꿀럭 내뿜으면서 말이야.

어쩐지. 아까부터 골치가 지끈지끈 아프더라니.

아니다. 그런 대화를 나눈 게 아니다. 다만 그런 대화를—주스 병으로 머리를 내려치는 장면에 이어—잠깐 상상했을 뿐이다. 대화라. 그건 나와 아내와의 방식이 아니다. 대화라고 할 만한 어떤 것을 주고받은 게 도대체 언젯적 일인지 생각도 나지 않는다.

화장실에서 철 지난 주간지를 뒤적이고 있을 때 초인종이 울렸다. 그때 아내는 자신의 방에—내가 좌변기에 앉아 있다는 것을 알지 못했고, 알고 싶지도 않았으며, 알려고도 하지 않은 채로—있었다. 잠시 후 이번에는 현관문을 쿵쿵 두드려 대는 소리가 들렸다. 그리고 5초 후 아내가 방문을 열고 마루를 뛰어가는 기척이 이어졌다. 방문자를 확인하고 현관문을 연 아내가 밝게 인사했다. 아, 안녕하세요. 웬일로? 쏴아아. 변기 물을 내린 뒤 바지를 추켜올리며 화장실에서 나와 보니 현관 앞에 선 아내가 누군가와 대화 중이었다. 이웃집 여자 같았다. 거실 쪽으로 걸음을 옮기다가, 무심코, 반쯤 문 열린 아내의 방 안을 흘끗 바라보았다. 흘끗 바라보고 말았다. 어째서 그랬는지 아직도 알 수가 없다. 책상 위 모니터에 낯익은 여자 얼굴이 보였다. 〈베티블루 37°2〉 포스터이다. 맹세코 그것이 아니었더라면 무심코 던진 시선을 거두어들이고 말았을 것이다. 베아트리체 달이 아니었더라면.

북향 창이 난 아내의 방. 책상 모서리를 짚고 서서 마우스로 화면을 움직여 본다.

당신은 나를 좀 몰라요.

그런 이름을 가진 블로그이다. 이런 걸 다 했었나? 당신은 나를 좀 몰라요. 과연 그렇던가. 아니야. 나는 당신을 많이 몰라요. 내가 당신을 모른다는 것을 제외한 많은 것들을. 현관문 닫히는 소리가 그때 들렸다. 슬그머니 방을 나서다가 문 앞에서 아내와 마주쳤다. 내 방에서 뭐했어? 아내는 그렇게 말하지 않았다. 다만 무심히 나를 바라보았다. 나를 꿰뚫고—거기 내가 없다는 듯—지나가 내 뒤의 어느 지점을 향하는, 그런 눈빛으로. 그러고는 방에 들어갔고 절컥, 문을 닫았다.

2011/07/25 사무실 컴퓨터로 베티블루의 블로그를 다시 찾아갔다. 궁금해서 일이 손에 안 잡힐 정도는 아니었다. 다만. 그저 다만.

첫 포스팅을 시작한 것이 작년 11월이다. 그간 올린 포스트가 422개, 다녀간 방문자 숫자만 5만 명이 넘었다. 나는 50,233번째 손님이었다. 언제부터 이렇게 열심이었던가. 그야 나는 당신을 좀 몰라요, 이다. 소소한 직장 생활에 대해 일상의 지루함에 대해 책장을 막 덮은 외국 소설에 대해 점심시간에 사무실 직원들과 함께 갔던 해물 뷔페식당에 대해 한창 내한 공연 중인 영국 록그룹에 대해 40년 전 숨진 남미의 혁명가에 대해 《괴테의 이탈리아 기행》에 대해 말하는 블로그의 주인은 아내가 아니라 베티였다. 베티라는 이름을 쓰는, 내가 모르는 누구였다. 거의 매일 새로운 포스트가 올라오고 글과 음악과 사진과 동영상이 선보이면 베티만큼이나 낯선 이름을 가진 방문객들이 어김없이 찾아와 친밀한 덧글을 남겼다. 도통 공감이 닿지 않는 세계를 시무룩이 거닐던 즈음이다. 인터넷 접속이 끊기듯 느려지더니, 블로그에 새로운 글과 그림이 둥실 나타났다. 갑자기 어떻게 된 거지? 어리둥절하던 나는 깨달았다. 충무로 사무실에 있을 아내가 지금 막 새로운 포스트를 만들어 올린 것이다. 비 오는 월요일. 그런 제목을 단 포스트에서 베티는 사무실 4층 창밖의 비 젖은 오후 거리를 이야기하고 있었다. 배경 음악으로 올린 빌 더글라스의 연주는 언젠가 집안에서 들은 것도 같고 아닌 것도 같았다. 기분 묘했다. 어째서? 그걸 알 수 없어서 묘했다. 불쾌하지는 않았지만 상쾌하지도 않았다. 전화를 걸어 아는 체해 볼까. 엉뚱한 상상에 식도가 간질거렸다. 이봐, 창밖의 비 젖은 거리 풍경이 어때? 보기 좋아?

 사진 게시판. 디지털 카메라로 찍은 사진 수십 컷이 올려져 있었다. 아침 출근길, 운전석에 앉아 찍은 1호 터널 주변. 53년 전통이라는 칼국수집 앞에 길게 줄 선 회사원들. 잔뜩 어질러진 사무실 책상 위. 여럿이 함께 찍은 사진도 있었다. 일산 화정에서 반가운 얼굴들,이란 제목이다. 초록빛 선연한 봄의 공원. 날씨 좋구나. 정자나무 주변에 다섯 사람이 사이좋게 모여 있다. 뭐가 그렇게 즐거운지 낮술을 한잔씩 걸쳤는지 한없이 밝은 표정이다. 세 명의 여성 가운데 체구가 가장 작은 베티가 사진 왼쪽에서 활짝 웃는다. 나로선 접해 본 기억 없는, 놀랍도록 행복한 웃음이었다. 블로그 하면서 사람들도 만나고 다니는구나. 그렇겠지. 그렇기도 하겠지.

2011/07/29 마지막 장맛비가 내리던 금요일. 자정 넘도록 아내는 귀가하지 않았다. 회식이 있어 늦겠다는 전화가 온 게 9시였다. 술을 못 하는 데다 채식주의자인 나는 삼겹살에 소주를 마시고 훈제 치킨에 생맥주를 마시고 골뱅이 무침에 병맥주를 마시고 다음 날 깊은 환멸에 빠진 낯빛으로 내내 괴로워하는 사람들의 반복되는 일상을 좀처럼 이해 못하는 편이다. 아내의 경우처럼 말이다. 슈퍼에서 파는 단팥빵과 오렌지 주스로 늦은 저녁을 해결하고 컴퓨터 책상 앞에 앉아 집에 가져온 회사 일을 끼적였다. 인터넷으로 연예계 가십 기사를 읽었고 스포츠 신문의 연재만화를 보았으며 핸드폰을 바꿀 생각으로 쇼핑몰도 기웃거렸다. 온라인 게임에 접속해 1시간 넘게 포커를 쳤다. 베티의 블로그에도 들어갔다. 당신은 나를 좀 몰라요. 며칠 사이에 새로운 포스트가 여럿 올라와 있다. 그리고 포스트의 말미마다에는 이웃 블로거들의 덧글이 다섯 개씩 열 개씩 꼬리를 물고 이어졌다. 올린 글에 공감하는 내용이거나 그저 안부 인사거나, 혹은 오늘 음악이 참 좋다는 등등. 덧글들에 대해 베티는 한 차례 예외도 없이 일일이 정성껏 응답하는 성의

를 보였다. 집에 방문한 손님들에게 자리를 권하고 차와 과일을 대접하듯 말이다. 포스트 속 주고받는 이야기들을 한참 접하고 있으려니 건넌방에 숨어 거실의 손님들 웃음소리에 귀를 기울이는, 그런 기분이었다. 하루도 거르지 않고 찾아와서 흔적을 남기는 방문자들도 적지 않았다. 베티의 블로그에 나 이상으로 순수한 관심과 애정을 가진 이들일 터였다.

비공개 게시판. 그런 공간이 있다. 누군가 찾아와 글을 올리면, 글 쓴 당사자와 관리자만이 그 내용을 확인할 수 있었다. 그 외의 다른 사람들은 누가 언제 무슨 이야기를 했는지 알 길이 없었다. 남들에게는 비밀이며 블로그 주인과 단둘이만 통하고 싶을 때 유용한, 유용할, 예의 게시판에 주목하고 만다. 뒤틀린 감정 하나가 부글부글 끓어오른다. 관심이었다. 아니다 호기심이었다. 증오에 가까운 호기심이었다. 이 너머, 대관절 어떤 이야기들이 숨겨져 있을까. 공개 게시판에서도 그렇게나 다정한 친밀과 우애가 넘쳐 나는데 남들 모르는 비공개라면 얼마나 더할까.

확인할 방법은 하나다. 아이디 해킹. 그러려면 두 가지가 필요했으니 아이디와 패스워드, 그를 통해 관리자로 로그인하는 것이다.

아이디는 알고 있다. 블로그 주소 http://blog.weland.com/bettyblue33의 bettyblue33이다. 그럼 패스워드는? 주민등록번호 뒤 일곱 자리를 적어 본다. 아니다. 아파트 동 호수. 아니다. 핸드폰 번호. 아니다. 집 전화번호. 현관 디지털 키 비밀번호. 아내가 몰고 다니는 마티즈 차량 번호 네 자리. 역시 아니다. 무턱대고 패스워드를 알아내려는 것이 얼마나 말도 되잖을 노릇인가를 실감한다. 불쾌한 호기심이 다시금 부글부글 끓어오른다. 억센 손아귀가 심장을 움켜쥐는 것 같다.

아내를 사랑하는가. 모르겠다. 생각해 보지 않았다. 솔직히 말해 그렇지 않은 편이다. 더 솔직해지자면, 그렇건 아니건 이제 별로 중요하지 않다고 할 수 있다. 언제부터 그렇게 되었는지 기억도 나지 않는다. 화내고 욕하고 집착하는 것보다 더 무서운 것이 무관심이라고 사람들은 말한다. 그러나 무관심보다도 끔찍한 것이 있다. 무관심한 관심이다.

그 와중에 결국 패스워드를 알아낸 것은 정말이지 기적과도 같은 노릇이었다. 작년 봄 마지막으로 찾았던 부천 처가가 왜 갑자기 떠올랐는지 알다가도 모를 일이다. 어느 초월적 존재의 의지가 작용한 것이라면, 그가 누군지 장차 나와 아내 사이에 찾아올 불행에 별 관심 없는 작자임에 분명하리라. 수첩을 뒤져 처가 전화번호를 찾았다. 전화번호 여덟 자리를 패스워드 삼아 입력하고 엔터 키를 쳤다. 아이디 또는 비밀 번호 오류입니다. 아닌가? 다시, 뒤의 네 자리 9128을 적었다. 그리고 엔터. 오오, 과연. 모니터에 다음과 같은 글자가 나타났다.

bettyblue33 님으로 입장하셨습니다.

새벽 2시가 가까워서이다. 비가 언제 그쳤을까. 열쇠로 문을 열고 들어선 아내는 늘 그렇듯 나 왔어, 한숨처럼 중얼거렸다. 화장실 문이 닫히고 수돗물 트는 소리가 들려왔다. 온 집에 들큼한 술 냄새가 퍼지고 있었다. 침대에 누운 아내는 몇 차례 뒤척임도 없이 깊은 잠에 빠져 들었다. 숨소리 잔잔해지기를 기다려 가만히 안방을 빠져나왔다. 그리고 책상 앞에 돌아와 앉았다. 컴퓨터 본체가 홀로 나직이 씨근덕거리고 있었다.

가슴이 울렁거렸다. 어깨에 힘이 빠졌다. 무서웠다. 너무 놀라 무서웠다. 너무 놀랍고 무서워서 머리가 아팠다. 너무 놀랍고 무섭고 머리 아파서 도대체 이게 무슨 상황인지 정리가 되지 않았다. 비공개 게시판. 익명의 방문자와 베티가 단둘이 만나 다정한 인사를 건네고 비밀한 이야기를 주고받는, 공개 게시판과는 또 다른 사적이고 솔직하고 은밀한 공간. 몇몇의 방문자들은 거의 대부분 공개 게시판에서 보았던 이름이었다. 그런데 개중에 유난히 도드라지는 이가 있다. 일렉트릭글루미랜드. 내가 예민해서가 아니다. 정상적인 판단력을 가진 사람이라면 비공개 게시판에서의 그 존재감에 주목하지 않을 수 없으리라. 방문자들의 글이 하루 열 개면 그가 올리는 것은 일고여덟 개였다. 모두의 출입이 허용된 비공개 게시판은 마치 그만을 위해 숨겨진 공간 같았다. 도대체 누굴까. 궁금하지도 않았지만, 그러나 불같이 궁금했다. 링크된 그의 블로그에 들어가 보았다.

ElectricGloomyLand.

marana의 블로그입니다.

검은 바다. 다만 그뿐이다. 한가득 펼쳐진 흑백 사진 외에는 아무것도 없다. 단 한 개의 포스트도 게시물도 올려져 있지 않았다. 말없이 넓고 검은 바다. 그 속에서 사는 어떤 이가 매일 아침 안부 전화를 하듯, 매일 점심 꽃다발을 내밀듯, 매일 저녁 달콤한 키스를 건네듯, 사랑이 시작된 연인처럼 하루에도 몇 번을 찾아와 다정한 인사를 남겼다. 이런 식으로 말이다.

……흐린 아침이군요. 전 막 사무실에 출근했어요. 베티 님은?

……보내 준 음악 잘 들었어요. 이달의 주제곡 삼을까 해요.

……어제 잘 들어갔나요? 보기로 한 영화, 못 봐서 어떻게 하나.

　　다음 기회엔 꼭.

……베티 님에 대해, 더 많이 알고 싶어요. 그냥 궁금해요. 모든 게.

……우리 알게 된 지 벌써 200일 째에요. 파티 해야 하는 거 아

　　닌가?

……비가 옵니다. 지금 뭐해요? 뭐 그냥, 베티 님 생각이 나서.

……약속 안 잊었죠? 내일모레 토요일이에요. 거기서.

이게, 이게 뭐지? 도대체 이게 뭐지? 가슴이 두근거렸다. 입이

말랐다. 얼굴이 화끈 달아올랐다. 내 안의 무엇인가, 천천히 허물어지고 있었다.

2011/08/02 아내가 어떻게 죽음을 맞이했는지 나는 잘 모른다. 미안한 일이지만 기억이 확실치 않다. 여러 정황에 비추어 아마 그랬으리라, 는 예상이 가능할 뿐이다. 그날도 아내의 귀가가 늦어지고 있었다. 자정 전에 돌아올지 새벽 2시를 넘길지 알 수 없었다. 9시 뉴스를 보며 혼자 저녁을 먹었다. 사채 독촉에 시달리던 30대 남성이 아내와 생후 15개월 된 딸을 살해하고 스스로 목숨을 끊었습니다. 오늘 오전 11시쯤……. 식탁을 치우고 이를 닦고 베란다에 나가 8층 아래 어둔 밤거리를 잠깐 바라보았고 거실로 돌아와서는 아내에게 전화를 걸었다. 통화 연결음이 오래 이어졌고 지금은 전화를 받을 수 없으니, 녹음된 목소리가 들려왔다. 책상에 앉아 컴퓨터를 켰다. 당신은 나를 좀 몰라요. 이제 익숙해진 아이디와 패스워드를 입력하고 관리자로 로그인한다. 비공개 안부 게시판.

일렉트릭글루미랜드(marana)　　　　　2011/08/01 21:05

뭐 해요 지금? 난 아직 사무실이에요. 월요일부터 야근이라니. 지친다. 휴가철이라는군요.

베티(bettyblue33)　　　　　2011/08/01 21:32

요새 바쁜가 봐. 저녁은 먹었죠? 아, 동해 바다 보고 싶다.

일렉트릭글루미랜드(marana)　　　　　2011/08/01 23:17

지금 막 집에 돌아왔어요. 동해 바다라. 정말 우리, 언제 동해 갈까요?

베티(bettyblue33)　　　　　2011/08/01 23:54

상황 봐서. ^^ 그럼 잘 자요. ……내일 만나기로 한 거 안 잊었죠?

어제 늦은 저녁 시간에 오갔던 대화들이다. 녹슨 칼날이 가슴을 베었다. 슬프냐고? 아니다. 슬픈 게 아니라, 다만 아팠다. 괴로웠다. 괴롭고 아픈 후회가 몰려들었다. 베아트리체 달에 홀려 아내의 방을 기웃거리지 않았더라면. 베티의 블로그를 접하지 않았더라면. 비공개 게시판을 향한 호기심을 제어할 수 있었더라면. 관리자 패스워드를 끝끝내 알아내지 못했더라면. 빌어먹을. 이 모든 것을 영영 모른 채 살아갈 수만 있다면.

어떤 사이일까. 예의 바르고 유쾌한 이성 친구? 서로에 대한 호감이 풋풋한 애정으로 싹트는? 만나 거리를 걷고 차를 마시고 영화를 보고 술을 마시고. 손을 잡았을까. 키스를 했을까. 모텔 주차장에 차를 세우고 총총히 2층 객실로 들어섰을까. 상대가 보는 앞에서 옷을 벗었을까. 거칠게 포옹하며 샤워를 했을까. 남자의 어깨에 안겨 얕은 신음 소리를 흘렸을까. 어지러웠다. 식도가 녹아내리는 것 같았다. 질투도 분노도 혐오도 아니었다. 그저 괴로웠다.

자정이 지나갔다. 환경 다큐멘터리가 끝나고 TV 심야 토론이 한참일 때 현관문 열리는 기적이 들렸다. 베티는 다소 지친 얼굴이었다. 술에 취한 것 같지는 않았다.

아내가 어떻게 죽음을 맞이했는지 나는 잘 모른다. 추한 변명이라고 해도 어쩔 수 없는 일이다. 맹세코, 반쯤 정신을 잃은 상태였다. 살색 스타킹 양말을 벗고 욕실에 들어서는 아내의 팔을 잡아 세웠다. 얼마 만에 만져 보는지 모를 아내의 몸은 따뜻하고 부드러웠다.

지금 몇 신 줄 알아?

아내는 놀라는 눈치였다. 그럴밖에. 분노건 무엇이건, 어떤 격한 감정을 아내 앞에서 드러내는 게 얼마 만의 일인지 몰랐다.

당신, 나한테 뭐 할 이야기 없어?

아내가 크지도 작지도 않은 목소리로 천천히 대답했다.

무슨 이야기가 듣고 싶은데. 이 팔이나 좀 놔. 아파.

아내의 얼굴 속에서 베티가 말했다. 당신은 날 잘 몰라요. 뒷머리가 아뜩해졌다.

아프다고? 아파? 응?

버럭 소리쳤다. 정신 병원 철창을 붙들고 선 사내처럼. 거실 벽에 짧게 메아리쳐 들려오는 외침이 둔탁하게 고막을 때렸다. 이런 경우 먼저 폭발하는 쪽이 절대적으로 불리하다는 것을 모르지는 않았지만 어쩔 수 없었다. 위태롭게 쥐고 있던 마지막 끈 한 가닥을 툭, 놓치고 만 것이다. 비극은 그렇게 찾아왔다. 내 의지와는 조금도 상관없이. 도대체 내가 당신에게 뭐냐고 소리친 것 같다. 도대체 당신이 나에게 뭐냐고 고래고래 소리친 것도 같다. 급기야 블로그에 대해서도 입에 올리고 말았다. 베티, 그리고 일렉트릭글루미랜드에 대해서. 아내는 낙담한 얼굴이었다. 놀랐을까? 물론 그랬을 테지. 절망했을까? 순간 체념하고 말았을까? 그건 알 수 없다. 시종 어두운 얼굴이더니, 천천히 입을 연다.

……당신, 정말로 수준 이하야. 알아?

그리고 더 무슨 일이 있었는지 나는 모른다. 기억이 나지 않는다. 2~3분? 짧은 순간 정신을 잃었다. 잃고 말았다. 정신을 잃되 쓰러져 기절한 것이 아니었다. 단두대에 머리를 잃은 팔다리가 아직 살아서 꿈틀꿈틀 춤추듯, 육신만은 여전히 깨어서 어떤 행동을 벌였을 터이다. 짧은 비명 소리가 들렸던 것 같다. 쨍그랑 와당탕 뭔가 부닥치고 부서지고 넘어가는 소리가. 잠시 후 정신을 차린 나는 눈앞에 널브러진 장면에 허, 가쁜 숨을 멈추었다. 아내가 목욕탕 바닥에 아무렇게나 드러누웠다. 두 눈을 환히 뜨고 있다. 변기 가장자리에 밝고 선명한 핏자국이 보였다. 왼쪽 손목이 시큰거렸다. 주방으로 가 냉장고 문을 열고 손잡이 오톨도톨한 주스 병을 집어 들었던가. 할 줄도 모르는 주먹을 휘둘렀던가. 무의식. 무의식. 내 안에, 도대체 어떤 괴상한 것이 숨어 있었기에.

2011/08/03 죽은 아내를 침대에 눕혔다. 벌어진 상처의 출혈은 멈추었고 사후 경직이 풀린 몸은 무거웠다. 그새 날이 밝았으므로 평소보다 이른 시각에 출근할 수 있었다. 가로수도 약국 간판도

사거리 모퉁이에서 토스트와 김밥을 파는 트럭도, 늘 보던 아침 출근길 풍경들이 매우 낯설었다. 그래. 어제까지의 세상과 오늘부터의 세상은 전혀 다른 종류의 것이었다.

점심시간을 앞두고 팀장에게 3일 간의 휴가를 신청했다. 무슨 일이라도 있는 거예요? 태어나서부터 줄곧 걱정만 하고 살아온 사람 같은 얼굴로 그가 물었다. 그렇다고 할 수 있지요, 죄송합니다. 비장한 작별 인사를 건네려다가 꾹 참고 서둘러 회사를 나섰다. 오후 햇살이 빗줄기처럼 쏟아지고 있다. 여름 한낮 정물 같은 명징. 분식집에 들어가 시큼한 열무 냉면을 사먹었다. 그러고 나서 무작정 걸었다. 29도를 웃도는 여름 날씨였다. 안방 침대에 잠들어 있을 아내의 시신을 생각했다. 석유. 시멘트. 야산. 쇠톱. 비닐 백. 삽. 사체 유기에 관한 단어들이 꾸역꾸역 떠올랐지만 그다지 실감이 닿지 않았다. 오전에 전화했던 총포사에 찾아갔다. 전기 충격기와 가스 스프레이는 생각보다 값이 쌌다. 익숙지 않은 물건들을 노트북 가방에 넣고 다시 거리를 걸었다. 생각할수록 새록새록 어이가 없었다. 이 상황에서 이토록 아무렇지 않을 수가 있다니. 연쇄 살인범처럼 청부 살인업자처럼 태연히 거리를 활보할 수 있다니. 맙소사. 내 안에 도대체 어떤 괴상한 것이?

밤 10시 넘어 집에 돌아왔다. 아침에 나갈 때와 다름없이 불이 꺼져 있는 거실은 어두웠고 침대 위에는, 역시 아침에 나갈 때와 다름없이 아내가 누워 있었다. 컴퓨터를 켜고 책상에 앉았다. 비공개 게시판. 새로운 안부 글이 여럿 올라와 있다.

일렉트릭글루미랜드(marana)　　　　　2011/08/03 10:11

굿모닝! 어제 잘 들어간 거죠? 오늘도 좋은 하루. 난 이제 회의 들어가

야 해요.

일렉트릭글루미랜드(marana)　　　　　2011/08/03 01:34

바지락 칼국수랑 만두 먹고 왔어요. 점심 먹었어요.

일렉트릭글루미랜드(marana)　　　　　2011/08/03 16:17

하루 종일 왜 이렇게 조용한 건가요.

일렉트릭글루미랜드(marana)　　　　　2011/08/03 20:11

무슨 일 있어요? 전화도 안 받고. 혹시 나한테 화난 거 있어요? ……답

답해요. 제발.

사랑하는 베티에게 무슨 일이 생긴 것일까, 일렉트릭글루미랜드

는 그리움과 걱정으로 애가 탄다. 로그인한 나는 베티로 변신했

다. 그리고 다정하게 응답했다.

베티(bettyblue33)　　　　　2011/08/03 23:56

하루 종일 바빴어요. 걱정하게 해서 미안해요. ……우리, 내일 만나요.

할 이야기가 있어요. 괜찮죠? 잠실, 동상 아래에서.

2007/08/04 잠실역 오후. 덥지만 화창한 날이다. 놀이 공원으로 향하는 길, 고뇌하는 거인상 앞으로 다가갔다. 시계탑 아래 벤치 그늘에 사람들이 보인다. 가방을 멘 고등학생들. 휴지통 앞에서 담배를 피우는 남자. 생활 정보 신문을 뒤적이는 노인. 유모차를 붙들고 선 젊은 엄마. 회색 반팔 유니폼을 입은 회사원들. 저들 가운데 일렉트릭글루미랜드가 오지 않을 베티를 기다리고 있을 것이다. 아내의 죽음에 깊이 관여한 내가 나만큼이나 아내의 죽음에 깊이 관여하고 있는 인물을 만나는 것은 그 이유를 따질 필요조차 없는 일이다. 멀지 않은 내 미래에 어떤 일이 닥칠지는 알 수 없지만 말이다. 다시 사람을 죽일 생각은 물론 없다. 죽을 만큼 혼란스러웠던 것은 분명하다. 분노나 절망에 대해서는 잘 모르겠지만 죽을 만큼 낯설었던 것 또한 사실이다. 하지만 살인이라니. 그건 예기치 않은 실수였다. 돌이킬 수 없다는 점이 가슴 아프고 안타깝지만 누구나 실수를 할 수 있다. 그래서 실수이다. 그럼에도 굳이 일렉트릭글루미랜드를 만나려는(노트북 가방 안에 온갖 끔찍한 물건들을 가득 담고서) 이유를 누가 묻는다면, 그러지 않을 수 없어서라고 대답할밖에 없겠다. 글쎄. 그를 만나면, 만나고 나면, 아내가 숨지던 밤 내 안에 숨어 있던 괴상한 것이 대체 무엇이었는지 알게 되지 않을까, 기대감이 전혀 없는 것은 아니지만.

여름 오후 햇살은 불같이 쏟아지고 10차선 찻길 소음은 정신이 없다. 가로수에서 매미 소리가 발악하듯 울어 댄다. 어지러웠다.

머리가 무거웠다. 이틀 동안 잠을 한숨도 못 잤다. 지금이란 상황이 못 견딜 정도로 낯설고 생경하다. 여기 지금, 어째서 이렇게 서 있는 거지? 안방 침대에 누워 있을 아내를 다시 생각했다. 불행한 일이지만 이제 시신이 부패하기 시작할 것이다. 살았을 때 끊임없이 체세포가 분열하고 심장이 수축 이완 운동을 했듯 죽은 몸속 체내 박테리아의 번식 량이 급격하게 증가하고 있을 것이다. 그 냄새에 찾아든 쉬파리 집파리가 콧구멍과 귓구멍과 옆머리의 상처에 알을 낳고, 얼마 후면 구더기가 부드럽게 상한 살을 파먹을 터였다. 메스꺼웠다. 구토가 쏟아질 것만 같았다. 견딜 수가 없구나. 아랫배에 칼이 박힌 사람처럼 불편한 걸음을 옮겼다. 빈 나무 벤치에 주저앉았다. 고뇌하는 청동 거인이 넓은 그늘을 내어주고 있다.

바지 주머니에서 밝은 음악 소리가 들려왔다. 핸드폰 벨소리다. 주머니에서 전화기를 꺼냈다. 내 것이 아니다. 아내의 것이다. 핸드백에서 찾아낸 물건이다. 벨이 계속 울고 있다. 발신자는 일렉트릭글루미랜드. 오지 않는 베티를 기다리다 못해 전화를 걸었을 것이다. 핸드폰 울음소리가 계속되자 사람들이 이쪽을 힐끔거린다. 이걸 받아야 하나, 고민하는데 소리가 뚝 끊겼다. 귀 따가운 매미 소리가 다시 시작되었다.

「저어, 저기요.」

누군가 다가왔다.

「그 전화, 실례지만 본인 거 맞으세요?」

그다지 어려워하는 기색도 없다.

「아닌데요.」

나는 천천히 자리에서 일어섰다. 하얗게 현기증이 일었다.

「혹시, 어어, 일렉트릭글루미랜드라는 분인가요.」

「맞아요. 그걸 어떻게.」

40대 중반? 작은 키 마른 체구, 화장기 없는 얼굴에 은테 안경이 예민한 인상이다.

「……여자 분이셨군요.」

일렉트릭글루미랜드가 의아한 얼굴로 다시 물었다.

「그런데, 베티 님은 지금 어디 계시나요? 어째서 그 전화기를.」

가늘지만 강단 있는 목소리. 머릿속에서 회오리바람이 일었다. 상상도 못했던 경우이다. 검은 바다. 검은 바다 속에서 사는 사람, 그가 당신이었던가. 손에 든 분홍색 핸드폰을 하염없이 만지작거렸다.

「아, 이거요? 이게 그러니까.」

뭐라고 해야 좋을까. 아픈 후회가 몰려든다. 방문 틈으로 〈베티 블루 37°2〉 포스터를 발견 못했더라면. 베티의 블로그를 알지 못했다면. 비공개 게시판을 향한 호기심을 견딜 수 있었다면. 이 모든 것을 모르는 채 살아갈 수 있었더라면. 일렉트릭글루미랜드가 미간을 찌푸렸다.

「저기요. 죄송하지만 어떻게 되는 분이신가요? 베티 님에게 무슨 일이라도.」

더는 침묵하고 있을 수 없었다.

「직장 동료입니다. 부탁을 받고 대신 나왔습니다.」

「무슨 부탁을요?」

「대신 좀 나가 달라고. 문제가 좀 있으셔서요. 그래서.」

「문제요? 무슨 문제가 있나요?」

쉴 틈 없이 또박또박 따져 든다. 울컥 짜증이 일었다. 제기랄. 왜 나한테 따지는 거야? 엄밀히 말해 나도 피해자라고. 더웠다. 바람 한 점 없었다. 등줄기에 미지근한 땀줄기가 주르르 흘렀다.

「큰일은 아닙니다. 보시면 알겠지만.」

가슴속에서 무엇인가 꿈틀, 요동쳤다.

「가시죠. 그분 계신 곳을 제가 압니다.」

노트북 가방을 어깨에 걸었다. 햇살 눈부신 8월이었다.

세상 만물에는 엉덩이가 깃들어 있다

• • •

　쌍둥이는요, 달이 차고 날이 가까워 엄마 몸에서 나올 때 한 명이 죽으면, 남은 녀석이 죽은 형제의 기운을 고스란히 받아들인대요. 장차 맞이하고 감당하고 누릴 오만 가지 세상 운명이, 사주와 별자리 형세가 정해 주는 태생적 기질이, 남다른 재주나 악운을 타고났다면 그것까지가 열 달 동안 배 속에서 오순도순 지냈던 형 혹은 동생(배 속에서는 미처 그 순서가 정해지지 않았겠지만)에게 아낌없이 돌아간다는 겁니다. 넓적한 엉덩이를 열나게 씰룩이며 왼다리를 달달 떨며 '하카하카 버닝 러브'를 외치던 엘비스 프레슬리 아시잖아요. 전 세계에 12억 장의 레코드판을 팔아 치우고 생전에만 70억 달러를 벌어들인 로큰롤의 이병철 팝의 정주영. 그 작자도 쌍둥이였다는 거 아닙니까. 1935년 미시시피 주의 어느 날. 일란성 쌍둥이였던 그의 형이 세상에 나오자마자 숨을 거두었다지요.

오호라, 그러고 보면 엘비스 프레슬리가 누렸던 징그럽게도 남다른 인생을 너그러이 이해해 주고 싶어지지 않습니까. 돈이면 돈 인기면 인기 명예면 명예, 몇백 년 지나야 한 사람 나올까 우려되는 꽃 같은 인생. 두 생명의 상서로운 기운이 한데 모였기에 그렇게 노래도 잘하고 엉덩이도 곧잘 씰룩였겠지요. 고작 마흔두 살에 약물 중독으로 홀로 외로이 세상을 떠나긴 했지만 마흔두 살에 홀로 외로이 세상을 뜨는 이들 모두가 서른세 편의 할리우드 영화에서 멋쟁이 주연을 맡고 80피트짜리 개인 요트에서 수십 명의 개미허리 왕가슴 미녀들과 즐거운 시간을 보내는 것은 아니니까.

이쯤 되면 속없이 한탄하는 양반들 분명히 계십니다. 난 왜 태어날 때 죽어 나온 쌍둥이 형제가 없었을까. 어쩐지 생전에 로또 4등 한 번 맞아 본 적이 없으니. 하지만 고정하세요. 패트릭 R. 제이콥 같은 작자도 생각하자 이겁니다. 들어 본 적 있나요? 1988년 캔자스시티를 비롯한 미국 전역에 한바탕 무시무시한 구토의 물결을 몰고 왔던 연쇄 살인범 말입니다. 자신의 아파트로 끌어들인 여성들을 머리 부서 죽이고 썩둑썩둑 토막 내어 구워 먹고 일부는 양변기에 처넣어 물을 내리는 식으로 1년 8개월 동안 무려 43명을 밥숟가락 놓게 만든 희대의 괴물. 막힌 하수구를 공사하던 인부가 하수관에서 토막 난 새끼손가락과 눈알을 발견하고는 30분 동안 구토를 쏟았다죠. 긴급 출동한 경찰들도 몹쓸 소식을 전하던 현장 기자도 인터뷰하던 아파트 경비원도 TV를 통해 금세기 최악의 살인마 소식을 접하던 시청자들도 대개 그런 반응이었고요. 검거 1년 2개월 만에 주정부가 제공하는 간염 예방 주사 아닌 독극물 주사를 접종받았던 제이콥 역시 태어날 때 형제 하나를 잃었던 쌍둥이 출신이라는 거 아닙니까. 똑같은 출생 경력으로 누군가 꽃 같은 인생을 살아갈 동안 누군가는 좆같은 인생에 허우적대기도 한다는. 그러니 배 속에서 혼자 열 달 독방을 차지했던 평범한 이력에 덮어놓고 우울할 일만은 아니겠지요.

오늘은 제 열두 번째 생일입니다. 아하. 열두 살 아이에게 생일이라는 게 정기 국회 개회일이나 제48회 무역의 날보다 얼마나 각별한 하루인지 아시겠지요. 제 생일, 축하해 주실 건가요? 아, 예. 감사합니다. 오늘 나보다 더 들뜬 사람이 있으니 바로 엄마입니다. 무릇 여자란 기념일에 약하다고 했지요. 아침 등굣길 내내(실은 며칠 전부터) 엄마의 반복되는 잔소리는 당최 마르고 닳을 줄을 몰랐습니다. 친구니 뭐니 절대 데려오지 마. 절대로. 안다스탠? 학교 애들 생일 파티는 내일 꼭 해줄게. 엄마랑 약속했지? 3시까지는 와야 해. 무당 아줌마가 엄청 바쁘대. 잠깐만, 정말 너, 아무한테도 이야기하면 안 된다? 부정 타면 될 일도 안 되는 거야. 대답해, 알았어? 그래요. 어쩌면 오늘은 내 열두 번째 생일보다 열두 배는 특별한 날일지도 모르겠습니다. 적어도 엄마에게는 말이지요. 난생처음 쌍둥이 형을 만나는 날! 이만하면 저라고 엄마를 이해하지 않을 수 없겠지요. 죽은 큰아들을 십여 년 만에 처음 만나는데 세상에 자기 배 아파 봤던 어느 엄마가 태연한 척할 수 있겠습니까?

옛날, 아직 엄마의 몸 안에 있을 때, 우리는 쌍둥이였습니다.(우리라. 조금 비감해지려고 하는군요.) 초음파 사진으로 사실을 확인한 아빠는 갑부라도 된 듯한 뿌듯함과 카드 빚 두 배로 늘어날 걱정에 눈물이 조금 나려다 말았으며 엄마는 느닷없이 두 배로 배가 불러 오는 것 같아 숨 쉬기가 거북해졌다지요. 부모로서의 의무감이 곱빼기로 거룩해진 엄마 아빠는 쌍둥이 형제에게 손가락이 생겨나기도 전에 이름을 지었습니다. 형은 하늘, 동생은 바다. 열라 유치하지 않아요? 우리 집안이 도대체 이(李) 씨 아니라 피(皮) 씨 가문이었다면, 내 꼴이 어찌 될 뻔했냐는 말입니다. 좌우당간 그렇게 달이 차고 날이 가고 예정일이 다가오고, 그리하여 12년 전 바로 오늘! 13시간 20분의 산고 끝에 엄마의 몸이 열렸습니다. 형 하늘이 먼저 세상 빛을 구경하고 정확히 4분 10초 후 내가, 동생 바다가 태어났습니다. 그런데 뭐가 어떻게 잘못되었는지 하늘 형은 태어난 지 10분 만에 숨을 거두고 말았습니다. 슬프고 안타깝고 당황스러운 일이었지만 나로선 그런저런 감정에 휘둘릴 경황이 없었습니다. 허벅지 사이로 핏덩이 둘을 막 뽑아낸 엄마도 심약한 아빠도 눈치 빠른 병원 관계자들도 크게 다를 바 없었지요. 풍운아 엘비스 프레슬리와 살인마 패트릭 R. 제이콥에 대해 앞에서 이야기했지요? 태생에 관해서는, 그래요, 나 역시 그들과 거의 흡사한 경력을 가진 셈입니다. 과연 내 미래가 엘비스에 가까울지 제이콥에 가까울지—죽은 형이 내게 어떤 사주와 별자리의 기운을 물려주었으며 그로써 내 안에 두 배로 충만한 운세가 어떤 종류인지 아직은 알 길은 없지만.

지금은 쌍둥이가 아니지만 한때 쌍둥이로 태어났던 나는 그래서 천성적으로 쌍둥이에 대해 어떤 묘한 감정을 가지고 있는 편입니다. 공원에서 엄마 아빠 품에 나란히 안겨 산책을 즐기는 쌍둥이 아기들을 보면 절로 걸음이 멈춰지곤 하지요.(요즘은 인공 수정 시술이 포경 수술만큼 손쉬워져서 멀쩡한 젊은 엄마들이 일부러 쌍둥이를 만든다더군요. 두 쌍둥이 세 쌍둥이에 아들 딸 선택까지 짱깨집 메뉴 고르듯 한다던데, 진짜인가요?) 한순간의 운명이 조금만 허리를 틀어 앉았더라면 나도—우리도—저랬을 텐데. 한날한시에 하나의 근본으로부터 똑같은 몸을 받아 태어난 분신의 얼굴을 마주 보며 햇살 좋은 공원길을 나란히 산책했을 텐데. 자기와 똑같은 사람이 있다는 건 과연 어떤 기분일까요? 똑같은 모습으로 똑같이 성장하고 늙어 가는 또 다른 자기가 곁에 있다는 것은. 16세기 영국 런던. 헨리 8세의 아들로 탄생한 에드워드 왕자와 뒷골목 거지 여자의 지저분한 허벅지 사이에서 태어난 아이 톰. 같은 날 같은 시각에 똑같은 외모를 갖고 세상 빛을 본, 그러나 자수정에 붙은 티끌처럼 흙탕에 비친 샛별처럼 신분 차이가 엄청난 두 소년의 우연한 만남. 서로의 역할 교체 놀이와 골 때리는 사건들. 엄밀히 말해 쌍둥이에 대한 이야기는 아니지만 오히려 그런 점에서 《왕자와 거지》는 나에게 만화 같고 삼류 저질 연속극 같은 상상력을 많이도 선사한 이야기였습니다. 세상 어딘가 나와 똑같은 나이와 생일과 외모를 가진 사람이 존재한다면. 어느 날 종묘 앞 포장마차에서 기름내 눅눅한 고구마튀김을 사먹다가 문득 그를 만난다면. 68세 되던 어느 날 파고다 공원 화장실에서 오줌을 누다가 옆에 선 노인네를 힐끔 봤는데 자기 자신과 똑같이 늙어 있더라면. 이런 어처구니없는 상상을 뜬금없이 즐기는 것도 필경 내 유별난 태생 탓입니다. 나의 쌍둥이 형제, 하늘 형이 아직 살아 있다면? 생각만 해도 짜릿하고 아찔하고 묘하게 소름 끼치는 가정입니다. 태어나자마자 죽은 게 아니라면. 누군가 죽어 가던 아이를 기적적으로 살려 냈다면. 그리하여 아무도 눈치 못 채게 영아를 빼돌렸다면. 그 아이가 저기 월곡동 산동네 같은 데서 혹은 평창동 회장님 댁에서 남몰래 키워졌다면. 그렇다면!

한때 여호와의 오른편에 앉는 것이 허용될 만큼 큰 총애를 받았던 천사계 최고의 권력자, '새벽의 빛나는 별' 루시퍼의 이야기를 아실 겁니다. 불완전한 피조물로서의 오만을 다스리지 못한 채 천사의 3분의 1을 이끌고 여호와의 권좌에 도전했던 대천사장 루시퍼의 운명이라니. 결국 쌍둥이 동생 미카엘이 이끄는 천사 군단에게 패배해 지옥의 나락으로 빠져 든다는 거 아닙니까. 루시퍼와 미카엘. 천사와 악마. 형과 동생. 거울 안의 나와 거울 밖의 나. 쌍둥이라는 특이 존재의 상징성을 소개하는 문학적 재료로 이 이상의 교과서가 없을 겁니다. 천주교에서는요, 정자가 난자에 붙는 수정의 순간부터 인간에게 혼이 부여된다고 믿는대요. 그러면 딴죽 걸기 좋아하는 무신론자들은 이렇게 투덜댑니다. 그럼 일란성 쌍둥이는 무슨 경우냐고. 분할된 수정란들이 영혼을 사이좋게 나눠 갖느냐고. 영혼이 무슨 나이트클럽에서 만난 여자 애들이냐고. 내가 기억하는 쌍둥이 이야기들이란 이 정도입니다. 철학적이고 존재론적이며 또한 대단히 반항적이지요. 쌍둥이라는 존재 자체가 원래 그렇게 철학적이고 존재론적인 한편 반항적인지도 모르겠습니다. 이쯤에서 고백하자면, 그래요, 쌍둥이란 오래전부터 내게 밑바닥 없이 막막한 두려움이자 그리움의 대상이었습니다. 왜 안 그렇겠습니까? 세상에 태어나던 바로 그날, 세상 어느 누구보다 친숙한 이의 죽음을 가장 가까이에서 경험해야 했던 나란 말입니다. 생각해 보세요. 그게 나일 수도 있었습니다. 태어난 지 10분 만에 짧은 생을 마친 쪽이 형 아닌 내가 될 수도 있었습니다. 감은 눈을 영영 뜨지 못하고 2.8킬로그램의 시신으로 변한 아이가 이하늘 아니라 이바다가 될 수도 있었단 말입니다. 세상일 모르는 거라고 어른들은 말합니다. 맞는 말입니다. 쌍둥이 중 한 명이 반드시 죽어야 할 운명이라면, 배 속에서 형 아우 순서도 정해지지 않아 누가 누군지도 모르는 판국에, 어느 쪽이 죽을지 누가 어떻게 장담할 수 있겠습니까. 50 대 50의 확률이라? 이런 경우의 50퍼센트가 99.9 혹은 0.1퍼센트와 뭐가 다르겠습니까, 다만 중요한 것은 결과—다만 결과가 남겨질 뿐인 것을. 그리하여 생존 확률이 무려 99.9퍼센트이던 형 하늘이 죽고 덕분에 내가 가까스로 세상에 남겨졌다는 상상까지를 해볼 즈음이면 누구에게라도 안겨 쪽팔린 눈물을 짜내고 싶은 심정이 되는 것입니다.

새롬 안경원을 지났습니다. 명동 김밥을 지나고 그린 마트를 지났습니다. 신흥 약국을 지나 횡단보도 앞에 섰습니다. 길 건너 펼쳐지는 주공 아파트 단지가 우리 동네입니다. 아, 오늘 날씨 정말 좋네요. 하늘은 시리지도 흐리지도 않고, 초여름 파릇파릇한 가로수들이 까르르 환한 웃음을 터뜨립니다. 시계를 보았습니다. 2시 48분. 난 정말 효자인가 봅니다. 생일인 오늘, 낳아 주고 길러 주신 엄마에게 그야말로 진정한 효가 무엇인지 몸소 실천하는 중이니까요. 무릇 효의 기본은 매사에 부모님 뜻하신 바를 제대로 이해하고 기쁘게 행하는 것. 생일이 뭐 이러냐고 시시하다고 입술을 삐죽이지도 그런 마음조차 품지 않은 것이 그 첫 번째입니다. 또한 애들을 집까지 줄레줄레 달고 다니거나 피시방에 얼씬거리지도 않았으며 오는 길에 부정 타게 쫀득이 하나 사먹지 않고 약속한 3시까지 무사 귀가할 예정인 데다, 굿이니 무당 아줌마니 하는 이야기는 옆 자리 문식이 새끼한테도 떠벌이지 않았으니까. 모두가 엄마를 위해서이고 다만 엄마 뜻하신 바를 기쁘게 행함이라고 했지만, 글쎄요, 그만은 아닐 겁니다. 솔직히 지금, 가슴이 왈랑왈랑 장난 아니게 떨린답니다. 집 가까워 갈수록 더해만 가는 긴장과 흥분. 어쩌면 당연한 노릇이겠지요. 내 쌍둥이 형, 8백 밀리리터 양수 속에서 함께 열 달을 유영하며 세상 누구와도 공유할 수 없는 절대 근원을 나누었던 그를 만나는 순간이 멀지 않았으니까. 엄마만큼이야 아니더라도 남다른 감흥에 가슴 설레지 않는다면 세상에 형편없는 거짓말이겠지요. 도대체 이게 무슨 자다 말고 누구 허벅지 긁는 소린지 모르겠다는 분이 계실 겁니다. 지금 장난 때리냐고. 말이면 다 씹어도 되는 줄 아냐고. 죽은 사람을, 태어나자마자 죽어 12년 이 지난 사람을, 이제 와서 어떻게 만나냐고.

　일주일 하고도 사흘 전입니다. 동창회 간다고 외출했던 엄마가 해 떨어지기도 전에 빨갛게 상기된 얼굴로 귀가했습니다. 낮술이 올라서가 아니었습니다. 누구랑 머리털 쥐고 드잡이를 하고 와서도 아니었습니다. 엄마는 세상에서 가장 값지고 아름답고 무섭고 슬프고 끔찍한 물건을 만지작거리다 막 돌아온 사람 같았습니다. 해봐요 제발. 두 번도 아니고 나 봐서 딱 한 번만. 손해 볼 거 없잖아! 그리고 엄마의 성화에 딱 붙들리고 만 아빠는 얼씨구 이 아줌마가 말씀 같은 말씀을 하셔야 말씀이지, 하는 반응이었다가 결국엔 언제나 그렇듯, 엄마의 집요하도록 집요한 집요함에 두 손 세 발 다 들고 말았습니다. 동창 중 어느 또라이 여편네(우리 아빠 표현입니다)가 헛바람을 잡은 게 발단이었습니다. 그래서는 뭐가 어째서 그렇게 유명하다더라? 여하튼 똥줄이나 싼다는 정치꾼에 장사꾼에 사기꾼에 문지방 닳도록 오간다는 점집을 찾아갔더랍니다. 부러 그렇게 화장을 한 것처럼 눈두덩이 온통 새까만 무당을 그날 그 시간 그 자리에서 처음 만났을 뿐인데, 오래전부터 알고 지낸 사람처럼 엄마를 다그치더라는 거죠. 어허, 애새끼 하나는 엇다 팽개치고……. 불쌍하지도 않아? 춥고 배고픈 시절에 어린 게 무슨 죄라고. 그래가지고 집구석 잘도 건사하겠다! 무슨 개뼉다귀 분질러지는 말씀인즉 태어나자마자 죽은 쌍둥이 형이 아직 이승을 떠돌고 있다는 겁니다. 죽어 낳는 사산아 중에도 그런 경우가 종종 있고 낳고 죽은 경우도 드문 일은 아니라더군요. 물론 갓난아이뿐 아니라 객사한 어른의 경우도 마찬가지라는데, 하긴 무당 주둥아리에서(이 역시 아빠 주둥아리에서, 아니, 아빠 입에서 나온 말입니다) 나오는 이야기가 어디 가겠습니까? 죽어 없는 사람의 '무엇'이 아직 이승을 떠돌며 세상과 어떤 식의 관계를 주고받는다는, 그런 가설이 통하지 않았던들 지구 상의 무당들은 저 옛날에 모두 굶어 죽거나 맞아 죽고 말았겠지요. 하늘 형이 아직 살아 있다는 것. 살아 있는 것은 아니지만 하여간 어떤 방

식으로 이 세상에 아직 존재하고 있다는 것. 배 속에서 함께 지내
던 형제는 죽지 않고 잘 커서 엄마 젖도 빨고 유치원도 가고 여자
친구도 사귀고 잘만 살아가는데 자기만 세상에 나자마자 소각로
신세 지는 게 억울해서, 그래서 저세상으로 돌아갈 생각도 못하고
있다는 것이 무당 아줌마의 주장이었습니다. 이승을 떠도는 것도
제멋대로가 아니라 만물 천지 돌아가는 법에 따라 움직이는데, 그
에 따르면 머지않아 우리 가족들 가까이에로 찾아오게 되어 있답
니다. 이를테면 낳고 죽은 날로부터 12년 뒤, 쥐 소 호랑이 토끼로
시작해 원숭이 닭 개 돼지로 이어지는 12간지가 정확히 한 바퀴 돈
날, 그리운 가족들 있는 곳으로 잠깐 찾아온다는 이야기지요. 바로
오늘입니다. 열두 번째 생일이자 기일인 오늘. 잘 달래서 돌려보내야
지. 안 그래? 또 와서 젖 달라고 보챌 텐데. 이어지는 설명인즉 이번 기회
에 쌍둥이의 영혼을 달래서 아주 구천으로 모셔야 한다는 겁니다.
그렇지 않으면 12년 후에 다시 찾아와 투정을 부릴 거라고. 죽어
떠도는 혼이 아무리 가여워도 결국은 잡귀신일 뿐이라고. 잡귀신
이 멋대로 들쑤시고 다녀 봐야 집안 꼴이 잘 될 리 없다고.

달군 기름 냄비의 마른 새우처럼 들들 달달 들볶이는 아빠의 등
뒤로 그런 이야기를 엿들으며 영문 모를 한숨을 몇 번이나 내뱉어
야 했는지 모른답니다. 그 아줌마 누군지 영 사기꾼은 아니구나.
돌이켜 보면 그렇습니다. 나 아닌 다른 이가, 누군지는 모르지만

알 것만 같은 누군가 내 곁에 늘 함께 있는 것만 같은 느낌. 살다 보면 가끔—잊을 만하면 한 번씩—그런 기분에 사로잡힐 때가 있었습니다. 이른 아침 침대에서 눈을 떠 늘어지게 기지개를 켜다가, 한밤중에 오줌을 누고 나와 화장실 불을 끄려고 벽을 더듬다 말고, 종례 시간에 선생님에게 배 터지게 잔소리를 듣고는 돌아서서 내 자리로 향하다가, 누군가 내 곁에 있어! 알 수 없는 기분에 어리둥절해지는 경우가. 글쎄요. 무심히 넘어간 적도 있었습니다. 도대체 이게 무슨 노릇일까 궁리한 적도 있었습니다. 그러다가 종내는 인정하지 않을 수 없었습니다. 누군가 있다고. 누군가가 아니라면 무엇인가가, 분명히, 내 곁에 있다고. 이쯤해서 매우 각별한 일화 하나를 소개하지 않을 도리가 없습니다. 7년 전 내가 다섯 살 때의 일입니다.(다섯 살 시절의 기억에 대해, 특히나 열두 살짜리가 기억하는 다섯 살 시절의 일화에 아무 흥미도 갖지 못하는 분이 계실 겁니다. 그런 분들에겐 되묻고 싶습니다. 초등학교 때 배운 구구단을 잊어 먹고 사는 날이 얼마나 되느냐고.) 집에 나 혼자 있었습니다. 전후 상황은 잘 모르겠는데, 엄마가 멀리 외출하지는 않았을 겁니다. 아파트 단지 안 세탁소에 잠깐 갔던지 아니면 앞 동 현진이네 집에 그릇 돌려주러 갔던지. 심심하지도 무섭지도 않았습니다. 마침 TV에서 〈춤추는 젤라비〉가 방송 중이었거든요. 한때 〈텔레토비〉보다도 〈방귀 대장 뿡뿡이〉보다도 인기가 더 좋았던 어린이 프로그램 말이지요. 분홍 젤리 코코와 노란 젤리 반디가 갖은 좌절

끝에 초록 애벌레를 키워 내는 이야기에 넋이 빠져 있는데, 갑자기 젤리가 먹고 싶었습니다.(그런 현상을 견물생심이라고 하죠?) 냉장고 문을 열었습니다. 젤리는 없고 사탕이 보였습니다. 할머니가 캐나다 여행 갔다 오시면서 사오신, 큼직한 왕사탕이었습니다. 소파로 돌아와 앉아 젤라비 친구들의 흥미진진한 활약상에 빠져 들며, 사탕 껍질을 벗겨 향긋하고 달콤한 그것을 입 안 가득 삼키며, 마침 젤라비 마을의 최고 말썽꾸러기 더피 용이 나무에 부딪혀 해롱거리는 모습에 푸하하 웃다가, 맙소사, 일이 터지고 말았습니다. 모든 비극과 우울의 발현이 그러하듯 실로 순식간이었습니다. 딱딱하고 커다란 포도맛 왕사탕이 목구멍에 콱 걸리고 만 것입니다. 그 묵직함! 그 거북함! 그 난처함! 그 뒷골 땅김! 숨이 컥 막혔습니다. 눈앞이 캄캄했습니다. 소리를 지르려 했지만 한 마디도 내뱉을 수가 없었습니다. 목구멍에 손가락을 집어넣어 보았지만 닿지 않았습니다. 고릴라처럼 양손으로 가슴을 팡팡 쳐보았지만 아무 소용없었습니다. 그야말로 할 수 있는 일이란 없었습니다. 옆구리에 칼맞은 벙어리처럼 사지를 버르적거렸습니다. 그러다가 소파에서 굴러 떨어졌습니다. 젤라비 친구들은 착하고 예쁜 목소리로 연신 재잘대고 있지만 나는 눈물도 나오지 않았습니다. 이러다 죽는 거 아닌가. 겁이 와락 났습니다. 엄마는 어디 간 거야. 옆에 엄마만 있었다면 무슨 수를 써서라도 내 꽉 막힌 기도(祈禱)를, 아니, 기도(氣道)를 열어 주었을 텐데. 아이고 엄마. 나 지금 죽어요. 숨을 쉴 수가 없네요. 마룻바닥을 데굴데굴 굴렀습니다. 막연한 두려움 속에 정신이 조금씩 흐릿해졌습니다. 아이 키우는 집 부모님들 조심하셔야겠습니다. 혼자 집 보던 5세 남자 아이가 질식사하는 사건이 또 발생했습니다……. TV 뉴스의 한 장면이 휜히 떠오르는 것 같았습니다. 심장 파득거리는 소리가 귓가 가득 울려 퍼졌습니다. 눈앞이 뿌예졌습니다. 그러던 때입니다. 누군가 혹은 무엇인가 엎어진 내 어깨를 확 잡아챘습니다. 억센 힘이었습니다. 나를 일으킨 힘은 이어 명치끝에 세찬 압박을 가했습니다. 그걸 때렸다고 해야 하나? 주먹이나 발길이 와서 꽂힌 것은 아닌데, 구체적인 타격은 없었는데, 어떤 강력한 기운이 명치뼈 아래에 거센 충격을 가한 것입니다. 뭉뚝한 나무 막대기를 세차게 꽂아 넣듯 말이지요. 컥! 기침을 터뜨리며 울컥 상체를 꺾었습니다. 걸쭉한 토사물이, 가래침 같기도 하고 콧물 같기도 한 것이 주르륵 쏟아졌습니다. 목구멍을 막고 있던 왕사탕이 마룻바닥을 데굴데굴 굴렀습니다. 눈물이 핑 돌았습니다.

춤추는 젤라비가 그날의 방송을 마칠 때까지, 내게 일어난 일이 무엇인지 이해도 실감도 할 수 없었습니다. 분명히 나는 혼자였습니다. 혼자 죽어 가고 있었습니다. 그런데 별안간 어떤 힘이 나를 일으키고는 내 기도를 막고 있던 이물질을 신속하고 효과적으로 제거했습니다. 그렇게 나는 되살아났습니다. 도대체 그게 누구지?

도대체 그게 무엇이었지? 집 안에는 나밖에 없었는데? 키우는 개도 고양이도 금붕어도 거북이도 없는데? 내 스스로 내 어깨를 잡아 일으키고 내 명치에 힘을 가한 것도 아닌데? 그럼 누가? 무엇이? 어떤 힘이? '믿거나 말거나'라는 TV 프로그램이 있었지요. 지금 하고 싶은 말이 그렇습니다. 믿거나 말거나 알아서들 하세요. 참고로 포도맛 왕사탕 이야기는, 여태 세상 누구에게도 말한 적이 없답니다.(어떤 진실의 경우, 그것을 혼자만 간직하고 있는 편이 훨씬 자연스러운 때가 있는 법이지요.) 그래요. 지금 시작하려는 이야기가 세상의 상식과 과학과 논리와 원칙으로부터 얼마나 동떨어져 있는지 나도 모르는 바는 아닙니다. 하지만 여태 제 이야기에 귀 기울여 준 세상의 상식적이고 과학적이고 논리적이며 원칙적인 여러분들 가운데에서, 이제 이어질 결론이 어떻게 진행될지 미루어 짐작 못할 분은 없겠지요. 그래요. 상식 좋고 과학 좋고 논리 원칙 다 좋습니다. 하지만 어느 날, 바라지도 원하지도 상상하지도 못했던 어떤 일이 예고도 없이 느닷없이 닥쳤을 때, 그게 세상의 상식 과학 논리 원칙과 저만치 거리가 먼 종류의 것이라면? 그런 시련 때문에 사람들은 신을 찾고 철학을 궁리하는 모양입니다. 그리고 제 경우엔, 불만스럽게도, 엄마가 만났다던 눈가 새카만 무당이 답이 되어 주었습니다. 7년 전 다섯 살 때, 혼자 집을 보다가 사탕이 목에 걸려 버르적버르적 질식하던 순간에 불현듯 찾아와 나를 살려 준 힘 혹은 기운. 그건 바로 쌍둥이 형이었습니다. 분명합니다.

당시만 해도 전혀 몰랐지요. 어찌 알았겠습니까? 고작 다섯 살 나이에. 세상에 네상에 맙소사. 그렇다면 살면서 그런 일이 얼마나 더 있었을까요. 죽은 형을, 알게 모르게, 그간 몇 차례나 더 스쳐 갔을까요.

아파트 단지 안 놀이터를 지났습니다. 아이들의 신명 난 고함 소리가 115동 앞을 짜랑짜랑 울리고 있습니다. 거기 기웃거릴 생각도 나지 않았습니다. 걸음을 빨리했습니다. 오늘은 내 열두 번째 생일. 말로만 듣던 쌍둥이 형을 만나는 날입니다. 난생처음으로 말이지요. 다른 나. 나 아닌 나. 나이며 나와 다르지 않으며 그러나 내가 아닌 또 하나의 나. 같은 근원에서 시작하여 미지의 검은 물속에서 10개월을 동고동락하다 엄마의 몸 밖 찬란하게 열리는 세상 빛을 함께 맞이했던 나의 반쪽. 12년 만에 돌아온 형에게 과연 어떤 말을 할 수 있을까요. 12년 만에 돌아온 형은 과연 내게 어떤 인사를 건넬까요. 속이 울렁거렸습니다. 자꾸만 한숨이 나왔습니다. 오래전 죽은 사람을 만난다는 일이, 구체적으로 어떻게 장면으로 연출될지 도통 상상이 가지 않았습니다.

아프리카 누어인들은 쌍둥이를 새라고 여겼습니다. 날짐승인 새와 쌍둥이를 같은 성질의 존재로 믿었다는 겁니다. 세상 모든 동물을 단산성과 다산성으로 구별한 그들에게 쌍둥이는 그 중간에 위치한 무엇이었습니다. 닭처럼 하루 한 알도 아니고 명태처럼 한 번에 수십만 개도 아니고, 그런 의미의 중간 말입니다. 한편 누어인들은 세상 만물에 영혼이 깃들어 있으며 그것은 하늘의 영혼이나 땅의 영혼 중 어느 한 군데에 속한다고 생각했습니다. 그리고 새를, 자유로이 하늘도 날아다니고 땅에도 내려앉는 새를, 그 중간에 위치한 특별한 영혼으로 규정했습니다. 마치 단산성과 다산성의 중간에 위치한 쌍둥이의 경우처럼 말이지요. 쌍둥이가 곧 새의 운명을 가지고 태어난다는 누어인들의 믿음은 여기에서 출발합니다. 그리하여 부족의 산모가 쌍둥이를 낳다 하나가 죽었을 때, 누어인들은 죽은 아이를 매장하는 대신 갈대 바구니에 담아서 나무에 얹어 놓았습니다. 새들이 죽은 쌍둥이를 그들로 식구로 생각해 보호해 줄 것이고, 새를 닮은 쌍둥이의 영혼은 그처럼 하늘과 땅이 아닌 중간 지대로 돌아가는 게 적합하다고 생각했던 것입니다. 쌍둥이에 관한 세상의 이야기들이란 이렇게 비감하기가 한없습니다.

　사람은 죽습니다. 누구나 결국은 죽습니다. 그러고는 사라져 갑니다. 이 절대 불변의 위대한 진리에 처음 눈뜨던 때가 아마도 초등학교 2학년과 3학년 사이의 겨울 방학 아니던가 싶습니다. 삶이 막 피어나는 아홉 살 나이에 죽음과 소멸에 대한 어떤 개념을 갖기 시작했다는 것이 과연 바람직한 일인지는 모르겠지만 말이지요. 사람은 언젠가 한 번은 죽고 이는 누구에게나 예외 없이 공평하게 짐 지어진 운명이라는 것. 이야말로 세상 만물에는 엉덩이가 깃들어 있다,는 전칭긍정명제만큼 명확한 진리입니다. 내가 생각하기에 이 법칙으로부터 자유로운 사람은 지구상에 없습니다. 그런데 참으로 애석한 일입니다. 아니요, 알 수 없는 노릇입니다. 절대적이고 명확한 명제의 법칙이 이러함에도, 그에 크게 반하는 현상들이 세상천지에 버젓이 발생하고 있으니 말이지요. 뻔히 죽을 사람이, 50년이나 30년 혹은 2~3년 안에 감쪽같이 죽어 사라져 갈 존재들이, 관과 함께 땅속에 묻히거나 뼛가루로 태워져 유골함에 담길 주제에, 어쩌면 그렇게 태연하게 살아갈 수 있는지요? 천하의 태평한 얼굴로 아침 식사를 하고 차가운 물에 벅벅 세수를 하고 출근 버스를 기다리며 가판대에 꽂힌 스포츠 신문의 헤드라인 기사를 힐끔거릴 수 있다니. 웃는 얼굴로 핸드폰 통화를 하며 주말 약속을 잡고 직장 동료에게 좋은 아침입니다 밝은 인사를 나눌 수 있다니. 싸우듯 맹렬한 사랑에 빠지고 누군가에게 과시하듯 성대한 결혼식을 올리고 큰 집을 장만하고 새로운 가전제품을 들이고 종종거리며 어린이집에 등교하게 된 자녀를 보고 기뻐할 수 있다니. 아직 어린 제 눈에 그러한 모습들은 거의 불가사의한 현상으로만 여겨집니다. 다들 정신이 나간 것일까요? 아니면 저 위대한 절대 불변의 진리를 들어 본 적도 없는 것일까요? 이쯤해서 다시 엘비스 프레슬리를 이야기하고 싶은 분이 계실 겁니다. 모든 죽음이 끝이자 종말인 것은 아니라고. 그는 죽었지만 아직 위대하다고. 테네

시 주 멤피스에 있는 그의 기념관엔 요즘도 하루 수천 명의 관광객이, 미국 비자를 받기 위해 광화문 대사관에 길게 줄 선 코리언처럼, 장사진을 이루고 있다고. 사망한 지 30년이 되었지만 음반 판매와 영화 TV 다큐멘터리 방영료 등으로 한 해에 아직 5백억 원을 벌어들이는 그라고. 그럴까요? 하지만 내 짧은 생각엔, 엘비스 프레슬리나 패트릭 R. 제이콥이나 똑같습니다. 다를 바가 뭐란 말입니까? 어차피 공평하게 죽어 사라진 존재들인데.

안녕하세요. 수위 할아버지에게 꾸벅 인사드리고 101동 아파트에 들어섰습니다. 2시 57분입니다. 엘리베이터는 15층 꼭대기에 멈추어 있습니다. 내려오기를 기다릴까 하다가, 계단을 타 올랐습니다. 탁탁, 탁탁. 마구 뛰어 올라갔습니다. 층계참에 내 경쾌한 발소리가 탁탁 탁탁 이어졌습니다. 4층 오른편 복도 끝, 409호. 현관문이 반 뼘 정도 열려 있습니다. 매일 들락거리는 현관문이 오늘따라 묘하게 낯설다는 생각을 해봅니다. 문을 열고 들어섰습니다. 엄마! 집 안은 조용합니다. 내 외침이 그 고요 속에 맥없이 스며들고 맙니다. 나도 덩달아 숨을 멈춥니다. 마루에 우두커니 선 사람들 때문입니다. 엄마. 아빠. 낯선 복장 낯선 얼굴의 무당 아줌마. 모두 진지합니다. 더 없이 진지한 표정으로 입을 다물고들 있습니다. 울긋불긋 빨갛고 노랗고 까만 한복을 입은 무당 아줌마는 큰 부채를 들고 동글납작한 모자를 썼습니다. 복장이 그러할 뿐 대체로 얌전합니다. 마루 한가운데 그저 얌전히 서 있는 중입니다. 제단에 온갖 제물들이 형형색색 쌓여 있고, 손끝에 들린 방울이 딸랑딸랑 절로 흔들리고, 타악기 소리가 칭칭 캥캥 혼을 빼놓고, 넓은 옷자락 펄럭이며 칠성검을 휘두르며 미친 듯 팔랑팔랑 춤을 추고. 한바탕 신명 나는 굿 장면을 상상했던 나는 조금 맥이 빠졌습니다. 의아했습니다. 절간 앞을 지나가는 예수교도들처럼 신중하고도 어색한 표정들. 거실 여기저기 놓인 향불만이 하얀 연기를 슬프게 피워 올리고 있습니다. 공연히 눈물이 나려고 했습니다. 이게 죽은 사람을 부르는 굿일까요? 이렇게 하고 있으면, 그 옛날 죽은 형이 돌아온단 말인가요? 어떻게? 어떤 방식으로?

질끈 눈 감고 섰던 무당 아줌마, 이윽고 두 팔을 넓게 펼쳐 듭니다. 공연히 긴장됩니다. 굵직한 목소리로 구시렁구시렁 이상한 주문을 내뱉습니다. 분신사바 분신사바 오잇데 구다사이……. 뭐가 어째? 이 아줌마 완전 돌팔이 아냐? 인생 지친 여고생들 흉내를 내는 것도 아니고. 걱정입니다. 이래가지고 형이 찾아올 수 있을지. 오면 좋아나 할지. 집 앞까지 왔다가 미친 무당 아줌마 하는 짓에 기가 차서 돌아서는 건 아닌지. 그러던 순간입니다. 내 시야에 기막힌 장면 하나가 와락 쳐들어왔습니다. 내내 불편한 얼굴로 두 손을 맞잡고 안절부절못하는 엄마. 그 너머에 뭔가 숨어 있습니다. 어라? 엄마 옆구리에 찰싹 붙어 떨어지지 않는 물체. 말문이 막혔습니다.

그것은 사람이었습니다. 바로 나였습니다! 내가 엄마 뒤에 숨어 있습니다. 귀신 나올 것 같은 집안 분위기가 도통 마음에 들지 않는지 미간을 잔뜩 찌푸리고 입술을 삐죽이는 모습. 판단력이 잠시 마비됩니다. 맙소사. 그럼 저게 쌍둥이 형? 하늘이 형이 정말 돌아왔단 말인가? 더럭 겁이 났습니다. 반갑기도 했지만 그 이상으로 무서웠습니다. 그런데 신기도 하지. 형이 아니라 형의 영혼이 온다고 했는데, 어쩜 저렇게 실감 나는 모습으로 엄마 등 뒤에 착 붙어 있담? 진짜 사람 같잖아? 어지러웠습니다. 손바닥에 식은땀이 배었습니다. 묘한 긴장감에 속이 다 메스꺼웠습니다. 실은 아까부터 그랬습니다. 실내 가득한 향냄새가 너무 독했던 것입니다. 그 연기에 내내 코가 간질거리더니, 마침내 엄청난 재채기가 터져 나왔습니다. 에취! 그때였습니다. 늙은 얼굴에 검은 눈자위 음침한 무당 아줌마가 번쩍 고개를 쳐들었습니다. 구린내를 맡은 사람처럼 코를 킁킁, 그렇게 사방을 두리번거립니다. 이윽고 천장 향해 가만히 고개를 꺾더니 격정적인 대사 한마디를 쏟아 내는 것이었습니다.

「왔구나. 우리 하늘이가 왔구나아.」

덩! 덩! 머릿속에서 보신각종이 쉼 없이 울어 대고 있습니다. 덩! 덩! 온 우주의 어둠이 환하게 밝아 옵니다. 그리고 빛이 다시 어둠을 낳듯, 환하게 밝았던 머릿속은 이내 어두워지며 그 속으로 형광색 물음표들이 꼬리를 물고 이어집니다. 그랬던가. 정녕 그랬던가. 어쩐지 모든 게 다 이상하더라니. 엄마 배 속에서 나오자마자 죽은 아이가 나였을까요? 긴긴 세월 구천 아닌 이승을 떠돌다가 열두 번째 생일날 태어난 시에 맞춰 집에 돌아온 하늘이가, 바로 나였을까요? 여태껏 형 아닌 동생의 사는 모습을 지켜보며 그게 나고 내 삶이라고 의심 없이 믿어 온 나머지 동생 목구멍에 걸린 포도맛 왕사탕을 토해 내게 도와주었던 사실조차 잊었던 게, 바로 나였을까요? 끝없는 물음표들이 오색의 꽃구름 속을 빙글빙글 맴돌고 있습니다. 그래요, 오늘은 내 생일이자 기일이기도 하겠군요. 하여간 세상은 모를 일투성입니다. 도대체 지금, 이렇게 씨불이는 나는 누구일까요? 오래전 죽어 사라진 존재가 나라면, 지금의 나는 도대체 무엇일까요? 알지 못할 질문들에 휩싸여 골치 아파하고 있는 이 의지의 주체는 도대체 무엇일까요?

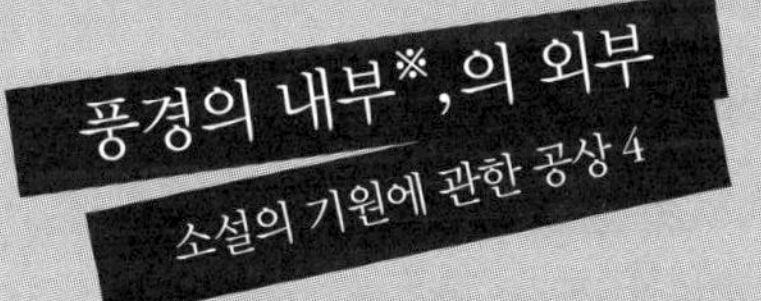

풍경의 내부※,의 외부
소설의 기원에 관한 공상 4

• • •

　다시 그 얼굴을 대하고는 꼼짝없이 초, 상, 화, 가 떠올랐다. 떠오
르고 말았다. 순간 뭘 어찌해야 할지 몰라 잠깐 머뭇거릴 만큼 곤
란했다면 다름 아니라 초, 상, 화 때문이었다. 대저 초상화란 물건
을 접할 적에—어느 시대의 것이건 미술사적 위치가 어디쯤 되는
작품이건—우리는 적어도 두 사람에 대한 본원적 경외감을 피해
갈 수 없으니 그린 이와 그려진 이, 오래된 인물화 한 폭을 통해 남
은 두 사람의 정신과 그 오랜 흔적들에 대해서. 그날 오후 지하철 2
호선 성수와 뚝섬 사이를 달리던 열차 안에서 내가 발견한 초, 상,
화, 에는 그런데 그린 이도 그려진 이도 없었다. 얼굴도 정물도 배
경도 그 어떤 것도. 초, 상, 화, 임이 분명하되 그것은 한때 사람의
자식으로 세상에 나서 사계절 대자연의 변화를 지켜보고 시냇물과
산새의 노래를 듣고 초여름 꽃향기를 맡으며 애절한 연애 시를 외

우던 어느 실존자의 구체적인 얼굴(낯바닥이라고 하면 모욕적인 표현이 될 것인가?)과는 거리가 멀었다. 다만 분명한 것은 초, 상, 화의 지극히 강렬한 심상이었다. 누군가의 얼굴을 2차원 화폭에 붓과 유성 물감으로 해석해 내는 모호함. 노골적인 모호함. 투박한 모호함. 적나라한 모호함. 그림 속 형태가 말을 붙여 올까 눈이 마주칠까 부담스러운. 과연 사람의 낯바닥 아닌 얼굴이 화폭 어디에도 담겨 있지 않은 초상화를 초상화라고 하기도 하는지 세상에 그런 경우도 있는지는 잘 모르겠지만, 우연히도 그 얼굴을 다시 대하고 부당한 요구를 받아들이듯 꼼짝없이 떠올리고 만 것은 과연 초상화이며 초, 상, 화, 라는 단어의 선실 밑바닥에 습기 가득한 채 방치되어 있던 그런 불편한 심상이었던 것이다. 다행스럽게도 그때 성수역을 떠나 지상 철교를 달리는 열차 안이었다. 자리에서 일어선 나는 출구 앞에 다가가 섰고, 한산한 열차 안에서 어떤 얼굴을 우연히 발견했으며, 하여 도무지 종잡을 수 없는 초, 상, 화, 의 어떤 이미지를 떠올리고는 순간 뭘 어찌해야 할지 조금 머뭇거렸다. 그러나 다행스럽게도 다만 그러했을 뿐이었으니 세상 시간으로 1분이 지나기 전에 열차는 속도를 줄이며 뚝섬역에 다다를 것이고 초, 상, 화, 가 아니라 성수동 출판사에 방문하기 위해 지하철을 탔던 나는 그 상황으로부터 멀리 작별할 터였다. 그게 다였다. 한순간 사무치게 인상적이었지만 그뿐, 얼마의 시간이 지나면 그 순간을 기억하는 사람은 세상에 한 명도 있지 않을 것이었다. 그 얼굴도. 텅 빈 초상화도. 배 밑바닥처럼 눅눅한 심상도. 모든 지나쳐 가는 순간들의 미래가 그러하듯.

「저기 선생님, 수고 많으십니다.」

그다지 수고 많은 일이 없었지만 고개 돌려 등 뒤를 보았다. 검고 탁한 얼굴이 눈가 입가에 굵은 주름을 찌그러뜨리며 웃는다. 매우 좋지 못한 냄새가 와락 끼쳐 온다. 역한 데다 민망하다. 아니나 다를까 동행한 이들도 크게 곤혹스러운 기색이다.

「……왜 그러시나요.」

「에에, 다름이 아니고요. 아까부텀 저기서 뵈니까는 약주를 아주 맛있게 드시는 것 같아서. 그래서 그만.」

50대 중반? 그런 행색 그런 몸 냄새를 가진 사람의 겉보기 나이는 실제 숫자보다 훨씬 많게 마련이지만 나 역시 선생님 소리를 들어야 할 연배가 아니었다. 사내의 애타는 시선이 우리들 앉은 자리 어느 곳을 향하고 있다. 갖가지 음식을 담은 종이 도시락 몇 개와 술병과 일회용 종이컵과 나무젓가락 등등. 순간 낭패스러웠지만 도리가 없었다. 심한 소리를 하자면, 에프킬러 뿌려 파리를 몰아내듯 할 밖에.

「한 잔 하시겠어요?」

「아이고 이거 참.」

여분의 종이컵을 내밀자 거의 빼앗듯 받아 쥔다. 하여 나는 앉은 채 허리를 뒤로 틀어 술을 따르고 사내는 엉거주춤 어깨를 구부리고 선 채로 공손이 받는 것인데, 그 손등 또한 까맣고 길게 자란 손톱도 지저분했다. 종이컵을 쥔 손을 달달 떠는 것이 수전증인지 운 좋게 얻어 마실 소주에 대한 황홀한 기대감 때문인지 두 가지 모두인지 알 수 없었다. 넘실거리는 술잔을 입에 가져가며 사내가 스르르 눈을 감는다. 꼴깍꼴깍. 꼴깍꼴깍. 종이컵 3분의 2도 넘게 채웠으니 유리잔으로 치면 세 잔이 더 나올 양을 단숨에 맛나게 비운다.

「크아아 조타아.」

세상에 이렇게나 달고 시원한 샘물은 젖 떼고서 처음 마셔 본다는 표정. 그러고는 쩝쩝 입맛 다시는 것을 잊지 않는다. 아름다운 꿈에서 막 깨어난, 아쉬워서 그만 죽을 것 같다는 얼굴로.

「한 잔 더 드릴까요?」

사내가 발 잡힌 방아깨비처럼 다급하게 휘청거렸다.

「아이고. 술맛 이상스럽게 좋네. 그럼 죄송하지만 한 모금만 더 부탁합니다.」

그때 캔 음료며 진공 포장 오징어며 과자 따위를 가득 실은 홍익회 수레차가 마침 전편 통로 쪽으로 다가왔다. 맥주 있어요오,를 나직하게 읊던 판매원은 사내의 행색을 접하더니 묵묵히 시선을 돌렸다. 간신히 몸을 비켜 수레차를 피한 사내가 종이컵을 다시 내밀었고 내가 다시 술을 채웠다. 소주 그득한 종이컵을 다시 입에 가져간다. 소중히. 정성껏. 꼴깍꼴깍. 꼴깍꼴깍. 그렇게 잔을 비운다.

「쿠우우우. 저기 선생님, 어어, 실례하는 김에 안주도 좀.」

「아, 그러세요. 여기 있,」

권사(勸辭)가 채 끝나기도 전에 우리 앉은 자리로 와락 상체를 들이민다. 종이 곽에 든 닭튀김 조각 하나를 덥석 집는 것인데 그 와중에 잠시 잊었던 사내의 가공할 냄새가 한가득 진동한다. 그걸 아는지 모르는지 사내는 우물우물 거의 온 얼굴로 닭 조각을 씹었다. 말을 잃은 동행인들이 예의 상황 돌아가는 꼴을 말없이 지켜보고 있다.(동행인이란 2인용 좌석 한 칸을 뒤로 돌려서 마주 보고 앉은 여자 네 명으로 아내와 딸아이와 외사촌 동생 앤과 제니가 그들인데, 불과 3분 전만 해도 차창 밖으로 해 저무는 중앙선 주변의 시골―시골이라니, 경기 동부 분들은 불쾌한 게 아닐까―풍경을 감상하며 무릎 위에 놓은 소박한 음식들을 맛보며 이런저런 담소를 나누며 그런대로 행복한 시간을 보내던 그들이었다.) 입 안의 것을 맛나게 씹어 삼킨 사내의 표정이, 그런데 조금 어두워진다. 3홉들이 플라스틱 소주병을 쓰레기봉투 안에 미련 없이 쑤셔 넣는 내 행동을 목도한 것이다.

「술이, 다 떨어졌는가요?」

「예. 이제 없네요.」

나는 분명하게 대답했다. 사내로서는 그 이상 가슴 아플 게 없는 이야기일 터이다. 하지만 어쩔 것인가, 순순히 술 동냥에 응한 것도 인심 좋게 거푸 잔을 채워 준 것도 에프킬러 뿌리듯 사내를 물리치기 위해서였던 것을. 한가득한 아쉬움을 내려놓지 못한 채 조금 머뭇거리고 섰던 사내가, 온 세상을 단념한 패전 장수처럼 쓰게 웃었다.

「젊은 양반이 쐬주도 잘 하시고. 하이튼 고맙습니다. 아주 자알 먹었습니다.」

「뭘요.」

「쉬십쇼. 실례 많았습니다.」

「저기, 이거 가져가서 드세요.」

「……에이 뭐를.」

「아니에요. 받으세요. 우리도 어차피 다 먹고 치우려던 참이라.」

프라이드치킨이 담긴 종이 상자를, 사내의 시커먼 손이 닿았던 그것을 건네었다. 내용물이 3분의 1 정도 남아 있었지만 우리 중에 거기 다시 손을 댈 이는 없을 것이다. 음식물 쓰레기로 버려지느니 필요한 이에게 돌아가면 그게 좋은 일 아닌가. 미안한 소리지만 사내에게 필요한 것은 체면이나 자존심이 아니라 단백질 풍부한 닭고기임에 분명할 터이니 말이다.

짧은 순간 깊이 망설이던 사내가 피식 웃으며 돌아선다.

「됐습니다. 맨입에 이게 들어가나요.」

사내가 떠나가고 침묵이 오래도록 이어졌다. 방금 전에, 도대체 무슨 일이 있었던 거야? 그런 얼굴들. 먼저 입을 연 것은 딸아이였다. 딴에 어색한 분위기를 읽었는지 미간을 찌푸리면서도 조심히 속삭이는 말에 아무도 웃지 않았다.

「엄마, 발꼬랑 냄새가 막 나.」

제천에서 돌아오는 길이다. 왕복 3시간 48분의 기차 여행. 지난 주 화요일에 캐나다 토론토에서 귀한 손님 둘이 왔다. 그 나라 사는 이모의 대학생 딸들이다. 아, 한 명은 이번에 입학할 거라고 했던가? 이모 이민 간 게 80년대 중반이고 조카들은 모두 거기서 태어났다. 이번이 두 번째 방문이라는데 8년 전에 왔을 때엔 내게 무슨 일인가 있어서 만나지 못했다. 이래저래 나이 차가 적지 않은 사촌 오누이 간의 난생 첫 만남인 것이다. 큰 애는 스물두 살, 앤, 우리 이름 신미. 둘째는 열아홉, 제니, 우리 이름 주미. 2주 일정이 빠듯한 그네들을 2박 3일 우리 집에 묵어가게 했다. 하루는 민속촌 가기로 한 것 취소하고 동대문 쇼핑으로 내내 보내고 이틀째에 짧은 기차 여행에 오른 것이다.

일찌감치 아침 먹고 집에서 출발해, 양평역 구석(고맙게도 무료 주차장이다)에 타고 온 마티즈를 세웠다. 10시 20분발 표를 끊어 기차에 올랐다. 청량리와 덕소를 건너 온 무궁화 열차에 실려, 용문을 지나 구둔을 지나 매곡을 지나 양동을 지나 간현을 지나 원주를 지났다. 산 높고 물 맑고 땅 넓은 나라에서 낳고 자라 온 친구들이 창밖으로 완만하게 이어지는 시골 풍경에 얼마나 흥미를 가질는지 모를 일이었다. 이틀째 함께 지내지만 실은 이렇다 할 대화를 나누거나 마음속을 들여다볼 기회 자체가 없었다. 언어 때문이었다. 말 때문에. 그네들은 우리말이 대단히 서툴렀고 나는 영어가 제법 짧았다. 그 짧은 영어로 한두 마디를 건네면 뭐가 좋은지 저희들끼리 킥킥거리기 바빴다. 쉬운 우리말로 이야기를 붙여도 알아듣는 건지 어쩐지 또 저희들끼리 입을 막고 웃었다. 하여 웬만한 의사소통은 주변머리 좋은 집사람이 맡고, 나는 다섯 살 꼬마 아이까지 네 여자가 하하 호호 어울리는 당일치기 여행의 곁다리가 되었다. 제천 도착하니 1시 20분. 돌아올 차 시간을 먼저 확인하고 역전을 벗어났다. 근처 중국집에서(그네들도 짜장면을 알더라!) 간단하게 점심 먹고 물어물어 청풍명월 가는 버스를 잡아탔다. 길은 거기서도 꽤 멀었다. 잘 닦인 시 외곽 길을 한참 달려 산허리 타고 올라가는 길을 뱅글뱅글 돌고 돌아 무슨 무슨 유원지라는 데에 도착했다. 근방을 한 바퀴 둘러보고, 사진 좀 찍고 화장실 한 차례 갔다 오고, 망월루까지 꽤 높은 곳을 20여 분가량 숨차게 기어오르고, 철쭉꽃이 징그럽게 빨갛고, 바람이 심하고, 자판기에서 커피 한 잔씩 뽑아 마시고, 관광버스 몇 대가 늘어선 매표소 주변으로 관광객들의 걸진 웃음소리가 시끄럽고, 바람은 여전하고, 이만 제천역으로 돌아가자는 의견이 모아졌다. 타고 왔던 노선버스를 다시 잡아타고 제천역에 돌아오니 5시가 조금 넘은 시각. 기차 시간까지 20여 분이 남아 있었다. 그런데 아까의 '간단하게 점심 먹고'가 문제였다. 바로 기차가 떠난다 해도 양평역에 도착하려면 2시간 가까이 걸릴 것이다. 지금도 이렇게 출출한데, 내내 굶어야 하나? 짧은 시간 부랴부랴 역 앞 거리로 나섰다. 분식집에서 김밥과 만두를 포장했다. 삼거리 치킨에 가서 닭까지 튀겼다. 슈퍼에 가서는 이게 간식인지 이른 저녁인지 따져 볼 겨를도 없이 음료에 종이 컵에 뭐에 나 마실 소주까지 넉넉한 놈으로 하나 챙겼다. 그리하여 양평으로 돌아가는 무궁화 열차 안, 다들 나 못잖게 시장했던지 아이까지 다섯이 들러붙어 싸온 것들을 사이좋게 신나게 나누어 먹고 마셨다. 그리하여 얼추 배가 차고 창밖으로 해 지는 기찻길 풍경이 눈에 들어올, 바로 그 무렵이었던 것이다, 가공할 냄새의 사내가 저기 선생님, 수고 많으십니다, 하며 어깨를 톡톡 두드린 것은.

그가 다시 나타난 것은 그로부터 채 10분도 지나지 않아서이다.

「선생님, 이거 다시 죄송합니다.」

샐쭉 웃는다.

「또 무슨 일이신가요.」

제니와 앤이 다시 질겁하는 기색이다. 아내가 보란 듯 미간을 찌푸리고, 사내의 시선은 재빠르게 우리 앉은 자리를 서성거린다. 숨겨 놓은 술병이 혹시 굴러다니지 않나 확인하듯.

「다른 건 아니구요. 이거 내가 참 염치가 없어설랑.」

「왜 그러시는지.」

「저기 뭐냐. 우리 선생님 다암배 있으면 죄송스럽지만 한 대만.」

자신 없이 다암배, 내밸으며 자기도 무척 수줍은지 두 눈을 깜빡인다. 불쾌하다기보다 안쓰럽다. 그래, 앉으면 눕고 싶고 말 타면 종 부리고 싶고, 술 한잔 따뜻하게 들어가니 니코틴이 당기는 걸 어쩌랴.

「담배 안 피우는데요.」

「아유, 그렇군요.」

「…….」

「죄송합니다. 그럼 쉬십쇼.」

허리를 휘청 접으며 재차 눈을 깜빡인다. 그 순간 제니와 앤이 나지막하게 뭐라 속닥거렸고, 돌아서 가려던 사내가 그 소리를 들었다. 빠르게 경쾌하게 종알거리는 발음을. 그게 우리말 아니라 듣는 귓구멍이 간지러워지는 본토 발음 잉글리시임을 그도 간파한 모양이다. 담배 구걸에 실패하고는 머쓱하던 얼굴이 문득 환해진다.

「어여, 외국 분들이시구나. 아니 참, 교포시겠네. 코리안 교포. 헬로. 하이.」

짐짓 친숙한 미소를 건넨다. 난감하다. 참으로 난감하다. 코리안 교포 둘은 웃지도 울지도 못하고 있다. 작전상 술을 권했던 것이 애초에 잘못이었을까.

「하와유. 나이쓰투밋츄. 마이 네임 미쓰터 배.」

「그만 가보시죠 아저씨.」

「아예, 그러겠습니다. 이야아. 방학이라고 놀러들 오신 모양이네.

178

하핫. 그래서 기차 여행도 이렇게.」

「…….」

「어쩌나. 좋은 모습만 보여 줘야 하는데. 모국이라고 놀러 왔는
데 이런 거렁뱅이나 만나고.」

그렇게까지 생각해 본 적은 없지만 당사자 입에서 나온 것 치고
틀린 소리도 아니다. 예의 냄새도 냄새지만 이제 숫제 겁을 집어먹
은 제니와 앤을 보자니 더욱 난감하다. 지켜만 보고 있을 상황이 아
닌 것이다. 그렇다면 버럭 화를 내며 쫓아내야 할까. 그게 통할까.

「자아, 이거 내가 사죄하는 뜻에서.」

「뭔가요.」

「아무것도 아닙니다. 뭐 좀 보여 드리려고.」

「지금 뭐하시냐고요.」

「잠깐만요. 잠깐이면 됩니다.」

「아아 참, 이 아저씨가.」

우리 쪽으로 한 걸음 다가선 사내, 그 표정이 자못 진지하다. 겁
에 질리고 냄새에 질린 관객들을 향해 뭔가를 시작한다. 말릴 겨를
도 없다. 양팔을 쳐들고는 소매를 걷는다. 오른쪽 소매를, 이어 왼
쪽 소매를 척척 걷는다. 그 동작이 제법 익숙하다. 거무튀튀 앙상
하게 드러난 손목. 그런데 뭘 보여 준다고? 손바닥을 펼치더니, 이
편을 향해서 앞뒤로 한두 차례 뒤집어 보인다. 손에 아무것도 없다
는 제스처다. 취했을까. 취해서 이러는 것일까. 종이컵 두 잔이면

체질에 따라 상습적인 주정이 시작될 수도 있는 양이다. 게다가 전작이 있었다면 더욱 모른다. 시선을 모으는 데 성공한 사내가 알 수 없는 행동을 이어 갔다. 오른손을 허공으로 뻗어, 손가락을 신중히 오므려 가며 무엇인가 집어내는 시늉을 한다. 녹찻잎을 따듯 풋고추를 따듯, 들일하는 사람의 그것처럼 재빠르진 않지만 매우 구체적인 손놀림이다. 허공으로부터 뭔가 그렇게 연신 집어내는데, 집어내기만 하는 게 아니라 왼손으로 오목하게 접시를 만들어 그 안에 정성껏 담아 모으는 것이다. 알지 못할 행동을 조금 길다 싶게 반복한 사내가, 이윽고, 두 손을 소중하게 오므린다. 손 안에 모아진 것이 행여 바람도 없이 날아갈 새라.

내 참. 도대체 뭐하는 거냐고.

오므린 두 손을 귓가에 가져간 사내, 지그시 눈을 감는다. 빙그레 미소 짓는다. 무슨 소리라도 들리는가. 녹찻잎의 속삭임? 풋고추 웃음소리? 이윽고 사내가 우리와 애써 시선을 맞춘다. 어때, 궁금하지? 하듯. 오므린 두 손을 우리 앞으로 내민다. 그러고는 천천히, 조심스럽게 손을 펴 보인다. 사내의 손바닥 위에 뭔가 놓여 있다. 빨갛다. 빨간 꽃 한 송이. 장미이다. 플라스틱 장미이다.

「Oh my god!」

그리고 이건 제니와 앤이 동시에 내뱉은 소리이다. 굳이 번역하자면 '오 나의 신이여!'가 아니라 '세상에 맙소사!' 정도에 해당할—놀랍고 멋지다는 감탄 아니겠는가. 사내의 얼굴이 어떤 기운으로 한풀 들떠 오른다. 그러나 여전히 진지하다. 고개를 돌려 옆얼굴을 보인 채, 아아, 입을 떡 벌리더니 빨간 플라스틱 장미를 쑤셔 넣는다. 꾸역꾸역 집어넣는다. 깊이. 더 깊이. 장미를, 빨간 장미를 꿀꺽 삼킨다.

켁.

목구멍에 가시가 걸렸는가. 무척 고통스러운 얼굴이다. 입을 감싸 쥔다. 상체를 고통스럽게 웅크린 채 주먹으로 앞가슴을 탕탕 친다. 그렇게 컥컥거리더니, 안 되겠는지 입 안에 손가락을 집어넣는다. 목구멍 깊숙이 집어넣는다. 그러더니 한참 만에 뭔가를 끄집어낸다. 끈이다. 빨간 끈이다. 길다. 무척 길다. 빨간 끈을 잡아 뺀다. 줄줄 잡아 뺀다. 계속 잡아 뺀다. 양손을 번갈아 가며 마구 잡아 뺀다. 박자를 맞추듯 어깨를 요리조리 씰룩이며 열심히, 바쁘게, 쉴 새 없이. 입으로 빨간 실을 뽑아내는 거미 같다. 끊임없이 피를 토하는 폐병 환자 같다. 빨간 끈은 노랑 끈으로 바뀌고, 다시 하얀 끈으로, 그러다간 다시 보라색 끈으로 바뀌면서 끊임없이 이어진다. 사내의 목구멍에서 쏟아진 끈이 열차 바닥에 수북이 쌓여 가고, 잠시 후, 마지막 보라색 줄의 끄트머리가 사내의 목구멍으로부터 떨어져 나왔다. 그러고는 후우우, 길고 고단한 한숨을 뱉어 낸다. 참으로 험난한 퍼포먼스였다.

「Wow!」

제니와 앤이 환호한다. 박수를 치기 시작한다. 자리에서 일어나

이편의 진풍경을 구경하던 다른 칸 사람들도 휘파람을 불었다. 가장 신난 것은 딸아이다. 뜻밖에 아내까지도 밝게 웃는 얼굴이었다. 독창적인 레퍼토리라고 할 수는 없지만, 명절 연휴 TV의 마술 쇼가 아니라 달리는 중앙선 무궁화호 안에서라면 환호를 받기에 충분한 공연이었다.

「마술을 …… 하시네요?」

얼떨떨하게 내가 물었다. 화해의 악수를 청하듯. 정작은 마술사신가 봐요? 묻고 싶었다. 하지만 그럴 수가 없었다. 왠지 그게 크게 실례되는 말인 것만 같았다.

「아닙니다.」

「아니라구요.」

「예, 마술이 아닙니다.」

「…….」

「진짜죠. 보기엔 마술 같지만.」

진짜라. 딴은 그렇겠다. 눈속임 아닌 진짜 마술이 존재할 리 없다는, 그런 의미에서라면 말이다.

「그런데 이게, 요즘엔 잘 안 된단 말입니다.」

「마술, 아니, 진짜 말인가요?」

「제 행색 보세요. 안팎으로 썩었으니 뭐든 수월하면 그게 이상한 노릇일 테지만.」

「하지만 지금 멋지게, ……그걸 보여 주셨잖아요.」

「다행히 그랬지요. 그래서 오늘은 운이 참 좋습니다. 여러 모로.」

소주 넘실거리는 종이컵을 입에 막 가져가던 때의 그와 방금 전 공연을 선보이던 그, 그리고 지금의 그는 전혀 다른 사람들이었다. 또한 고약하게도, 지금의 그가 개중에 가장 고단하고 늙은 사내였다.

「하여튼 이렇게 떠돌아다니는 게 문제는 문제입니다. 누가 삽으로 퍼간 것처럼 힘이 죄다 빠졌으니. 되다가 안 되다가, 한참 안 되다가는 또 갑자기 되다가, 제멋대로이더니 얼마 전부터는 완전히, 도대체 그게 언젯적 세상인지 생각도 안 날 정도로 뜸해졌어요. 이러다 그만 죽는 거죠. 조금씩.」

「별말씀을요. 그런데 예전에는.」

「이런 소리나 지껄이게 될 줄은 몰랐지요. 젊어서 하늘을 날지 않았던 늙은이가 세상에 있겠습니까. 손바닥을 펴면 조그만 고래가 파닥거리거나 아기 코끼리가 아장아장 걸음마를 떼고, 호주머니에서 물건을 꺼내면 객석 맨 뒷자리 여성의 향긋한 팬티가 나오고.」

「아.」

「그때가 좋았냐구요? 모르겠습니다. 어떻게 알겠습니까. 지금은 그때가 아닌데.」

수수께끼 같은 탄식이 빨간 끈 노란 끈처럼 줄줄이 이어지던 참이다. 저편 객차 문이 열리고 누군가 들어섰다. 제복의 젊은 역무원이다. 사내를 발견한 그가 미간을 찌푸린다.

「거 아저씨. 자리에 좀 가 계시라니까.」

　몹시도 못마땅한, 한편으로 선량한 피해자인 우리에겐 송구스럽기 짝이 없다는 기색이다. 사내를 발견한 역무원의 표정이 변하듯 역무원을 마주한 사내 역시도 일순 태도가 바뀌었다. 제복을 입거나 완장을 찬 사람 앞에서는 이유를 떠나서 원래 그렇게 처신해야 한다는 듯 말이다.

「예에 그러겠습니다. 아는 분을 만나서 그만.」

「아는 분은 무슨. 기차 안 승객들이 전부 아는 분이에요?」

「죄송합니다. 이제 안 그러겠습니다.」

「자리에 가 계시라구요. 예?」

　사내가 허리 굽혀 바닥에 널브러진 마술 도구들 휘감아 챙긴다. 주섬주섬 점퍼 안에 쑤셔 넣은 뒤 우리 쪽에 말없는 작별의 눈빛을 건네고는 물러선다. 돌아서는 그에게 뭐라고 한마디를 건네면 좋았으련만 그럴듯한 말이 종내 떠오르지 않았다. 사내가 가고 역무원이 사라졌다. 제니와 앤이, 다소 과장된 표정으로, 저희끼리 빠르게 속삭였다. 옆 자리 아내가 무릎의 아이를 고쳐 안으며 중얼거렸다. 별일이네. 마술사라니. 노숙자 마술사야 마술사 거지야? 불과 몇 분 전 달리는 기차의 좌석과 좌석 사이 좁은 통로에서 그러저러한 장면들이 있었다는 게, 철없는 농담처럼만 생각되었다. 안내 방송이 나왔다. 이번에 정차할 역은 매곡, 매곡역이란다. 창밖 어둠이 조금씩 속도를 줄인다. 이윽고 한적한 역사 풍경이 시야에 멈춰 섰다. 언제 이렇게 날이 저물었을까.

　양평역에 도착한 것은 7시 40분이 조금 지나서였다. 짐 가방과 쓰레기 봉지와 잠든 아이를 업고 들고 챙겨서 줄줄이 플랫폼에 내려섰다. 시간이 그렇지 않았건만 역사는 수십 년째 한밤중만 계속되었던 동네 같았다. 잠시 정차한 기차 앞에서 앤과 나란히 서서 제니가 억지로 들이대는 카메라에게 한 방 찍혀 주고 같은 장소에 나란히 선 제니와 앤에게 아내가 카메라 들이대는 것을 지켜보고 (도대체 그놈의 디지털 카메라는 용량이 얼마나 되는지, 하루 종일 쉬지도 않고.) 나란히 나란히 승강장을 벗어났다. 그러려는 참이다. 뒤따르던 아내가 쿡, 등허리를 찔렀다. 왜. 눈으로 물었더니 턱으로 대답한다. 저기 좀 봐. 서서히 움직이기 시작하는 열차의, 보얗게 불 켜진 어느 객실. 차창에 머리를 기대고 누군가 잠들어 있다. 곤히 눈감은 얼굴. 사내였다. 글쎄. 잠들지 않았더라면 창문 두드려 아는 체를 하고 손을 흔들었을지 그건 모를 일이다. 어쨌거나 그는 깊이 잠들어 있었고 그래서 아무 인사도 건넬 수 없었다. 어쨌거나 기차는 50여 분 후에 최종 행선지인 청량리역에 도착할 터였다. 그에 대해 아는 바는 전혀 없었지만, 어쨌거나, 도리 없이 잠깬 사내는 역사를 나와 어두워진 청량리역 광장에 홀로 서게 될 터였다.

하는 일(이라고 해도 될까)이 일인지라 평소 즐겨 만나 지겹도록
노닥거리고 투닥거리는 작자들 가운데 글 쓰네 예술 하네 건들거
리는 친구들이 적지 않은 편이다. 천만다행으로 평소 즐겨 만나 지
겹도록 노닥거리고 투닥거리며 축구 이야기 프로 야구 이야기 여
자 이야기 술 마시고 지랄병 도진 이야기를 지겹도록 씨불이면서
도 정작 글입네 예술입네 운운과는 그다지 친하지 않다는—하여
나나 너나 정체가 소설가인지 프로 야구 선수인지 동원 예비군 아
저씨들인지 모를 일이라는 사정이야말로 평소 즐겨 만나 지겹도록
노닥거리고 투닥거리는 대상이 늘 그네들 이쪽저쪽일 수밖에 없는
중요한 이유가 될 것이었다. 그런데 단 한 번, 그런 일이 있었다. 신
성한 술자리에서 어쩌다가는 되먹지 못한 소설 이야기가 나왔던
것. 재작년인가 하여튼 겨울이었고 석유난로가 실내의 3분의 1을
차지하는 작은 술집이었다. 되먹지 못한 소설 이야기, 란 대충 다음
같은 의문문으로 요약되겠다.

인물 없는 소설이 존재할 수 있을까.

민망하고 겸연쩍고 옛날 이문구 선생 잘 쓰시던 말로 개갈 나지
않는 이야기가 어느 빌어먹을 작자로부터 비롯되었는지는 확실치
않다. 더욱 빌어먹을 것은 그게 단발로 그치지 않고 어쩌다 술 먹
은 작자들의 주위를 제법 환기시키기에 이르렀다는 점이다. 그리
하여 탁구공처럼 술자리를 왔다 갔다, 농도 짙은(!) 문학 논쟁으로
까지 이어졌다는. 개뿔 잘나지 못한 의견들이 다양하게 이어졌다.

"그게 가능하겠나?" "안 되는 게 어디 있어, 써놓고 소설이라 우기면 되지" "그럴 수도 있고 아닐 수도 있고. 하여간 난 그런 작품은 본 적 없는데" "쓴다면 못 할 거야 없겠지만 월평 받기는 쉽지 않을걸" "배고픈데 여기 안주 좀 더 시키자." 각각의 의견에 이어 그를 뒷받침하는 개똥 소똥 말똥이론들이 두서없이 이어졌음은 물론이다. 그리하여 종국에는 소설이란 무엇이며 소설 쓰기란 또 무엇이냐 하는, 민망하고 겸연쩍고 개갈 안 나고 작금의 젊은 소설쟁이 김도언이 잘 쓰는 말로 짠한 이야기까지가 아슬아슬 이어질 뻔했던 것이다. 이후의 논의가 어떻게 진행되었는지 안주는 추가로 주문했는지 술값은 어떻게 해결했는지 그날 몇 차까지 이어졌는지 등등은 불행인지 다행인지 잘 기억나지 않는다.

다시 그 얼굴을 대하고는 꼼짝없이 초, 상, 화, 가 떠올랐다. 떠오르고 말았다. 순간 뭘 어찌해야 할지 모른 채 조금 머뭇거리고 말았으니 예의 초, 상, 화, 속에는 세상의 어떤 것—얼굴도 정물도 배경도 그 어떤 것도 담겨 있지 않았던 때문이었다. 과연 사람의 낯바닥 아닌 얼굴이 화폭 어디에도 담겨 있지 않은 초, 상, 화, 를 초상화라고 하기도 하는지 세상에 그런 경우도 있는지는 잘 모르겠지만, 그렇다면 한순간 모질게 강요당하듯 떠올리고 말았던 것은 초, 상, 화, 너머에 불편하게 숨겨져 있던 어떤 심상 아닐 터인가. 그때 다행히 성수역을 떠나 지상 철교를 달리는 열차 안이었다. 오후 4시. 차창을 넘어온 오후 햇살이 바스듬하고 열차 안은 밥 때 지난 대중식당처럼 한산했다. 자리에서 일어선 내가 오른쪽 출입문에로 다가간 것은 다만 뚝섬역에서 내리기 위해서였다. 쇠기둥 붙들고 서서 창밖으로 도망가는 풍경을 멍히 쫓으며 다음 정차할 역에 대한 안내 방송이 나올 즈음이다. 뭔가 수상했다. 뭔가 아니라 누군가이다. 공교롭게도 내 바로 옆 좌석에 앉은 사람. 무심결에 고개 돌려 그 얼굴을 힐끔, 보다가 놀란 시선을 멈추고 말았다. 검은 얼굴. 한 남자가 있다. 한 남자가 앉아 있다. 한 남자가 앉아서 울고 있다. 그 장면이, 실재하는 인물이건만, 대단히 비현실적이다. 눈을 찡그리고 입술을 일그러뜨리고 어깨를 들썩이며 흐느낀다. 뺨의 주름진 굴곡을 시종 타고 흐르는 두 눈물 줄기는 그렇다 치고 코가, 콧물이, 싯누런 콧물이 인중 양편으로 정해진 길 따라 들락날락 오가는 중이다. 흑흑 흐느끼고, 훌쩍, 들이마시고, 흑흑, 흐느끼고, 훌쩍, 들이마시고, 다섯 살 어린아이처럼 흑흑, 훌쩍, 다시 흑흑, 다시 훌쩍. 주변의 몇 안 되는 승객들 시선이 흑흑, 훌쩍, 의 콧물 움직임에 주목되는 것도 당연했다. 참으로 불가해한 장면이구나. 배 속에 있을 때부터 오늘 아침까지 그를 곁에서 지켜봤다 한들 지금의 모습을 이해할 수는 없으리라. 어쨌거나 그로서 끝이었다. 이윽고 뚝섬역에 열차가 멈추고 출입문이 활짝 열렸으며 승강장으로 넘어선 나는 열차에서 내린 세상 모든 사람들이 그렇게 하듯 출구(혹은 환승 구간) 향해 바쁜 걸음을 옮겼다. 교통 카드가 든 지갑을 꺼내 카드 인식기에 갖다 대고는 개찰구를 통과해서, 지하철 같은 것은 생전 타본 적이 없는 사람 같은 얼굴을 하고 역사를 빠져나갔던 것이다. 무릇 순간이란 종적을 남기지 않고 그렇게 저벅저벅 지나가는 것. 그러니 지난날 제천에서 돌아오는 중앙선 무궁화호 열차 안에서 그를 만났던 게 언제였더라 따위의 의문은 다시 굽어볼 새가 없었다. 아니다. 종이컵에 넘실거리는 소주를 수줍게 달게 들이켜던 모습이, 빨간 플라스틱 장미를 삼키고 컥컥 토하는 시늉 끝에 목구멍에서 빨간 끈 노란 끈을 줄줄이 뽑아내던 마술에 눈이 동그래지던 제니와 앤의 환호성이 일간지 사이로 툭 떨어지는 할인 마트 전단지처럼 잠깐 주의를 끌었던 것은 사실이다. 그러나 무릇 기억이란 일간지에 끼어 배달되는 광고지처럼 하찮거나 거추장스러운 무엇. 그야말로 기억을 기억한다는 일의 헛된 본질이었다.

그날 오후 20분 정도 길을 걸었고 횡단보도 앞에 멈춰 서서 파란색 버스를 바라보았으며 자동차 영업소가 있는 건물 2층의 출판사에 들렀다. 1회용 종이컵에 담긴 소주 아닌 현미 녹차를 후르륵거리며 편집팀장과(지급해야 할 보수를 두 달째 미루고 있는 사장은 지방 출장 중이었다.) 10분 정도 대화를 나누었고 서류 봉투에 담긴 교정지를 받아 자리에서 일어섰다. 외출의 목적이 그로써 절반가량 달성되었다. 친구를 만나기 위해 다시 지하철 2호선 뚝섬역으

로 걸음을 옮기다가, 40여 분 만에 다시 역사 안에 들어서, 을지로
방향 승강장에 서서 열차를 기다리다가, 헛된 기억들 몇 토막이 거
추장스럽게도 순간들 사이를 바삐 스쳐 지나갔다. 제천으로 향하
던 기찻길 풍경이나 청풍명월 유원지의 붉게 피 흘리던 철쭉들이
며 어두워진 양평역 플랫폼 풍경 따위가 아니었다. 그보다 한참 전
인 재작년 어느 겨울 석유난로 냄새가 매캐하던 작은 술집에서 축
구 이야기 프로 야구 이야기 여자 이야기 술 먹고 지랄병 도지던
이야기를 지겹도록 노닥거리고 투닥거리다 말고 느닷없이 튀어나
왔던—소설에 대한 민망하고 겸연쩍고 개갈 안 나고 짠한 이야기
에 대해서였다. 인물 없는 소설이 존재할 수 있을까. 이쯤에서 고
백 하나를 하자면 그날 밤 그 자리 평소답지 않던 분위기 속에서
나 역시도 술김에 되먹지 못한 한마디를 거들고 말았다는 것인데,
더욱 겸연쩍고 원통하게도 그것이 원래의 화두와는 두 다리 정도
건너간 잔소리에 지나지 않았던 점이다. 이를테면 소설 속 인물이
란 어차피 이편 세상에 존재하지 않는 저편 세상으로부터 작가 내
부에 투영된 인상의 총합에 다름 아니라는 둥, 반대로 평소 뱃속까
지 친밀한 인물을 소설 속에 그린다손 쳐도 소설 속 그가 실상의
주인공을 꼭 같이 닮을 수야 없는 노릇이라는 둥. 아무리 술 취해
겁 없이 뻔뻔해지거나 기분 좋았대도 그렇지 세상에 자기도 모를
소리를 그 따위로 주절거렸다니 지금 생각해도 겸연쩍고 원통해
우울해질 따름이다.

이야기를 정리하자. 분명히 말하지만 이것은 그 사내에 대한 소설이 아니다. 무궁화호의 마술사 혹은 2호선의 우는 사내로부터 나는 철저히 격리된 관찰자이다. 설령 내가 그의 드러난 어느 부분인가를 비틀어 글로 옮겨 적는다 해도, 이는 내가 알지 못하는 피사체를 투영하는 내 안의 일부일 뿐이겠다. 누군지 모르는 그와 내가 같은 내부나 외부를 나누어 가지는 일이 가능하겠는가? 그리하여 이것은 그에 대한 소설이 아니며 그렇다고 다른 누군가에 대한 소설 역시 아니다.

「왜 그렇게 멍하고 있냐?」

그날 저녁 삼각지의 식당에서 동태 찌개를 먹으며, 동태 찌개 국물에 소주를 비우며 엘지 대 롯데의 프로 야구 경기를 보다가, 엘지 타자의 홈런 가까운 타구를 롯데 좌익수가 펜스에서 점프하며 잡아내는 장면이 지나간 뒤, 친구가 갑자기 물었다.

「그냥. 뭐 좀 생각하느라.」

「무슨 생각을 그렇게 하는데.」

공수가 교대되는 막간에 자동차 광고가 이어지고 있었다. 친구 말로는, 내가 10분 넘게 정신 나간 얼굴을 하고 있었다는 것이다. 그럴 수도 있는 일이라고 나는 생각했고 그래서 광고 화면을 멍히 바라보며 웅얼웅얼, 이상한 소리를 지껄이고 말았다.

「그냥, 초상화 때문에.」

「뭐?」

「초상화.」

「초, 상, 화?」

「응.」

그러자 친구가 피식 웃었다.

「갑자기 미쳤냐?」

※뿌듯한 감흥 속에 이제하 님의 《풍경의 내부》(2000년, 작가정신) 마지막 장을 덮은 게 2004년 겨울 4시 지하철 2호선 합정역 승강장이었다. 좋은 작품의 좋은 제목을, 선생께 감히 허락도 없이 작품명에 차용하기로 한다.

어젯밤에 우리 아빠가,

· · ·

다정하신 모습으로, 한 손에는 크레파스, 가 아니라 종이 상자를 하나 들고 오셨어요. 멋쟁이 우리 아빠의 선물에 엄마랑 나는 미친 캥거루들처럼 폴짝폴짝 뛰었어요.

「뭐예요, 내 옷?」

종이 상자 향해 반갑게 달려드는 엄마의 손을 아빠가 배구공 스파이크 하듯 탁, 쳐냈어요. 까딱 잘못했으면 손 아니라 뺨에서 짝, 소리가 날 뻔했어요.

「옷 같은 소리.」

「그럼 가방? 지난달에 얘기했던 쁘라다?」

「쁘라다 좋아하신다. 손목을 쁘라트려 놓을라.」

「뭘까.」

「어이 아들, 한번 맞춰 보지?」

「퀴즈에요? 상품은?」

「상품은, 바로 이거.」

운동화 케이스처럼 생긴, 딱 그만한 모양과 크기의 상자였어요. 먹을 게 든 것 같지는 않았어요. 그렇다면 꿈에도 그리던 16단 분리 합체 우주 대왕 가라가이거? 유희 마왕 매직 스티커 248종 세트? 크리스마스도 석가 탄신일도 아닌데 설마 그런 선물을?

「어허 배고프다. 일단 곱창부터 채우자고.」

저녁 식사가 끝날 때까지 정답은 나오지 않았어요. 종이 상자에 온통 생각이 팔린 채로 우겨 넣은 아욱국 병어조림 꼴뚜기 볶음이 배 속에서 가라가이거 조각들처럼 매직 스티커 반짝이 별들처럼 뒤섞여 부글거렸지요. 이윽고 거실에 세 식구가 모여 앉았어요. 샤각 샤그락 사과를 깎는 엄마의 시선도 내내 종이 상자에 쏠려 있네요. 그런데 아빠는 좀처럼 상자를 열 생각이 없는 모양이에요. 우습도록 신중한 그 표정은 새로 익힌 동전 마술을 막 선보이려는 자폐 2급 원생 같았어요.

「궁금해 죽겠네. 어서요.」

「어허. 변기 뚜껑 열듯 게 뚜껑 따듯 함부로 소개할 물건이 아닌데.」

「얼씨구. 끝내 안 뵈주고 벽장에 처넣을 셈이에요?」

「그런 건 아니지만도.」

옥신각신 티격태격. 좌중의 호기심을 한껏 부풀리는 데 성공한 아빠가 드디어 다탁 위의 종이 상자에 손을 가져갔어요. 짜잔, 뚜껑이 열리고 상자 안에서 벌떡 튀어나온, 튀어나오지는 않고 얌전하게 드러누운 물건. 시커멓고 길쭉했어요.

「오 마이 갓 이거 뭐야.」

언뜻 TV 리모컨으로 보였다가, 바다가재 모양의 사기 그릇 같았다가, 검은색 소가죽 장갑인가 싶다가, 바로 이게 말로만 듣고 상상으로만 그리던 바이브레이터 딜도란 말인가 눈앞이 아찔해지다가, 마침내 물건의 참된 정체를 깨닫기까지 정확히 2초가 걸렸어요. 휴우, 알 수 없는 한숨이 나왔어요.

「총?」

「왜 아니야. 38구경 시큐리티 식스. 메이드인 퍽킹 유에스에이.」

「총이네 정말.」

「그렇다닝깽.」

양손으로 조심히 총을 꺼내 든 아빠가 환하게 웃었어요.

「베레타니 브라우닝이니 콜트니 탄창 들어가는 자동식도 귀엽지만 총 하면 역시 리볼버거들랑. 벌써 뽀다구가 나잖아. 게다가 안정감 있고, 실제로 안전하기도 하고. 업소에서 쓸 것도 아닌데 쉰다섯 발씩 장전하는 기관단총은 좀 심하고. 말도 마. 이놈 구하려고 점심시간에 신설동에서 시작해서 신평화 시장 동대문 시장 청계 5가 광장 시장 세운 상가 을지로 통까지 발가락 물집 잡히게 돌아다녔다. 정 이사 개새끼 님한테 당신은 점심시간이 3시간 40분이냐고 욕을 얼마나 먹었는지.」

「정성 뻗치셨네.」

「뻗치셨지. 장사꾼들이 어찌나 따지고 눈치를 보던지. 요새 단속
반들이 극성인가 봐. 공무원들 더운밥 처잡숫고 할 일이 그렇게
없나.」

「당신이 단속 공무원처럼 생겼어.」

「모르지. 흥정 붙이려고 없는 소리들을 해댄 건지.」

「훌륭하세요. 당장에 아쉬운 텔레비전부터 알아볼 일이지.」

「앗싸! 왜 그 말이 안 나오나 불안했지.」

엄마 하는 말도 틀릴 건 없었어요. 있을 땐 별것 아닌 듯싶지만
정작 없어지고 나니 심심하고 허전하고 아쉽고 그리워서 도통 견
딜 수가 없는. 텔레비전이 바로 그런 물건이었어요. 텔레비전 없어
진 그저께 저녁부터 집안 공기는 세상에 네상에 이럴 수가 있을까,
소금 안 친 곰국처럼 스프 안 넣은 라면처럼 심심하기만 했더랬지
요. 그런데 아빠의 얼굴이 진지하네요. 턱없이 진지한 얼굴로 시큐
리티 식스를 만지작거리더니 탄창을 옆으로 젖혀 따르르르, 돌려
보고는 다시 철컥, 몸체에 끼웠어요. 경쾌하고 묵직한 쇳소리에 오
줌이 찔끔 나올 것 같았어요.

「내 요번에 깨달은 게 하나 있어. 알아?」

「깨닫다니.」

「겁나게 중요한 이야기지. 밥보다 돈보다 건강보다 명예보다 순

결보다.」

「오메나 거창해라.」

「우리는 누구인가. 우리는 민족중흥의 역사적 사명을 띠고 어디서 와서 어디에 있으며 어디로 어떻게 가는 존재들인가.」

「이이가 점점.」

「생각해 봐. 당신이나 나나 우리 아들이나, 그저 힘없고 선량하고 무고한 백성들이야. 안 그래? 아파할까 봐 예쁜 꽃이 시들어도 따지 못하고 개미가 터져 죽을까 봐 길을 걸을 때도 늘 조심조심하는. 그런 우리가 지금 어디 살고 있냐고. 여기, RJ633-8 구역이 대관절 어떤 동네시냐 이거지. 하루 다르게 떠나가는 것은 교회 불빛 여관 간판에 정다운 이웃들이요, 느느니 깡패에 약쟁이 호모 변태에 유전자 조작 기형 괴물 아니면 개가죽 쓴 도둑년놈 새끼들밖에 없으니.」

총을 쳐들고 한쪽 눈을 지그시 감은 아빠, 거실 어디쯤을 향해 멋지게 사격 자세를 취했어요.

「텔레비전. 없으면 섭섭한 물건이지. 왜 아니겠어. 하지만 총은 달라. 텔레비전 라디오가 없어서 허전하고 심심한 물건이라면, 총은 더 솔직해. 있어야 할 때 없으면 그걸로 끝, 모든 게 끝이라니까. 우리가 누구인지 어디서 와서 어디에 있으며 어디로 어떻게 갈 참인지, 고따위를 따질 겨를도 없어지는 거지. 유가릿?」

이틀 전. 집에 도둑년놈 새끼들이 들었어요. 간만에 즐거웠던 저녁 외식의 행복은 현관문을 열고 들어서는 순간 산산이 작살나고 말았지요. 뒤쪽 베란다로 통하는 거실 유리창처럼요. 에구머니, 여기 우리 집 맞아? 마룻바닥에는 조각난 잔해들이 낭자했으며 유리를 깨고 굴러들었을 적벽돌 반 토막이 싱크대 근처에 소주병처럼 뒹굴고 있었어요. 낯선 흔적은 안방까지 이어졌어요. 검은 발자국들. 도대체가 도둑년놈 새끼들은 아예 신발 양말을 안 신고 다니는가요, 아니면 남의 집에 당당히 침입한 뒤에 부러 신발 양말 벗고는 시커먼 발도장을 기념 삼아 찍어 대는 건가요? 활짝 열린 장롱 문은 그 안의 서랍이며 옷가지며 이불보를 혓바닥처럼 들쭉날쭉 빼물고 있었더랬지요. 아흑, 텔레비전이. 얼굴 하얘진 엄마가 휘청 벽을 짚으며 신음했어요. 거실 장식장에 큼직하게 놓여 있던—평소 너무도 친숙하여 그 존재감을 잊고 지내 왔던 무엇이 늘 같던 그 자리에 더 이상 존재하지 않는다는 사실을 나 또한 아찔하게 깨닫고 말았어요. 태평양 전자가 작년에 2천 대 한정 물량으로 내놓은 66인치 총천연색 텔레비전. 들여놓은 지 7개월밖에 안 된 물건이었어요.

신고를 받은 경찰 아저씨들이 찾아온 것은 정확히 12분이 지나서였어요.

이만하길 다행이라고 생각하시는 게 속편할 겁니다. 트럭 대놓고 이삿짐 옮기듯 싹쓸이해 가는 경우가 허다하거든요. 사람이 있으면 피하긴커녕 남자 여자 안 가리고 죄 따먹고 말이죠. 에에, 돼지 밑구녁에 처넣을 말종 새끼들.

돼지 밑구녁에 처넣을 말종 새끼들이 어떤 새끼들을 일컫는 것인지 나도 모르지 않았어요. 우리 학교에도 그런 새끼들이 있거든요. 동네 형들 쫓아다니며 콧잔등 노래지도록 담배나 빨며 낮술이나 빨며 도둑질 강도질 오입질 일삼는 뒷자리 애들 말이지요.

「생각만 해도 구역질 나지 않니? 아아.」

「구역질 나요.」

「아들, 넌 무슨 구역질.」

「발자국. 마룻바닥에 찍혀 있는 시커먼 발자국들 말예요.」

「좋은 지적이다. 아빠는 말이야. 그때 우리 가족이 집에 있었다면, 하는 가정이 제일 구역질 난단다.」

「예리하네 당신?」

「상상해 보셔. 곱창전골 먹으러 나갔기에 망정이지 그때 우리 가족이 모두 집에 있었다면, 도대체 무슨 참사가 벌어졌을지 알게 뭐야? 지금도 이렇게 손이 떨리고 곱창전골에 절을 하고 싶은 마음인데.」

「누가 아니래. 곱창전골 님이 우리를 살리셨지.」

「상상해 보시라니까. 하필 그때 우리 세 가족이 나란히 옷 벗고 샤워를 때리는 중이었다면. 아니면 앉아서 앞으로 구부리기 자세인 파스티모타나아사나, 고개를 쳐든 개 자세인 우르드바묵하사반아사나, 앉아서 허리 비틀기 자세인 마싸안드라아사나 같은

요가 수행을 연마하느라고 온몸을 쥐 나게 비비 꼬고 있었다면. 아이고 내가 생각만 해도……. 어이 아들.」

내 손을 꽉 잡아 쥐는 아빠의 눈 속에 비장하기 그지없는 무엇이 일렁이고 있었어요.

「잘 들어라. 이 총은 말이지, 우리 집에 쳐들어왔던 도둑년놈들의 관자놀이에 구멍을 낼 수도 있고 그렇지 않을 수도 있는 물건이다. 그 선택은 이 총을 쥔 사람만이 할 수 있어. 중요한 것은 늘 이 녀석을 품에 지닌 마음으로 살아야 한다는 점이다. 알겠니? 불의와 폭력으로 세상을 위협하는 악과 맞서는 일은 말이지, 그 앞에 선 모든 이들의 피할 수 없는 권리이자 의무란다.」

38구경 시큐리티 식스가 담겨 있던 종이 상자 밑바닥에는 노란 종이 한 장이 있었어요. 품질 보증서도 아니고 사용 설명서도 아니었어요. 저기 그런데, '-습/읍니다'가 '-습니다'로 통일된 게 도대체 몇 년 전이죠?

<이 제품은 一切의 보험성이 없으며 各種 보험 계약의 성립을 責任지지 않읍니다. 사용자의 各別한 주의를 當付합니다.>

一. 총구를 들이대기 前, 피사체의 입장을 고려하는 습관을 가집니다.

二. 격발의 순간이 왔을 時, 以後의 상황들을 다각도로 예측하고 대비합니다.

三. 사격 연습은 官이 허가한 시설만을 利用합니다.

四. 무분별한 총기류 대여는 총구를 입에 물고 달리는 것 以上으로 위
   험합니다.

  학교 가는 길은 오늘도 한산해요. 어제보다 오늘이 그렇고 오늘
보다 내일이 더 그러하겠지요. 길가의 건물들은 대부분 철거되었어
요. 이를테면 순대 볶음과 김말이 튀김이 제일 맛나던 또래 분식과
하굣길이면 2백 원짜리 뽑기 기계 세 대가 쉴 틈 없이 돌아가던 월
드컵 문구점을 비롯해 초등학교 주변에 그런 데가 왜 필요한지 초
등학생인 나로서도 알 도리가 없었던 삼일 당구장 지하의 꽃물 안
마소와 맞은편 건물 1층의 대한민족 구국기도 연구소 등이 하나 둘
사라져 간 이 주변에, 내년 1월이면 동남 3~4지구와 북부 자유 무
역시를 연결하는 18차선 복층 도로 공사가 시작될 예정이라네요.
  수업 종소리와 선생님들의 호루라기 소리, 교직원 전용 휴게실에
서 아침저녁으로 들려오던 찬송가가 말끔히 사라졌지만 학교 운동
장은 아직 예전 모습을 그대로 간직하고 있는 편이에요. 오늘도 핸
드볼 골대 뒤편과 수돗가 옆의 체육 교보재실 창고, 등나무 아래
벤치 주변에 낯이 익거나 그렇지 않은 아이들이 삼삼오오 모여 있
네요. 저마다 변변치 못한 사정 때문에 아직 RJ633-8 임시 허가
구역을 벗어나지 못한 아이들이에요. 아 실례, 벗어나지 못한 집구
석의 아이들이에요.
  「왔니?」

「어, 안녕.」

「오랜만이다.」

「음.」

수은이가 왔어요. 통통하고 발그레 귀여운 뺨, 두꺼운 은테 안경
뒤 작고 가는 눈. I♥Bush가 새겨진 노란 티셔츠를 입은 녀석은 2학
년 때부터 제 단짝 친구였지요.

「얼굴 왜 그래?」

「얼굴 뭐.」

「파랗잖아.」

「응? 어엉, 이거.」

안경테 너머 짙푸른 멍 자국은 그믐밤에도 보일 만큼 선명했어요.

「생쥐 때문에.」

「생쥐?」

「부엌에서 생쥐가 치즈를 훔쳐 먹고 있기에, 그 녀석을 쫓아 정신
없이 뛰다가 그만 쇠스랑을 밟고 말았거든. 나무 자루가 벌떡 올
라오면서 얼굴을 딱 때렸어.」

「히히.」

「웃기지?」

「응, 웃겨.」

「사실은 아빠한테 얼어 터졌어.」

끼야아아아아! 손톱 끝으로 칠판을 긁는 괴성이 들려왔어요. 교

보재실 창고 쪽이에요. 그 안에 아이들이 있는 모양이네요. 전번엔 중학교 1학년 형들이 저 안에서 피어싱을 한다고, 자기들끼리 못 쪼가리를 달궈 혓바닥 귓불 눈꺼풀 입술 배꼽 고추 등등에 구멍을 뚫다가는 뭐가 어떻게 잘못 되었는지 한 명이 안면 근육 마비가 와서 침을 질질 흘리며 집으로 돌아간 적도 있었지요.

「며칠 전에 도둑이 들었단다. 그끄저께.」

「너희 집도?」

「그러게.」

「아버지 맙소사.」

「그 말 좀 하지 말랬잖아. 니네 아빤지 하늘에 계신 아버지인지 헷갈리니까.」

「안 다쳤어?」

「……아무도 없었거든. 유리창이 박살 나고 텔레비전이 없어졌을 뿐이야.」

수돗가 옆 미루나무에서 말뚝 박기를 하던 아이들이 까르르 웃음을 터뜨렸어요. 하지만 I ♥ Bush는 후우, 짧은 한숨을 뱉었지요.

「하여간 문제다. 너도 그렇고 나도 그렇고.」

「누가 아니래. 너희 엄마 아빠 별말씀 없으셔?」

「갈 거야. 가겠지. 안 그럴 도리가 없잖아.」

원주민을 위한 이주 유예 시한이 올해까지에요. 12월 31일 자정까지 아무런 대책을 세우지 않는다면 그 사람이 누군지 뒤에 가서

땅을 치고 후회할 시간도 주어지지 않겠지요. I♥Bush의 엄마 말마따나 결국은 백날 꼴려 봐야 싸지도 못할 놈의 사정이 문제였지만 말이에요.

「덕분에 좋은 일이 하나 있긴 해.」

「덕분이라니.」

「아빠가 총을 사오셨거든.」

「정말?」

「정말이잖고.」

「으와.」

「있어야 할 때 없으면 큰일 나는 게 총이래. 이런 동네에 살면서 없어서는 안 될 권리이자 의무라고.」

「조, 좋겠다.」

「보여 줄까?」

「세상에. 가져왔니?」

「물론이지.」

안주머니에서 조심히 물건을 꺼냈어요. 38구경 시큐리티 식스. 바지 지퍼를 내리고 잔뜩 딱딱해진 고추를 꺼낼 때처럼 수줍고도 뿌듯했어요.

「으와아.」

두꺼운 안경알 너머의 눈동자가 환희의 부러움으로 이글거렸어요.

「만, 만져 봐도 될까?」

딱딱해진 고추도 아닌데 마다할 수가 없었어요.

「조심해.」

「으아. 으아아.」

검고 매끈한 총열이며 손아귀에 딱 밀착되는 그립에 실린더와 가늠쇠를 애타게 쓰다듬는 I❤Bush는 아름답고 격정적인 꿈에 빠진, 곧이어 팬티 안에 꿀럭꿀럭 몽정을 하고 말, 그런 얼굴이었어요.

「누가 보겠다. 이리 줘.」

시큐리티 식스를 빼앗아 안주머니에 집어넣었어요. I❤Bush는 황홀한 꿈에서 억지로 깨어난 얼굴이었어요.

「진짜 좋겠다……. 쏴봤어?」

「아니.」

「왜?」

「총을 쏘기 전에는, 원래 여러 가지를 생각해야 하거든. 피사체의 입장이라든가.」

날이 저물고 있어요. 아이들이 집 찾아 하나 둘 떠나가는 교정에 어둠이 바삐 내려앉는 중이네요. 인적 없는 철거 건물들의 거리는 유령의 집 가는 통로만 같고, 멀리 대민 공지 사항과 연합사 뉴스를 전하는 관제 본부의 전광판 불빛이 어스름한 발걸음을 인도해 주네요.

콰르릉. 천둥 치는 폭발음이 귓가를 때렸어요. 그래서 절로 걸음을 멈추고 말았어요. 눈부시게 쏟아지는 불빛들. 부릉. 부르릉. 앞 길을 막아선 오토바이 몇 대가 씨근덕거리고 있어요.

「집에 가는구나.」

그들이 누군지, 불빛 때문에 잘 보이지는 않지만, 쉽게 짐작할 수 있었어요.

「타라. 집까지 태워 줄게.」

어른스러운 목소리. 창백한 얼굴에 머리를 길게 길러, 기른 것을 무스로 바짝 세워, 앵무새처럼 파랗고 빨갛게 염색을 한 아이. 녀석이 누군지 알아요. 2학년 때 같은 반이었으니까요. 불과 2년 전, 2학년 3반 공을자 선생님 밑에서 '말/듣'을 배우고 '즐생', '슬생'을 같이 배웠던 아이였지요. 그러고 보면 세상 참 모르는 것 같아요. 누가 알았겠어요? 같이 교실 바닥에 앉아 주머니 괴물 카드 따먹기를 하고 공기놀이를 하던 녀석과 내가 이런 시각 이런 장소에서 이런 모습으로 만나리라고, 누가 상상이나 했겠느냐구요. 내가 알았겠어요 녀석이 알았겠어요 공을자 선생님이 알았겠어요.

「됐어.」

「……밤길, 위험할 텐데.」

「너희랑 있는 것보단 덜 위험해.」

일껏 생각해서 친절을 베푸는데 너무 야박하지 않냐고요? 그럴지도 모르겠군요. 앵무새 머리는 말이 없고, 대신 다른 오토바이의 아이들이 숨죽여 키득거리고 있네요.

「아아, 저 씨박 새끼 어디 편찮으신가.」

누군가 다가왔어요. 가죽조끼를 입은 아이에요. 눈썹이 짙고, 그 끝에 쇠고리가 달려 있고, 팔뚝에는 태권브이 문신을 새겼어요.

「우리 누군지 몰라? 몰라? 응?」

성큼성큼 다가오더니 가슴을 냅다 떠밀었어요. 주춤 물러서는 내 시야에 들어온 게 있었어요. 녀석의 목에 걸린 은빛 십자가였어요. 하늘에 계신 우리 아버지여 이름이 거룩하게 여김을 받으시며, 나라에 임하옵시며, 뜻이 하늘에서 이룬 것 같이 땅에서도.

「어딜 째려 씨뱅아.」

가죽조끼. 이 녀석도 아는 녀석이에요. 우리 학교 출신은 아니지만 소문은 익히 들은 바 있지요. 오토바이 새끼들 중에서 제일 밥맛없다는 놈. 삐쩍 마른 주제에 자지는 엄청나게 크다는 놈. 골목길에 숨어 있다가 담임선생님을 미즈노 야구 방망이로 까고 도망갔다는 놈. 그래 놓고는 도리어 담임에게 성희롱을 당했다고 고해바쳐 한바탕 사단을 일으켰던 놈.

「애새끼. 총 한 자루 찼다고 보안관이나 된 줄 아나 본데.」

아이고 미치겠네. 얘가 그걸 어떻게 알지? 내 귀에 도청 장치가?

「무슨 소리야.」

「총 말이야 씹새야. 너 갖고 있는.」

「나, 그런 거 없는데.」

「뻥치네 씨박 새끼. 까지 말고 내놔. 얼른.」

나팔꽃 시들어 가던 화단가에서 I♥Bush와 앉아 있던 모습을, 누군가 목격했던 모양일까요. 제기랄. 함부로 총을 꺼내 보이는 게 아니었는데.

「없다니까.」

「없어? 좋아, 아주 좋아.」

가죽조끼의 굵은 눈썹이 꿈틀거렸어요. 위기일발. 빌헬름 텔이 탄 나룻배처럼 가슴이 한없이 일렁였어요. 법은 멀리 있고 주먹은 가까이 있다, 누가 만들었는지 참 기막힌 말 아닌가요? 나 건드리기만 해봐, 그 큼직한 자지를 뻥 차버릴 테니까.

「넌 총 없는 새끼야. 없다고. 그러니까 말이야, 뒈져서 나오면 내 거다. 알간?」

녀석이 달려들었어요. 비틀, 거센 힘을 받으며 뒤로 넘어지고 말았어요. 땅바닥이 와락 솟구치고 하늘이 휘청 뒤집혔어요. 어디를 어떻게 받혔는지 콧잔등이 얼얼하고 옆구리도 쑤셨어요. 흙바닥을 몇 바퀴 굴렀어요. 휘이익! 불량스런 휘파람 소리가 다시 들려왔어요. 씨근덕거리는 가죽조끼의 숨소리가 귓불을 핥았어요. 내가 휘두르는 주먹에 녀석도 뒤통수 몇 대는 얻어맞았을 걸요. 엎치락뒤치락하기를 잠시, 녀석이 나를 밀치며 일어섰어요. 앞니 사이로 허연 침을 찍 뱉어 내더군요, 나 따위와 땅바닥을 엎치락뒤치락 뒹굴었던 게 몹시 쑥스럽다는 듯이.

「얘들아, 봐라. 총이다!」

어느 틈에 안주머니에서 빼냈단 말인가! 가죽조끼가 38구경 시
큐리티 식스를, 아기 예수라도 되는 양 번쩍 쳐들었어요. 끼야아아
아! 오토바이에 타고 있던 녀석들이 동방 박사들처럼 인디언들처
럼 기성을 질렀구요. 눈앞이 캄캄했어요. 문득 아빠의 얼굴이 떠올
랐어요. 이 모습을 모고 계시다면 얼마나 실망이 크실까요. 있어야
할 때 없으면 큰일 나는 게 총이라지만, 있어야 할 때 가지고 있다
가 빼앗기면 어떻게 되는 건가요?

「어머머머 이게 뭐야. 이런 씨발.」

의기양양, 흐뭇하게 총을 살피던 가죽조끼가 비명을 질렀어요.

「대장, 이 새끼 봐! 이 새끼 이거 완전 미친 생또라이 개씨박 새
끼 아냐?」

「왜 그러는데.」

앵무새 머리가 의젓하게 물었어요.

「이거 봐. 총알이 없어. 한 알도 안 들어 있다고.」

「……빈총이란 말이야?」

「그렇다니까. 허, 참.」

오토바이의 아이들이 낄낄거리더군요. 빵. 빠앙. 빵. 장난스럽게
경적을 울려 대네요. 와락 달려든 가죽조끼가 내 멱살을 꼬나 쥐었
어요.

「씨박 새끼, 살기 귀찮니?」

여럿 앞에서 망신을 당했다고 생각하는 것 같았어요. 하지만 그

야 자기 사정이지, 총이 있으니 제발 좀 뺏어 가라고 내 쪽에서 광고를 불고 다닌 것은 아니잖아요. 찰칵. 날렵한 쇳소리와 함께 뭔가가 코앞에 다가왔어요. 허옇게 날 선 잭나이프였어요.

「너 죽었어.」

입이라도 맞출 듯 바투 다가온 가죽조끼의 입에서 부탄가스 냄새가 비릿하게 쏟아졌어요.

「요 이쁜이가 말이지, 이까짓 장난감보다 얼마나 따끔한지 알려 주겠어. 에이 칵!」

「그만둬라.」

앵무새 머리가 나직이 나섰어요.

「이 새끼가 사람 완전히 좆으로 봐버리잖아.」

「칼 치우라고.」

「하지만 대장.」

「어서.」

가죽조끼는 씨근덕씨근덕 억울한 얼굴이에요.

「총도 돌려주고.」

하고 다니는 꼴은 미친 앵무새 같지만 그를 우습게 보는 아이는 없는 모양이었어요. 가죽조끼가 밀어 던지듯 내 멱살을 풀었어요. 그리고 시큐리티 식스를 내동댕이쳤죠. 불만 가득한 그 동작을, 앵무새 머리가 묵묵히 주시하고 있네요. 분위기 심상치 않았지요.

「너, 한마디만 하자.」

가죽조끼가 아니라 나를 향해, 앵무새 머리가 중얼거렸어요. 글쎄요. 녀석은 아직도 나를 2학년 3반의 동급생, 온종일 창가 자리에 앉아 수학책 안쪽에 몰래 숨긴 노신이나 베케트를 읽던 그 시절의 나로 생각하는 것일까요?

「다시는 총 같은 거 가지고 혼자 밤길 다니지 마. 특히 빈총은 말이야.」

맏형 같은 목소리엔 사람을 꼼짝 못하게 하는 힘이 있었어요.

「약속할 수 있겠니?」

「……알았어.」

「좋아.」

앵무새 머리가 손을 쳐들었습니다.

「애들아, 가자!」

콰르르릉! 목덜미 잡힌 도사견처럼 씨근덕거리던 오토바이들이 일시에 굉음을 터뜨렸어요. 그러고는 흙먼지 자욱한 어둠 속으로 일렁일렁 사라져 갔지요.

집으로 가는 길에 가게에 들렀어요. 오늘 저녁은 이래저래 귀가 길이 늦어지고 있네요.

아파트 불빛이 멀리 보이는 삼거리의 5층짜리 상가 건물. 한때 영어 학원 피아노 학원이 있었고 옷 가게 신발 가게 사진관 세탁소 떡집 복덕방 책대여점 수입 상품점 꽃 가게 지하 슈퍼가 있었던,

지금은 전기 수도 가스 죄다 끊기고 주인 손님 죄다 떠나 텅 빈 건물 4층, 제대로 된 상품은 없지만 들르는 사람이 원하는—들를 만한 사람이 원할 만한 물건은 대개 갖추고 있는 외팔이 할아버지네 만물상이 있어요. 환각제 성분 때문에 오래전에 판매 금지된 감기약 너미날을 스무 알 단위로 구할 수 있고 납치된 여학생을 윤간하고 톱으로 배를 갈라 창자를 꺼내는 러시아제 스너프 필름도 빌려 볼 수 있는, 간판도 없고 전화도 없으며 사업자 등록도 되지 않은 곳. 우리 동네에 그런 가게가 있는지 엄마 아빠는 까맣게 모르고 계실 거예요.

철문을 밀고 들어서자 딸랑, 종소리가 은은하게 속삭였어요. 석유 그을음 흐릿한 남포등 불빛 아래 도서관 서고처럼 높고 넓은 진열대가 나란히 나란히 늘어서 있네요. 저편 어둠에서 검은 그림자가 서성이더니, 이편으로 어슬렁어슬렁 다가왔어요.

「안녕하세요.」

「오냐.」

외팔이 할아버지세요. 벙그레 웃는 입 안에 누런 치아가 몇 개 남지 않았어요. 반짝반짝 윤이 나는 쇠갈퀴 손으로는 목덜미를 득득 긁으시고요, 성한 쪽 손에 들려 있는 담배에서는 뽀얀 연기가 꾸역꾸역 솟아올랐어요. 그러고 싶진 않았지만 절로 인상을 찌푸리고 말았어요. 신문지를 말아 만든 그 이상한 담배에서는 똥 닦은 휴지 수북한 플라스틱 쓰레기통을 통째로 태우는 냄새가 났어요.

「……허허, 그런 일이 있었다고?」

담배 한 모금을 깊이 빨아들인 할아버지의 눈자위는 낙엽을 줍는 초경의 소녀처럼 촉촉해졌어요.

「녀석들이 화를 낼 만도 했구나.」

「…….」

「생각해 보렴. 장전된 총과 그렇지 않은 총은 식칼과 막대 풍선만큼 다르단다.」

「어째서요?」

「총알 없는 총으로도 사람을 죽일 수는 있겠지. 냅다 내려쳐서 호박통을 부셔 놓을 힘만 있다면. 막대 풍선도 마찬가지야. 숨이 막혀 죽을 때까지 목구멍에 쑤셔 넣으면 되니까.」

「히히.」

「하지만 막대 풍선을 두려워하는 사람은 없단다. 밤거리의 택시 강도가 운전기사 목에 식칼 아니라 막대 풍선을 들이댄다면, 그렇게 재미없는 개그 콘서트가 어디 있겠니.」

진열장으로 다가간 할아버지가 구석진 서랍 속을 뒤적이기 시작했어요. 절그럭절그럭. 그러고는 탁자로 돌아와 와르르 내려놓는 쇳덩어리들. 갖가지 모양과 크기의 소량 살상 무기들이었어요.

「우와.」

「이 녀석은 마카로프라고, 러시아 특수 부대에서 사용하던 놈이란다. 얘는 45구경 소콤. 소음기와 구형 레이저 조준기가 장착됐지. 이건 Vz61. 남파 간첩이 트랜지스터라디오와 난수표와 미숫가루 다음으로 챙겨 오는 물건이다.」

타앙! 탕! 탕! 투두두두! 피유우. 공기를 찢어 가르는 총 소리가 귓가에 쨍쨍 울리는 것 같았어요.

「와그너 K2야. 3센티미터 철판도 뚫고 지나가는 독일제 개량형이지. 이런 건 전 세계에 다섯 개 정도밖에 없을 거야. 이건 오스트리아의 SPP-9. 분당 9백 발을 땡길 수 있어. 더 기막힌 것은 9백 발 대부분이 손바닥 크기의 원 안에 적중하는 정확성이지. 이놈 봐라. 왕년에 걸프와 아프가니스탄, 소말리아에서 민간인깨나 잡았던 AK-57 소총이란다. 피 냄새가 솔솔 풍기는 것 같지 않니?」

적적하던 차에 말동무가 생겨 여간 즐겁지 않은 할아버지의 입술 가장자리에 생크림 같은 침 거품이 하얗게 고였어요. 닦아 주고 싶었어요.

「할아버지는 총 쏴보셨어요?」

「나 말이냐? 총?」

「예.」

「아니라고 하면 믿을 테냐?」

「그건 아니지만.」

「허허.」

「언제 처음 쏴보셨는데요?」

「그게…… 벌써 50년 전이구나. 남쪽 어느 도시에서 대규모 폭동이 있었어.」

「폭동이요?」

「전라도 새끼 경상도 새끼 강원도 새끼 충청도 새끼에, 지체 부자유자 병신 새끼 손발 시커먼 외국인 노동자 새끼 밭일 서툰 베트남 색시년들까지 작당을 해서 나라를 뒤집으려 한 거야. 진압군으로 현장에 파견되었단다. 직업 경찰이었거든.」

「사람들에게 총을 쏘셨어요?」

「그게 직업이었다니까. 대단했지. 전쟁도 그런 전쟁이 없을 게다. 거리는 시커먼 화염에 휩싸여 사방을 분간할 수 없고, 폭도에게 당한 시민들의 사지가 거리마다 나뒹굴고. 그때 우리가 나서지 않았다면 당최 무슨 사단이 벌어졌을지.」

「우와아, 그럼 할아버지도 애국지사 국가 유공자 같은 분이네요?」

「글쎄, 뭐 난 그런 건 신경 안 쓰고 사는 사람이니깐.」

「야아.」

「총을 쏜다는 건 말이다, 정말 다르단다.」

「……예?」

「사람에게 총을 쏜다는 거 말이야. 영점 사격을 할 때와는 근본적으로 다르고말고. 목포물이 제멋대로 움직이거든. 탕! 한 발. 탕! 두 발. 탕! 세 발. 그래도 꿈틀꿈틀 움직여. 숨이 끊어진 채로 신체 일부가 꿈틀대는 경우도 없지 않지만, 사람 목숨이 그렇게

「모질거든. 탕! 탕! 탕!」

「그럼 죽나요?」

「죽지. 그게 총이니까. 너, 총알이 어떻게 사람을 죽이는지 아니?」

「글쎄요.」

신문지 담배를 재떨이에 짓이겨 뭉갠 할아버지가 후우우, 꿈꾸듯 황홀한 얼굴로 연기를 내뿜었어요.

「M16 소총을 지금 땅, 쐈다고 치자. 총구 떠난 탄환은 1초에 3천 바퀴를 회전하면서 8백 50미터를 날아가요. 대단하지. 대단한데, 한 번 더 생각하면 1미터에 고작 세 번 반을 회전한다는 계산이 나오거든. 사람의 몸을 관통하는 순간에는 기껏해야 한 바퀴나 회전할까? 피부를 찢고 뼈를 부수고 근육을 파헤치는 탄환의 힘을 회전력으로 생각하는 사람이 많은데, 틀린 소리라 이거야.」

「그럼요?」

「탄두라는 게 말이다, 여기 만져 봐라, 앞부분이 뒤보다 훨씬 무겁단다. 이런 녀석이 균형을 유지하고 곧게 날아가는 것은 1초에 3천 번을 맴도는 회전력 때문이야. 그런데 목표물에 닿는 순간, 탄두의 균형은 크게 흐트러지고 만단다. 힘차게 맴도는 팽이를 손끝으로 툭 건드려 봐라. 순식간에 균형을 잃고는 미친 듯 요동치며 어디론가 나뒹굴고 말 테지. 그런 원리란다.」

할아버지의 갈퀴손이 허공에 빙글 빙글 빙글 빙글 네 개의 동그라미를 그렸어요.

「피부를 파고드는 순간부터 탄환은 미친 황소가 되고 만단다. 곱게 회전하며 일직선으로 몸을 뚫고 지나가는 대신, 미친 듯 앞으로 뒤로 좌로 우로 뒤집히고 엎어지면서 몸 안을 파헤치고 다니는 거야. 총알이 박히는 구멍보다 뚫고 나오는 자리가 더 크고 험한 것도 그래서지.」

비스킷 상자처럼 생긴 탄 박스 안에는 온갖 종류의 실탄들이 뒤섞여 있었어요. 같은 무늬 같은 색깔의 유리구슬을 찾듯 왈그락 달그락 실탄 속을 뒤적이던 할아버지, 이윽고 같은 모양의 실탄 네 발을 내밀었어요.

「이게 전부인 것 같구나. 더 있을 줄 알았는데.」

「고맙습니다.」

「총 줘봐라. 장전해 줄 테니.」

갈퀴손으로 용케 총을 고정하고는 다른 손으로 실탄을 척척 채워 주시네요. 그 모습을 지켜보고 있으려니 왜일까요, 아랫배가 맹꽁이처럼 부풀어 올랐어요.

「시큐리티 식스. 괜찮은 물건이야. 집에서 쓰긴 무난하지. 그런데 애야, 어떠한 경우가 되었건 총이란 건 실탄이 완벽하게 채워져 있어야 한다. 그건 기본이야.」

「명심할게요.」

「정말로 중요한 건 그다음이란다.」

「뭔데요?」

「마음가짐이지. 용기 말이다.」

「용기.」

「아무리 강력한 총이 있고 탄창에 금빛 총알이 가득하다 해도 무슨 소용이겠니. 방아쇠를 건 손가락에 힘을 줄 용기가 있지 않다면.」

갈퀴손이 내 어깨에 철컥, 내려앉았어요.

「사랑하는 가족들과 헤어지고 싶니? 팔이나 다리 하나가 없어지거나, 평생 끔찍한 고통에 허덕이거나, 뭔가 슬프고 괴로운 일이 생겨나기를 바라니? 그렇지 않다면 이 말을 기억해라. 상대방의 관자놀이에 구멍을 낼 용기가 없다면, 차라리 총을 땅속에 파묻어 버리는 편이 안전하다는 것을.」

어둔 밤하늘에 정찰 헬리콥터가 떴어요. 검은 하늘에 외줄기 조명을 그으며 부지런히 지나쳐 가네요. 밤공기가 제법 쌀쌀해요. 걸음을 빨리 했어요. 평소보다 늦어지는 귀가에 엄마 아빠가 걱정하고 계시겠네요. 아, 배고프다.

큰길. 폐건축 자재를 가득 실은 화물 트럭이 보행자 신호를 가볍게 무시하고 내달렸어요. 주택가 아니라 인적 드문 국도변을 달리듯 와당탕탕, 엄청난 속도로 사라져 가고 있어요. 흙먼지가 사라지길 기다려 횡단보도를 건넜어요. 아파트 단지 입구로 막 들어가려

는 순간,

「왔니? 씨박 새끼야.」

억센 손아귀가 목덜미를 움켜잡았어요. 놀라 뒤를 돌아보았어요. 가죽조끼였어요. 은빛 십자가 목걸이가 어둠 속에서 예쁘게 반짝였어요.

「지금쯤 오겠거니 했는데, 씨이박 새끼, 어쩌면 이렇게 말을 잘 들을까?」

「아, 술 냄새.」

그 짧은 사이에 어디서 그렇게 퍼마신 것일까요. 소주 냄새가 부탄가스 냄새에 섞여 코가 썩을 지경이었어요.

「사는 게 더러워서, 그래서 한잔 했다. 나랑 이야기 좀 할까?」

「집에 가야 해.」

가죽조끼가 조금 이상해요. 더 음침해졌다고 할까, 왠지 우울한 표정. 아마도 술기운 부탄가스 기운에 젖은 탓이겠지요. 어디선가 개 짖는 소리가 들려왔어요. 떠돌이 들개들이 음식물 쓰레기봉투라도 발견한 모양이에요.

「내놔.」

손바닥을 불쑥 내밀어요. 악수를 청하는 것은 물론 아니겠지요?

「씨박 새끼. 나 있잖아, 너한테 아무 감정 없어. 정말이야. 맹세해. 다만 그거, 그 총이 필요할 뿐이라고.」

아이고, 오늘은 정말 집에 가기 힘든 날이군요. 참다못한 내가 입을 열었어요.

「하나 물어볼 게 있는데.」

「응? 좋아, 뭐든지.」

「나한테 총이 있다는 거, 어떻게 알았니?」

「그게 궁금했니? 가르쳐 줄게.」

히죽 웃습니다.

「노란 셔츠 입은 꼬맹이 있지? 그 새끼가 일러 주더라.」

귓가에 뚜우우, 이명이 울었어요. I♥Bush, 걔가?

「그 새끼 원망할 거 없다. 나름 사연 있는 새끼니까.」

「사연이라니.」

「아까 나한테 슬그머니 와서 그러는 거야. 총 가진 애가 있다고.
누군지 알려 주면, 그럼 앵무새 머리를 죽여 줄 수 있겠느냐고.」

「……」

앞니 사이로 침을 뱉어 낸 가죽조끼가 푸우우, 한숨을 뱉어 냈어
요. 세상 살기 힘들다는 듯 말이지요.

「씨발, 나야 오케이 했지. 우리 대장, 그 좆같은 개씨박 새끼만 없
어진다면 내가 뭘 못하겠어. 안 그래?」

「걔가. 걔가 왜.」

「모르냐? 모를 거다. 꼬맹이 새끼, 완전히 대장 밥이거든. 마누라
말이야.」

「밥? 마누라?」

「대장 새끼, 좆이 좆나 커. 진짜 왕자지라고. 나는 댈 것도 아니라니까. 그 좆을 가지고 일주일이면 세 번은 그 꼬맹이를 엎어뜨리잖아. 그러니 꼬맹이 새끼도 정말 죽고 싶겠지. 아니, 죽이고 싶겠지.」

「엎어뜨리다니. ……아아.」

「아까 계획은 그랬어. 너한테서 총을 빼앗아서는 그 자리에서 탕탕! 대장을 멋지게 쓰러뜨리는 거. 나는 새로운 대장이 되고, 꼬맹이 새끼는 더 이상 후장 안 찢어져도 되고. 그런데 이런 씨발.」

턱! 가죽조끼의 손바닥이 내 머리통을 갈겼어요.

「넌 뭐하는 새끼냐고. 실탄도 없는 총을 가지고 다니면서 사람을 병신 만들고. 하마터면 다 들킬 뻔했잖아. 씨박 새끼.」

정수리가 뜨끈뜨끈 데워졌어요. 얻어맞고 기분 좋을 놈은 없는 법이지요.

「다 지난 일이니까 그만두자. 나 그렇게 옹졸한 놈은 아니니까. 자, 그 대신.」

다시 한 번 손바닥을 내미네요.

「줘. 어서 내놔. 총 말이야.」

미친 자식들 같으니. 내 총이 동네 몽둥이인가? 왜 자기들이 지랄인데? 내 총으로는 아무나 쿠데타를 벌여도 무방하다고 교황청에서 면책 특권이라도 내렸단 말인가? 남이야 탄창에 실탄을 넣건 비비탄을 넣건, 왜들 간섭이냐고!

「싫어.」

「어허, 말이 좀 통하는 새긴가 했더니.」

찰칵. 잭나이프 칼날이 어둠 속에서 다시 은빛을 드러냈어요.

「내놔. 정말 그어 버릴 거야 씨박 새끼야.」

「욕하지 마. 역겨워.」

「어라?」

이제 나도 물러서지 않아요. 왜냐고? 그럴 이유가 없으니까. 안 주머니에서 총을 꺼내 녀석에게 겨누었어요.

「꺼져. 안 꺼지면 쏜다.」

「어라, 이 새끼가.」

녀석은 웃어야 할지 울어야 할지, 정말 어쩔 줄을 모르더군요.

「정말 또라이 새끼구만. 빈 깡통을 어디다 들이대고 지랄이니? 콱 바지를 벗겨 버릴라.」

「멋대로 지껄이지 마, 씨발아.」

이 자식이 지금 장난치나 실성을 했나 어리둥절한 가죽조끼, 그 귓가에 정확하게 먹은 총구, 그래요, 관자놀이라는 게 처음에는 그저 즐겁고 재미있는 놀이의 하나인 줄로만 알았지 뭡니까, 끼리릭, 뾰족한 노리쇠는 뇌관을 향해 위험천만한 뒷걸음질을 하고, 방아쇠 쥔 검지에 조금씩 힘을 주자 용수철 찰강 찰그랑 소리가 들릴락 말락, 이 새끼 이거 정말 미친 새끼가 틀림없네, 피식 웃던 가죽조끼는 머잖아 자기 앞에서 풀썩 쓰러지고 말 앵무새 머리를 흐뭇

하게 떠올리고, 격발의 마지막 순간 총구 끝이 조금 떨리다가, 따
앙! 파란 불꽃이 튀고 어느 한곳이 강하게 허물어지는 소리에 뱅글
뱅글 팽이 힘차게 뱅글뱅글 맴돌다가 균형을 잃고 좌로 우로 앞으
로 뒤로 엎어지고 자빠지며 연한 살을 거침없이 파고들고 파고들
고 파고들어 와작, 싱싱한 양상추 듬뿍 든 햄버거를 한입 근사하게
깨무는 소리와 함께 가죽조끼의 반대편 머리 일부가 퍽 부서졌어
요. 빨간 꽃잎 조각들이 사방으로 흩어져 내리네요. 털썩. 이제 세
발밖에 남지 않았어요.

「왜 이렇게 늦었니?」
초인종이 두 번이나 울린 후에야 문이 열렸어요.
「다녀왔습니다.」
마루에 앉아 계신 아버지가 손을 흔들어 주셨어요.
「아들, 늦었네. 엄마 걱정하게 하면 안 되지.」
「빨리 씻어. 식탁에 밥 차려 놨으니까.」
소파로 돌아가 앉은 엄마. 어느 한곳에 시선을 빼앗긴 채 그렇게
중얼거렸어요. 집안 분위기가 조금 이상하네요. 어수선하달까, 아
니, 화기애애해요. 반가운 손님들이 찾아와 정겨운 이야기꽃을 피
우는 것처럼.
「어, 텔레비전!」
그래요. 도둑맞았던 그 자리에, 예전 것보다는 조금 못하지만,

TV가 자태도 늠름하게 놓여 있었어요. 큰 소리로 떠들어 대는 TV를 보니 기분이 막 좋아졌어요. 오늘 저녁엔 일일 연속극 〈사랑의 대추나무에 장미꽃 열두 송이〉를 볼 수 있겠군요. TV로부터 시선을 거두지 못한 채 엄마가 다시 말했어요.

「아빠가 아까 사오셨어. 그러니까 너도 빨리 손발 씻고 양치질부터 하라니까. 어느 집에 또 도둑이 들었나……. 이게 무슨 소리래?」

집 밖이에요. 사이렌 소리가 점점 가까워 오고 있어요.

하루

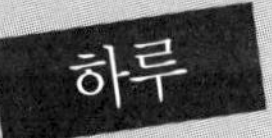

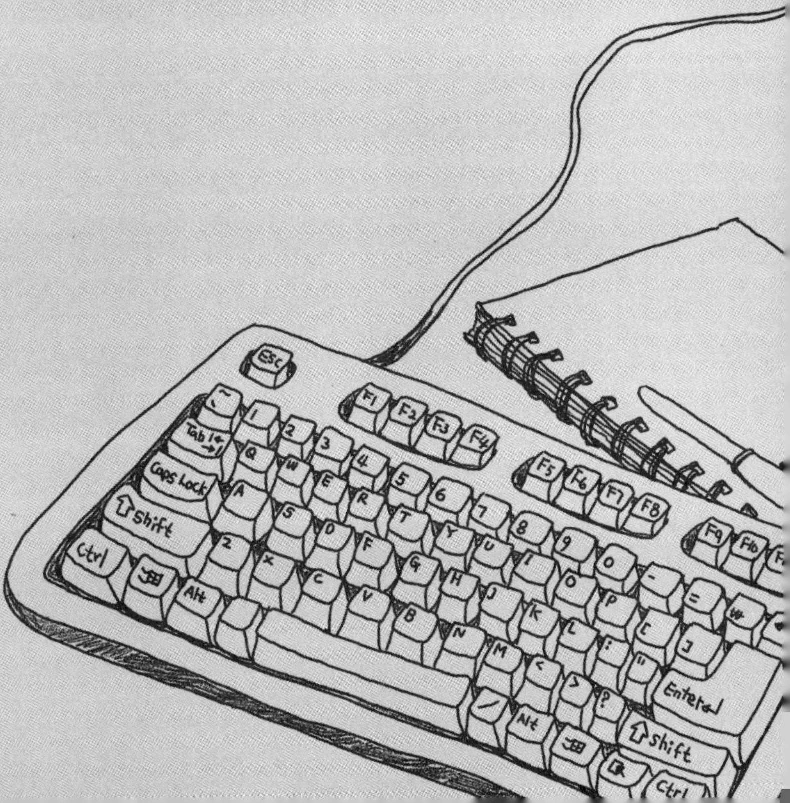
Esc
F1
F2
F3
F4
F5
F6
F7
F8
F9
F10
Tab
Caps Lock
Shift
Ctrl
Alt
Enter
Shift
Ctrl

• • •

일요일 오전. 식물원에 소풍을 가기로 한 날이다. 남자가 진공청소기로 방과 마루를 훔치면 여자는 부엌에서 빠른 손놀림으로 도시락을 만든다. 식물원 호젓한 풀밭에 자리 잡고 점심을 펼치려면 1시간 안에 집을 나서야 한다. 걸음마 떼고부터 매일 놀랍게 말이 느는 딸아이가 냉장고 앞에 서서 뭐라고 호통을 치고, 식빵을 집어 들던 여자가 피식 웃는다. 베란다 창문으로 딸아이의 앞니 같은 아침 볕이 시리게 쏟아진다. 퍼석! 스피커 위에 세워 둔 화분이 마룻바닥에 무참히 박살 난다. 청소기 줄이 뭘 잘못 건드린 모양이다. 남자가 찔끔 어깨를 웅크리고, 여자가 미간을 찌푸리고, 위이이잉, 요란하던 청소기 소음이 잦아든다. 소리와 움직임이 한데 멈추고 시간마저 멈춘다. 빛. 환한 빛. 시린 눈을 뜰 수가 없다.

아니, 이건?

꿈을 꾸었구나. 또 꿈을. cy-10521은 간이침대에서 눈을 떴다. 여기가 다름 아닌 여기, 임을 아프게 깨닫는다. 꿈은 강렬했다. 요즘 들어 늘 같은 시간과 장소를 꿈꾼다. 나쁜 꿈은 시달리느라 괴롭고 달콤한 꿈은 깨서 괴롭다. 4년 전 눈 시린 일요일 아침. 젊어진 아내와 고작 두 살밖에 되지 않은 딸아이. 식물원 나들이 준비로 분주한 거실에 퍼석! 화분 깨지는 소리가 아직도 귀에 남아 있는. 그러나 매일 아침 잠 깨어 직면하는 풍경이란 강렬하기 그지없는 꿈의 여운을 털어 내기에 충분히 견고하다. 하얀 콘크리트 벽으로 삼면이 가로막힌, 그런가 하면 전면의 시야 가득히 일정한 간격으로 힘의 강제성을 유지하는―검은 쇠창살. 그리고 어제. 침대 모서리에 주저앉은 cy-10521은 어제를 떠올린다.

어제, 무슨 일이 있었더라?

전혀 생각나지 않는다. 안타깝다. 문지방에 엄지발가락을 찧었을 때보다 더 안타깝다. 뭔가 암울하고 끔찍한 상황에 사로잡혔던 것 같긴 하다. 그러나 기억나지 않는다. 가슴 옥죄던 느낌만이 어렴풋할 뿐이다. 어제가 아니라 꿈의 일부였던가? 아니. 꿈은 생생하고 어제는 감감하다. 꿈은 생생해 괴롭고 기억은 감감해 우울하다. 매일 아침이 그렇다. 쇠창살 밖에 당직 간수 dy02-14가 있다. 책상에 뻐딱하게 앉아 타이프를 치고 있다. 오전 6시 21분 죄수 기상,이라고 기록한다. 이제 17시간 정도가 남았다. 간수 책상 위. 커다란 원형 시계가 그렇게 말한다. 실내의 물건들 가운데 '일정한

230

간격으로 힘의 강제성을 유지하는' 것이 또 하나 있으니 저 커다란 시계이다. 시계는 감정이 없다. 머뭇거리지도 미안해하지도 않는다. 오늘이구나. 드디어 오늘. 하여 오늘은 유일한 날이다. 이전에도 없었고 앞으로도 다시 오지 않을, 생애 유일의. 그리고 이제 고작 17시간 37분이 남아 있을 뿐이다. 초록색 죄수복 바지는 헐렁하고 상의 오른쪽에는 cy-10521이라는 번호표가 붙어 있다.

「잘 잤어요?」

당직 간수의 인사.

「아침 식사 하셔야지. 커피와 모닝롤?」

배는 전혀 고프지 않았지만 그래도 뭔가 먹고 싶었다. 그래야 할 것 같았다.

「조금만 부탁합니다. 아주 조금만.」

「곧 준비해 드리지.」

dy02-14는 6시 24분 수감자 아침 식사 주문, 이라고 천천히 타이핑했다. 타자기와 대화를 나누는 사람처럼.

교도소장 Smile 씨가 찾아온 것은 오전 10시 32분이다. 턱을 괴고 앉아 책상 모서리에 까맣게 달라붙은 껌 자국을 하염없이 바라보던 간수가 벌떡 일어섰다. 소장은 고개를 끄덕이며 감방 안을 천천히 둘러보았다. 간이침대 옆 작은 탁자에 앉은 남자, 다만 거기 그렇게 앉아 있는, 그럴 뿐인.

「안녕하시오.」

「……예, 소장님.」

「기분이 어떠시고?」

「글쎄요, 잘 모르겠군요.」

머쓱해진 소장은 몸무게를 다른 쪽 발로 옮기며 주머니에 손을 넣었다. 길쭉한 자동차 열쇠가 만져진다.

「좋습니다. 저어, 잠깐 의논할 게 있는데.」

「의논이라구요.」

철창 건너 탁자 위에 커다란 찻잔이 놓여 있다. 저놈의 커피, 이미 차갑게 식어 버렸을 거야. 주머니 속 열쇠를 만지작거리는 손이 축축해지고 있다.

「그러니까, 음, 오늘 밤 이곳에서 벌어질 일에 대해 약간의 설명을…… 나중에 놀라지 않도록 말이지요.」

「좋을 대로 하시지요.」

퉁명스럽게 대답할 이유는 없었는데, 조금 후회가 되었지만 어쩔 수 없는 일이다. 어차피 이건 공식 일정의 극히 관례적인 절차일 뿐이다. 모두를 위한.

「저녁 식사 후에 깨끗한 옷 한 벌이 제공될 겁니다. 당신이 꼭 입어 주었으면 하는 비닐 속옷도 거기 포함되어 있어요. 위생을 위한 도구죠. 하지만 아무도 그것을 볼 수 없어요. 보호자가 시신을 거두기 전에 그 기저귀, 아니, 비닐 속옷을 제거하게 되니까요. 이해하시죠?」

물론입니다, 대답하려고 했지만 적절한 시간을 놓치고 만다.

「그리고 들것이 이리로 운반됩니다. 그…… 30분 전쯤이 되겠지요. 다른 곳으로 옮겨지면, 몸에 심전도 장치를 부착하고 동시에 정맥 주입용 관이 연결될 겁니다. 하지만 예정된 시각이 되기 전에는 아무 일도 일어나지 않아요. 12시 1분. 정확히 그 시각까지는.」

「…….」

「또 한 가지가, 에에, 이건 진정제에 관한 문제인데.」

「아니요. 필요 없습니다.」

「아앗, 그렇군요.」

소장은 화들짝 놀라 표정을 바꾸었다. 여대생 엉덩이를 만지려다 들킨 지하철 1호선의 회사원처럼.

「그렇겠지요. 이해합니다. 전 다만, 진정제 문제가 당신의 권리이자 선택 사항이라는 것을 말하고 싶은 것입니다. 나를 위해서나 당신을 위해서나, 모두에게 순조로운 시간이 될 수 있도록.」

「제안은 감사합니다만.」

흐릿하던 남자의 눈빛, 그 안에서 활활 불타오르는 무엇을 소장은 발견했다.

「분명히 말씀드리겠습니다. 싫습니다. 온전한 정신으로 그 순간을…… 맞고 싶단 말입니다.」

편지지를 펼쳐 들었다. 육각 연필을 쥔 손이 자기 것 같지 않았다. 머릿속은 텅 비었지만 그럼에도 알 수 없이 복잡하다. 오후 1시에 아내와 딸이 오기로 되어 있다. 그전까지 이 일을 끝마쳐야 한다. 연필 끝을 억지로 종이에 가져갔다. 무슨 말부터 써야 할까. 편지지 앞에서 아무것도 하지 못하고 끙끙거렸던 게 이번 주만 세 번째이다. 그러한 '이번 주'가 만 4년 동안 반복되었다. 차교도소에 이감된 이후부터 3년 7개월 13일하고도 5시간 동안을 고민하고 궁리했던, 그러나 단 한 줄도 완성하지 못한, 미래로 보내는 편지. 이제 정말로 시간이 많지 않다. 납작하게 뒤틀린 치약 튜브를 쥐어짜듯 남자는 또박또박 문장 하나를 만들어 냈다. 사랑하는, 우리, 딸의, 열여덟, 번째, 생일을, 아빠가, 멀리서, 축하한다.

「안녕하셨습니까.」

문이 열리고 누군가 들어섰다. 양팔을 넓게 벌리고 빙그레 웃는 얼굴, 손복음 목사이다. 주저 없이 철창으로 다가온 그는 가슴 높이쯤 설치된 쇠창살 지지대에 양 팔꿈치를 기대고 거기 그윽하게 턱을 얹었다. 늘 그렇듯 온화하고도 애처로운 눈빛을 감방 안으로 보내면서 말이다. 지켜보기 역겨운 그 자세로부터, 도대체 그는 매번 무슨 효과를 노리는 것일까?

「성경 좀 읽으셨나요?」

「……조금요.」

「주여! 다행입니다. 눈물로써 읽은 성경 한 줄이 당쒸인으로 하여금 죄사함을 받으쐬고 빛쯔로오 인도하실찌니.」

무심한 얼굴로 타자기 자판을 만지작거리던 당직 간수가 절레절레 고개를 저었다. 차교도소 안에서 주님의 말씀을 구하고자 손복음 목사를 찾았던 이는, 형기를 마치고 나간 사람을 비롯해 다른 시설로 이송되거나 죽음을 맞이한 이까지 통틀어, 단 한 명도 없었다. 순간적인 절망과 분노로 목이 메었다. 이 아까운 시간 일부를 이 작자에게 내주어야 하다니!

「하지만 cy-10521. 그것만으로는 충분하지 않습니다. 이건 내가 당신의 목사라서 하는 이야기가 아니고, 또 그래서이기도 합니다.」

손복음 목사가 포동포동 동그란 얼굴을 철창 가까이 들이대었다. 가능하다면 그 안으로 고개를 집어넣고 싶다는 듯.

「회개 말입니다. 회계가 아니라 회개. 미쐽니까?」

버럭 소리를 높인다.

「우리 인간은 자기 영혼의 죄를 회개하지 않고는, 다른 사람에게 입힌 상처를 회개하지 않고는, 주 예에쑤 아버지 앞에 벌거벗쓴 몸으로 다가가지 아니하고는, 죽어도 죽지 않고 살아도 살 수 없다는…….」

그는 고개를 숙이고 눈을 꼭 감았다. 감은 눈을 뜨면 철창 밖 포동포동한 악마가 사라지고 없기를 간절히 바라며.

「시계를 보쉽시오. 이제 정말 시간이 많이 남지 않았습니다.

미쓉니까?」

「…….」

「한시 빨리 악의 구렁텅이를 어깨에서 내려놓아야 합니다. 사람들이 당신의 팔뚝에 주사기를 꽂기 전에, 아버지! 성경의 가르침이 바로,」

「나 좀, 내버려 둬요. ……씨팔.」

당직 간수가 벌떡 일어나 목사의 팔을 잡았다.

「나가 주세요.」

「잠깐만, 내가 이거 한마디만 더.」

「제발요. 그만하시라니까요.」

간수의 얼굴에 짜증이 번졌다.

「여기 규칙 목사님도 아시잖아요. 수감자가 요청할 때만 상담이 이루어지는.」

「그것 참.」

간수에게 팔꿈치를 붙들린 손 목사가 아쉬운 입맛을 다셨다.

「알았어요. 알았으니 이거 잠깐 놓으시라고.」

문밖으로 떠밀리며 몇 마디를 더 쑤셔 던진다.

「주님 앞에 우리 모두는 죄 많은 형제요 불쌍한 영혼입니다. ……모쪼록 기운 차리시고, 이따가 다시 한 번 들를 테니…….」

간이침대 모서리에 걸터앉은 남자, 잔뜩 웅크린 상체를 펴지 않는다.

오후 들어 생의 마지막 면회객들이 찾아왔다. 1시에서 3분 52초가 지나서이다. 열린 문으로 딸아이가 후닥닥 달려들었을 때. 우하하 웃으며 철창에 찰싹 달라붙었을 때. 아빠! 나 왔어! 소리 높여 외쳤을 때. 벌써부터 눈자위가 빨개진 아내가 뒤이어 모습을 드러냈을 때. 애써 눈을 맞추며 힘겨운 미소를 지을 때. 그는 천당과 지옥—과연 그런 게 존재한다면—을 한꺼번에 경험했다. 당직 간수가 일어섰다. 벽에 설치된 전기 제어 장치 쪽으로 다가간다. 잠금 장치를 해제하고, 쇠창살의 빗장을 손으로 직접 밀어 준다.(일부러 그럴 리야 없었지만) 화가 치밀 정도로 느려 터진 행동이었다. 철컹! 마침내 철창문이 열렸다. 딸아이가 뛰어들어 남자의 허벅지에 매달렸다.

「아빠, 나 많이 보고 싶었어?」

아내가 다가와 말없이 어깨를 안는다. 슬픔에 지친 얼굴. 시멘트 무덤 같던 독방에 두 여자의 냄새가 아찔하게 흩어지고 있다. 그들을 품에 안은 남자는 이를 악물었다. 그렇게라도 하지 않으면 무슨 얼빠진 소리를 지껄이고 말지 모른다. 이들을 두고, 내가 가야 하는가?

「봐, 내 그림, 이거 좀 봐 아빠.」

돌돌 만, 스케치북에서 찢은 종이 한 장.

「뭔지 알아? 맞혀 봐. 뭐 그린 건지 알아?」

두 돌이던 아이가 그새 여섯 살이다. 결혼한 지 4년째 되던 해에 아내와 헤어져, 딱 그만한 세월이 흘렀다. 도대체 이들은 누구인가. 나와는 어떠한 관계인가. (한때의) 가족이라는 것. 그걸 누구에게 주장하고 어떤 방법으로 증명해 보일 수 있는가.

「에이, 아빠 바보야. 이거 하마란 말이야. 아빤 하마도 몰라. 저번에 엄마랑 동물원 가서 하마 봤는데.」

「여보. 어떻게…… 이제 나는…… 도대체…….」

말 한마디를 차마 완성 못한 여자가 숨죽여 어깨를 떤다. 그가 여자의 등을 쓰다듬었다. 그리고 소리 없이 속삭였다. 진정해. 모두를 위해, 오히려 이편이 다행일지 몰라. 한순간이 과연 어떠할지는 모르겠지만, 지나면 모든 게 원래 자리로 돌아갈 거야. 분명히 그럴 거야. 오늘 밤이 지나고 이번 주가 지나고 이번 달이 올해가 지나고, 당신도 우리 아이도 기억을 떨쳐 낼 수 있겠지. 살아남은 사람은 살아가게 되어 있어. 늦어도 내년 겨울이나 내후년 봄이면, 당신도 차를 마시거나 운전을 하면서 죽은 남편 혹은 첫 번째 남편에 대해 태연하게 이야기할 수 있는 날이 올 거야. 물론 나도 가슴이 아파. 하지만 미리 슬퍼할 필요는 없잖아. 그건 내가 사라지고도 한참 후의 일이니까. 그때가 되면 아파할 가슴도 없어지고 말테니까.

「아이, 아빠. 나 좀 봐. 내 그림 좀 보라니까!」

아이가 발을 동동 굴렀다.

「여보, 힘내야 해.」

이를 악물었다.

「슬퍼할 필요 없어. 알았어?」

여자는 대답이 없다.

「당신도 알잖아. 나는 행복한 곳으로 가는 거야. 하느님이 나를 위해 자리를 만들어 놓고 계셔. 그러니 두려워하지 마. 당신과 아이를 위해 내가 미리 가서 기다리는 거니까.」

제기랄, 이게 무슨 개 같은 수작이지? 도대체 하느님이라니. 신앙 두터운 아내를 위해서라지만, 이건 너무하잖아. 여자가 머뭇머뭇 고개를 들었다. 애써 웃어 보이려는 입가가 묘하게 일그러진다.

「하지만 우리, 그래도 조금은 슬퍼해도 되죠?」

남자가 웃었다.

「아주 조금만. 그마저 없다면 섭섭할 테니.」

전화벨이 울렸다. 당직 간수가 수화기를 집어 들었다. 철창 너머 곤혹스러운 상봉 장면을 애써 외면하던 그로서는 참으로 반가운 전화 소리였다.

「저기, 전화 좀 받아 보세요. 변호사랍니다.」

간수가 다가와 수화기를 건넨다. 담당 변호사가 오늘 오후 시장을 만나기로 했다. 형 집행 연기를 마지막으로 요구하기 위해 말이다. 전화기를 건네받은 남자는 여자의 시선을 애써 외면한다. 마지막 희망이랄 수 있는 오늘의 시장 면담에 가장 큰 기대를 가지고 있는 이는 남자나 변호사가 아니라 여자였다.

「여보세요.」

「cy-10521 님, 차지철 변호삽니다.」

맑고 밝고 톤이 높은 전화 목소리는 그에게 어쩔 수 없는 이질감을 안겨 주곤 했다. 이름이라도 되는 양 'cy-10521 님'이라고 자신을 깍듯이 불러 줄 때는 더더욱. 그래, 이제는 그조차 자신의 이름을 잊은 지 오래다.

「……미안합니다. 우리가 졌군요.」

애초에 기대도 하지 않았다. 진심으로 말이다. 설령 집행 연기가 받아들여진들 그게 무슨 소용인가? 두어 달이나 길게는 1년 넘게 시간을 번다고 한들, 도대체 무슨 의미가 있단 말인가? 다만 아내가, 덧없는 희망의 끈을 아직도 놓지 못하고 있는 그녀가 크게 낙심하지 않을지 걱정스러울 뿐이었다.

「시장 입장에서는 사실 우리를 피하고 싶을 겁니다. 판결이 엄연한 것을 나더러 어쩌라는 말이냐. 그러잖아도 요즘 토성 연쇄 살인 사건이니 이승복 어린이 피살 사건이니 언론 분위기 얼마나 살벌한지 모르냐. 이런 상황에서 집행 연기라니, 나더러 어떻게 생긴 십자가를 짊어지란 소리냐. 그런 이야기거든요. 시에서 적극적으로 나설 이유가 없는 거죠.」

「그렇군요.」

「정말 죄송합니다. 뭐라 드릴 말이 없군요.」

「……그간, 고생 많으셨습니다.」

「무슨 말씀을요.」

전화기 사이 짧고도 아득한 침묵. 이윽고 차지철 변호사가 입을 열었다.

「그러면, 전화 이만 끊겠습니다.」

「…….」

「부디 용기를 내세요. 이런 말도 우습지만.」

철창 너머로 전화기를 돌려주었다. 아이의 끊임없는 수다를 참아 주던 여자가 남자의 눈치를 살핀다. 아내에게 무슨 말을 어떻게 해야 할지 알 수 없었다.

「저기요. 어어.」

당직 간수 dy02−14가 슬그머니 철창 앞으로 다가왔다. 조심히 말을 건넨다.

「2시예요. 이제 2시가 됐어요. 그래서…….」

「하지만 간수님.」

여자가 나섰다.

「아직 면회 시간 끝나지 않았어요. 아까 소장님으로부터 직접 약속을 받았거든요. 오늘은 특별히 5시까지.」

「알고 있습니다, 부인.」

간수는 씁쓸한 미소를 지었다.

「그게 아니라, ……저 말입니다. 이제 가봐야 해요. 교대 시간이거든요. 그래서.」

「아.」

남자가 자리에서 일어섰다. 쇠창살 밖, dy02−14가 몹시도 송구스러운 얼굴로 서 있다. 문득 그가 낯설게 느껴진다. 손을 내밀었다. 낯선 감촉이 그 손을 잡아 쥐었다.

「교대 시간, 그렇군요.」

「예, 다음 근무는 내일 저녁이에요. 하지만 내일이면.」

다행히 거기서 말을 멈춘다. 그래, 이 사람과도 많은 나날을 보냈지. 처음 본 게 재작년 봄이었어. 막 전출 오고 한두 달은 온종일 말 한 마디 주고받지 않을 만큼 서먹한 사이였는데. 그땐 지금보다 살도 덜 쪘고 콧수염을 기르고 있었어. 남쪽의 섬 마을이 고향이라던 이 남자. 이름이 뭐랬더라.

「그럼, 이제 못 보겠군요.」

「…….」

「그간 잘해 줘서 정말 고맙습니다. 정말로.」

「무슨 말씀을요.」

「…….」

「가보겠습니다. 그럼. 안녕히.」

고개를 까딱, 해보인 간수가 시무룩이 등을 돌린다. 천천히 멀어져 간다. 1시 58분. 이별이 시작되고 있다. 여자가 절레절레 고개 흔든다.

교도소 뒤편 산자락으로 긴 하루가 저물고 있다.

사위는 고요했다. 순찰차가 교도소 울타리 주변을 꾸준하게 움직이고, 망루에 선 보초는 건전지 인형처럼 일정한 간격에 따라 좌로 우로 고개를 돌린다. 그뿐 커다란 사각형의 교도소 안팎에 살아 움직이는 생명체라고는 없는 것 같았다.

평소에 비해 조금 이른 저녁 식사를 마친 재소자들은 일찌감치 각자의 감방으로 돌아갔다. 오늘, 일체의 영내 활동은 모두 취소되었다. 건물마다 이중 경계가 펼쳐지고 간수들은 유난히 예리한 눈초리로 각자 맡은 구획을 살폈다. 평소와 다른 교도소 분위기가 불만스럽지 않을 리 없었지만 재소자들은 군말 없이 통제에 따랐다. 오늘 교도소 안에서 무슨 일이 벌어질지 그걸 눈치 채지 못한 이들은 없었다. 자정 무렵부터 각 호실 TV를 통해 포르노 영화가 두 편 연속으로 나갈 예정이다. 죄수들의 주위를 다른 데로 돌려놓기 위한 조치였다. 교도소가 배려한 특별 선물을 감상하며, 재소자들은 한 사람의 죽음을 누구보다 가까이 경험하게 될 것이었다.

방문자 센터는 분주했다. 취사 요원들이 마루와 탁자를 정갈히 닦고 의자들을 나란히 정리했다. 귀한 손님들이 방문하기 전에 정액 냄새 지독한 살균제 냄새를 없애려면 더욱 신속하게 일을 처리해야 했다. 흰 천이 깔린 탁자에는 커피와 주스, 비스킷과 샌드위치 등이 차려진다. 자정이면 출출해질 시간이었다. 대회의실 역시 바쁘다. 집행 요원, 각종 장비를 관리할 엔지니어들, 사형수의 심장 박동 상태를 지켜볼 의사, 사형수의 팔에서 정맥을 찾아낼 간호사,

사형수를 누이고 가죽 끈을 묶을 간수들. 회의용 탁자에 모여 앉아 부소장의 설명에 귀 기울이는 그들은 성전에 임하는 소년병들처럼 심각하고 창백한 얼굴들이다.

6시 8분. 생의 마지막 면회객들이 돌아갈 시간이다. 그랬어야 할 시간이 이미 지났다.

「당신이 어디 있건, 항상 당신 곁에 있을 거야. 영원히.」

「믿어요. 진심으로.」

이 시간 교소도 안에서 어쩌면 가장 평온한 곳—사형수 감방 안. 침상에 배 깔고 누워, 가지고 온 스케치북에 크레파스를 칠하던 딸아이는 그 자세 그대로 잠이 들었다. 다행한 일이었다. 처음이자 마지막, 여태 단 한 차례도 없었고 앞으로도 다시 오지 않을 이별의 순간으로부터 아이를 지켜 낼 수 있었으니.

「애가…… 아이가 걱정이야.」

「걱정 마세요. 내가 잘 할게요.」

「아빠가 어떤 사람이었는지, 나중에라도, 어떻게 세상 떠났는지를 알게 된다면.」

「내가 이해시킬 거예요. 걱정 말아요.」

남자의 손이 형편없이 떨렸다. 편지 한 장을 내민다. 겉봉에 서툰 글씨가 쓰여 있다. 인생에서 가장 아름다운 나이, 열여덟 살의 사랑하는 딸에게. 아빠가.

「12년 후 생일에 이걸 아이에게 전, 전해 줄 수 있겠어? 그때도 나를 잊지 않았다면 말이야.」

빌어먹을. 12년이라니. 당장 내일 아침도 알지 못할 주제에. 여자가 흑, 뜨거운 울음을 들이마셨다. 그때 문이 조심히 열리고 교도소장이 들어섰다. 저녁 교대를 맡은 당직 간수 dy14-20이 자리에서 일어섰다. 남자의 얼굴이 굳었다. 여자가 아랫입술을 깨물었다. 교도소장의 등장이 무엇을 의미하는지 그들은 알고 있다.

「저어, 방해해서 죄송합니다. 하지만.」

Smile 소장은 철창 안의 사람들을 향해 세상에서 가장 미안한 미소를 건네었다.

「정말 하기 힘든 말이지만, 시간이 되었어요. 부인께 떠나 달라고 부탁해야 할.」

「알았습니다.」

남자가 힘겹게 고개를 끄덕였다.

「하지만 잠깐만요. 마지막으로 잠깐만.」

「그러시지요.」

소장이 철창으로부터 등을 돌렸다. 그들에게 마지막 작별의 시간을 주려는 것이다. 아는 사람은 납득할 일이지만, 그건 이 상황에서 그가 베풀 수 있는 최고의 아량이었다.

「여보. 이제 헤어질 시간이야.」

남자가 다급하게 속삭였다.

「미안해. 정말 미안해. 정말이지 이런 고통을 당신에게 안겨 줄 생각은 없었는데.」

여자가 다시 흐느끼기 시작했다.

「이제 다시는 당신에게 작별할 시간이 없을 거야. 알고 있지?」

「……사랑해요.」

「잘 살아야 해. 부탁이야. 당신도 우리 딸도. 알겠어?」

할 수 있는 이야기란 고작 그 정도였다. 그리고 시간은, 이제 그런 통속적인 당부조차 허락하지 않고 있었다.

「어떻게…… 우리에게 어떻게, 이런, 일이…….」

지잉. 소장의 수신호가 있었을 것이다. 당직 간수가 제어 장치에 손을 댔고, 철창문이 미끄러지듯 열렸다.

7시 30분. 그는 간이침대에 드러누워 남은 시간을 견디고 있다. 이승에서의 마지막 저녁 식사를, 한없이 깨작거리다가 거의 전부를 남긴 채 간수에게 돌려준 것이 방금 전의 일이다. 누운 채 손등을, 손가락을, 손바닥의 굵고 가는 선들을 가만히 들여다보고 움직여 보고 매만져 본다. 낯설다. 참으로 낯선 감촉들. 마지막으로 손가락을 매만져 본 것이 언제던가. 그의 몸을 거쳐 가는 작은 시간들이, 어느덧 생의 마지막 사건이 되어 가고 있다.

「미안해요. 또 왔습니다.」

손복음 목사이다.

「내일 올 수는 없는 일이니까요. 하지만 부담 갖지 마세요. 당신이 싫다면 아무 말 않고 있다가 나갈 테니.」

그런데 이상하다. 뭔가 조금 이상하다. 손 목사 목소리는 어딘지 기가 죽어 있다. 침울한 그 표정 또한 평소에 볼 수 있었던 종류의 것이 아니다. 이 사람이 갑자기 왜? 사자에 대한 예의라 이건가? 그는 누웠던 몸을 일으켰다. 간이침대가 삐거걱 울었다. 시무룩한 그에게 손을 내밀고 싶었다. 알 수 없는 노릇이었다.

「목사님.」

「예.」

「뭐 하나…… 여쭤 볼 게 있습니다.」

「말씀하세요.」

당직 간수 dy14−20이 의아한 눈빛으로 이편을 힐끔거린다. 이 작자에게 먼저 말을 건네다니. 오늘 하루가 특별한 날임은 분명하군.

「바로 이 순간에도 주 예수 하나님은 당신의 이야기에 귀를 기울이고 계십니다. 말해 보세요.」

「주, 죽…….」

「뭐라구요?」

「……죽음에 대해 말씀해 주세요 목사님.」

「죽음.」

「물론 목사님에게는, 당장은 그렇게 고민스러운 문제가 아니겠지만.」

「그래요. 당신 말이 맞아요.」

목사가 꿈꾸듯 중얼거렸다.

「당장, 당장은 내가 고민해야 할 문제는 아니겠지요. 당신에 비한다면.」

「죄송합니다. 다른 뜻은 아니었습니다. 용서하세요.」

「죄송할 것도 용서할 일도 없습니다. 모두 사실이니까.」

목사가 철창 안으로 손을 내밀었다. 하얗고 통통한 손가락과 굵고 각진 금반지.

「하지만 아시겠지요. 결국 우리 모두는 늘 죽음과 함께 살아가는 존재들입니다, 매순간.」

「…….」

「그게 우리 피조물의 숙명이자 은혜입니다. 그로 인해 하나님과 매순간 함께 살아가고 있음을 실감할 수 있으니까요.」

「제가, 제가 어떻게 하면 되나요.」

「그건.」

「하나님께 제발 살려 달라고 울부짖으면 될까요? 기쁨의 눈물을 흘리며 찬송가를 부를까요? 회개해야 한다면, 방법을 가르쳐 주세요. 아니. 이 빌어먹을 감방에서 나갈 수만 있다면 무슨 일이라도 하겠습니다. 그럴 수 있습니다. 도대체. 도대체.」

「예수님도 그랬어요.」

손 목사는 눈을 감았다.

「지금의 당신처럼, 예수님도 그런 느낌을 가지셨답니다. 사람들이 자신을 처형하기 위해 몰려왔을 때—지금 당신에게 그러는 것처럼 말예요—예수님도 무릎을 꿇고 기도했어요. 제발 이 무시무시한 운명을 거둬 달라고. 비탄의 눈물을 흘렸고 피처럼 땀을 흘렸지요.」

「맞아요. 하지만.」

남자가 중얼거렸다.

「하지만 그는 부활했어요.」

「…….」

「뭐가 옳은 건가요. 도대체 옳은 게 무엇인가요.」

「우리 곁의 하나님을 잊으면 아니 됩니다. 주여, 끝까지 용기를 주소서.」

「용기. 용기라.」

「독생자 예수님의 십자가에 달려 돌아가실 때, 그 공포와 절망의 심정을 하나님은 정확히 알고 계셨습니다. 그것은 당신의 경우도 마찬가지예요. 미쑵니까? 우리는 혼자가 아닙니다. 최후까지도 혼자가 아닙니다. 혼자일 쑤가 없는 거쑵니다.」

침울하던 목사의 음성에 다시 힘이 실리고 있다.

「철창 안에 있는 당신, 철창 밖에 있는 나. 실은 아무런 차이도 없쑵니다. 미쑵니까? 삶이란 언제나 슬프고, 고독하고, 괴롭쑵니다. 행복할 때도 고통이고 즐거울 때도 고통입니다. 주 예에쑤 하나님 아버지가 곁에 없다면, 우리는 그처럼 비참한 생을 살 쑤밖에 없는 거쉽니다. 할렐루야.」

「제기랄.」

「당신이 이 상황에서 놓여난다면, 지금 사람들이 쇠창살을 열고 와서 '당신은 이제 자유의 몸입니다. 어서 집으로 돌아가시오.' 등을 떠민다면, 그리하여 이 지긋지긋한 감옥을 벗어나 가족 곁으로 돌아간다면, 그때 당쒸인은 믿을 것입니까? 그때야 비로소 내 곁에 살아 계신 주 예에쑤 하나님의 권능을 받아들일 겁니까? 그런 일이나 생겨야, 하나님이 진정으로 당쒸인을 이해하고 사랑한다고 생각할 것입니까? 미안한 말이지만 그런 건 중요하지 않습니다. 당쒸인이 어디 있건, 사형대에 서건 안락의자에 앉건, 진정 믿음은, 진정한 믿음은…….」

남자는 침대 모서리에 주저앉았다. 상처 입은 벌레처럼 어깨를 구부리고, 두 손으로 귀를 틀어막고, 신음하듯 웅얼거린다. 죽. 고. 싶. 지. 않. 아.

간수가 다가왔다. 목사의 팔꿈치를 잡아끈다. 그만 가시죠. 제발요. 손 목사가 천천히 고개를 저었다. 주여, 저 어린 영혼이 미쳐 버리지 않도록 부디 돌봐 주소서.

밤 11시. 마침내 그가 있는 곳으로 사람들이 들어섰다. 소장이 앞서고 네 명의 간수가 뒤를 따랐다. 들것을 쥔 그들의 반대쪽 팔

에는 폭동 진압용 플라스틱 방패가, 허리띠에는 길쭉한 고무 곤봉
이 매달려 있었다. 그가 집행용 옷을 입게 한 뒤 가죽 끈으로 들것
에 단단히 묶어 사형 집행실로 옮기는 것이 오늘 밤 그들의 임무였
다. 남자가 천천히 일어섰다. 소장이 시선을 피한 채 입 열었다.
　「그렇습니다. 에에, 이제 갈 시간입니다.」
　무릎에 힘이 없었다. 무슨 말이라도 하려 했지만, 그로써 자신의
담담함을 드러내고 싶었지만, 입이 떨어지지 않았다.
　「갈아입을 옷을 한 벌 가지고 왔어요. 아까 설명했던 것처럼, 위
　생용 특수 팬티도 함께요.」
　간수 한 명이 갈색 종이봉투를 들고 와 책상에 올려놓았다. 이윽
고 소장이 벽을 향해 등을 돌렸다. 어서 옷을 갈아입으라는, 그런
의미이다.
　「변기를 이용하려면 지금이 좋을 거예요. 당신을 위해 하는 소린
　데, 앞으로는 변기를 사용할 기회가 없을 겁니다.」
　말 잘 듣는 고양이처럼 남자가 감방 구석으로 걸어갔다. 철제 변
기가 거기 놓여 있다. 천천히 바지를 벗었다. 발목까지 팬티를 내
리고 변기에 앉았다. 성기가 새끼손가락보다 조그맣게 오므라들어
있었다. 불알은 얼마나 작아졌는지 보이지 않을 정도였다. 구토가
치밀었다. 자기 자신의 몸이—그 위축된 일부분이 몹시도 역겹고
혐오스러웠다. 아랫배가 묵직했지만 소변은 나오지 않았다. 짜내
듯 애를 써서 겨우 몇 방울 털어 내고는 좌변기에서 일어섰다.

벽을 향해 등을 돌렸다지만 많은 사람들이 지키고 있는 속에서 홀로 옷을 갈아입는다는 것은—무대 뒤의 패션모델이 아닌 다음에야—견뎌 내기 쉽지 않은 일이었다. 견뎌 내기 쉽지 않은 순간을 즐기듯, 과시하듯, 오기를 부리듯, 그는 탁자 앞에 서서 천천히 셔츠를 벗었다. 바지를 벗었다. 속옷을 벗었다. 그렇게 알몸이 되었다. 실은 온몸에 힘이 빠진 나머지 행동을 빨리 하려 해도 그럴 수가 없었다. 탁자 위의 종이봉투에서 흰색 티셔츠를 꺼냈다. 웃옷을 입고는 예의 플라스틱 속옷을 집어 들었다. 속옷이라고 하기 힘든 물건을 하체에 갖다 대는 순간, 참기 힘든 거부감에 부르르 어깨가 떨렸다.

「다…… 됐습니다.」

벽을 바라보고 서 있던 간수들이 천천히 돌아섰다. 초록색 사형수 복장으로 갈아입은 남자를 Smile 소장이 물끄러미 바라보았다.

「좋습니다, 이제 모든 준비가 끝났군요.」

11시 30분. 마침내 들것이 철창 안으로 들어왔다. 넓고 큰 바퀴가 달린 철제 물건이다. 이 기구에 눕혀지고 가죽 끈으로 팔다리가 단단히 묶이는 순간 사형수는 하나의 물건으로 변한다. 들것에 실린 물건은 쇼핑 카트에 담긴 냉동 새우 팩처럼 이리저리 운반되어 생애 마지막 목적지까지 옮겨지게 된다. 이제부터 할 수 있는 일은 아무것도 없다. 팔뚝에 주사가 꽂히는 순간, 바늘을 피하기 피해

팔을 뒤트는 일조차.

손복음 목사가 다시 찾아온 것은 그즈음이었다. 극히 이례적인 경우였음에도 교도소장과 당직 간수, 이송 간수들은 목사를 제지하지 않았다. 물론 아는 척도 하지 않았다.

「여호와는 나의 목자시니 내가 부족함이 없으리로다. 그가 나를 푸른 초장에 누이시며 쉴 만한 물가로 인도하시는도다. 내 영혼을 소생시키고…….」

제법 격정적으로 시편을 낭독하는 손 목사의 얼굴에는 흐르는 시간에 쫓기는 이의 조급함이 가득했다.

「내가 사망의 음침한 골짜기로 다닐지라도 두려워하지 않을 것은 주께서 나와 함께 하심이라. 주의 지팡이와 막대기가 나를…….」

사형 집행인들이 누군지는 아무도 몰랐다. 교정국 소속 공무원 두 명이라고만 알려졌을 뿐, 몇 가지 이유로 인해 그들의 신상은 철저히 비밀에 부쳐졌다. 집행기기의 통제판에는 단추가 두 개 장치되었다. 시간이 되면 두 사람이 단추 하나씩을 정해 엄지손가락을 얹는다. 이윽고 소장이 고개를 끄덕여 신호를 보내면, 둘 중 한 사람이 작은 소리로 하나, 둘, 셋을 센다. 셋,에 맞춰 동시에 서서히 단추를 누르는 것이다. 찰칵 소리가 나면 단추에서 손가락을 떼어 내는데, 그러면 단추가 원 위치로 돌아오다가 어느 순간에 다시 '찰칵!' 소리를 낸다. 실제로는 두 단추 중에서 하나만이 작동된다. 그로써 진정한 의미의 형 집행이 시작된다. 선택된 쪽의 단추가 순차적으로 조절된 자동 연속 과정을 진행하는 것이다. 어느 편인지, 왼쪽 단추인지 오른쪽 단추인지는 아무도 모른다. 누른 사람도 제조 회사의 설계자도 모른다. 컴퓨터가 무작위로 임의의 회선을 건드리도록, 하여 매번의 결과를 예측할 수 없도록 설계된 때문이다. 통에 가득 담긴 화학 물질이 튜브를 타고 흐른다. 흐르고 흘러 주삿바늘을 지나 마침내 사형수의 정맥에 주입된다. 먼저 펜토탈 나트륨이, 1분 뒤에는 브롬화 판쿠로늄이, 다시 1분 후에는 염화칼륨이.

들것이 바삐 복도를 지나간다. 긴 하루의 마지막을 향해 쉼 없이 달린다.

「가장 높고 은밀한 곳에 거하는 자는 전능하신 하나님의 그늘 아래 거하리로다.」

손 목사는 세상에서 가장 고독한 사람이 되어 절절히 시편을 외고 있다. 그 음성이 조금씩 멀어져 갔다.

「내가 여호와를 가리켜 말하기를 저는 나의 피난처요 나의 요새요 나의 의뢰하는 하나님이라 하리니. 이는 저가 너를 새 사냥꾼의 올무와 극한 염병에서 건지실……」

11시 46분. 열 평 남짓한 공간에 여섯 사람이 모여 있다. 늙은 간수 한 명(그는 40년이 넘는 근무 기간 동안 이런 장면을 몇 차례나 겪었을까?). 헤드폰을 쓰고 마이크를 쥔 부소장. 들것의 발치에 선 소장. 구석 자리의 흰색 칸막이 너머에는 담당 의사 J가, 간호원이자 그의 아내인 JJ가 심전계를 지켜보고 있다. '22세기를 위한 진보 의사 협회'는 회원들의 사형 집행 참관을 강경하게 금지하는 입장이었다. 22진의협 소속 의사 J는 그래서 칸막이 뒤에 몸을 숨긴 채 사형수의 심장 박동을, 그것이 멎는 순간 이후까지 지켜볼 터였다. 나머지 한 사람은 흐린 형광등 아래 눈 감은 채 편안히 드러누운 남자이다. 그러고 보면 지금 사형 집행실에 모인 사람은 여섯이면서 다섯 명이기도 하다.

간호사 JJ가 칸막이 뒤에서 나왔다. 들것을 향해 또각또각 다가오는 검은 테 안경의 단발머리는 아직 젊다. 그리고 침착하다. 여자의 희고 가는 손가락이 남자의 셔츠 안으로 들어온다. 가슴에 패드를 붙인다. 패드에 딸린 선들은 들것 옆으로 길게 뻗어 나가 칸막이 뒤의 심전계까지 연결되어 있다. 묘한 감촉에 남자가 한쪽 뺨을 일그러뜨렸다.

「놀라지 마세요. 그저 심전도 체크를 위한 거니까.」

핀셋을 쥔 여자가 약품 통에서 솜뭉치를 집었다. 알코올 젖은 솜으로 남자의 팔꿈치를 서너 차례 문지른다. 정맥 주사 스탠드에 손을 뻗는 여자의 얼굴에는 어떠한 주저도 찾아볼 수 없다.

「주먹을 쥐면 훨씬 쉬울 거예요.」

은박 포장지를 뜯고 바늘을 꺼낸다. 남자의 팔 안쪽 푸른 정맥에 정확하게 꽂히는 주삿바늘을 지켜보던 소장이 후우, 짧은 한숨을 뱉고 만다. 접착테이프를 잘라 주삿바늘이 꽂힌 부위에 X자로 고

정해 붙인다. 익숙하고 침착한 손놀림이었다. 주삿바늘과 연결된 호스는 염수 봉지로 이어졌다가, 다시 콘크리트 벽의 구멍 너머로 연결되고 있다. 모든 준비를 마친 간호사가 칸막이 뒤로 물러났다. Smile 소장은 벽에 걸린 시계를 보았다. 11시 49분. 맙소사. 고작 3분이 지났단 말인가? 하루 종일 여기 서서 시간을 보낸 것만 같은데.

들것에 묶인 남자—그의 이름이 무엇이었던가? 나이는? 죄목은?—는 그즈음 하나의 용기(容器)와도 같았다. 아직도 막연하기만 한 무엇에의 공포심이 가득 찰랑거리는 그릇. 잠시 후면 뜨겁고 맹렬한 감정 대신에 화학식 복잡한 물질로 가득 채워져 생명 가진 것들의 특징을 쉬 잃어 갈.

11시 55분. 이제 시간이 되었다. 부소장이 소장에게 재촉의 눈빛을 보낸다. 집행실 한쪽 벽면을 가득 채운 검은 유리. 그 건너에 지금 많은 사람들이 모여 이편을 주시하고 있다. 법무부와 시, 사회·종교 단체에서 온 참관인들이다. 크흠. Smile 소장이 헛기침을 했다. 이제 끝이다. 아니다 시작이다.

「cy—10521. 죄인은 4년 전 오늘 1급 살인죄로 유죄가 확정되어 독극물 주사에 의한 사형을 선고받았습니다. 형 집행에 필요한 사항들이 모두 준비된 오늘, 23명의 승인받은 증인들이 당신 앞에 섰습니다. 이에 정확히 오늘 자정을 기해 혁, 혁, 형 집행을 실시함을 밝힙니다.」

　25년 경력의 베테랑이지만 이 순간만은 소장도 긴장하지 않을
수 없었던 것이다.

「죄인은 마지막으로 하고 싶은 말이 있습니까?」

　죄인. 참으로 오랜만에 들어보는 말이구나. 11시 59분 23초. 24
초. 25초. 시간이 툭툭 끊어져 흐르고 있다. 사위는 고요하다. 저
검은 창 너머 참관인석의 사정도 크게 다르지 않을 것이다. 네가
말하기를 여호와는 나의 피난처시라 하고 지존자로 거처를 삼았으
므로. 느닷없이 귓가를 어루만지는 환청이 있으니 손 목사가 읊어
주던 시편이었다. 48초. 49초. 50초. 드디어 소장이 팔을 들어 첫
번째 신호를 주었다. 대기하고 있던 집행인 둘이 집행기기에로 팔
을 뻗었다. 하나, 둘, 셋. 엄지손가락으로 단추를 길게 누른다. 58
초. 59초. 60초. 소장이 쳐든 팔을 내려 두 번째 신호를 주었다. 이
에 어둠 속의 두 집행인이 단추에서 손을 떼어 냈다. 칸막이 너머
의사 J와 간호사 JJ는 심전도기에서 시선을 떼지 않는다. 주삿바늘
을 꽂은 왼쪽 팔에 따끔한 통증이 느껴진다. 그러나 심각한 고통은
아니다. 시간이 천천히 멈춘다. 두려움으로 인한 구토 증세가 오히
려 무감각해진다. 왼쪽 팔이 무겁다. 몹시 무겁다. 그리고 잠이 쏟
아진다. 눈을 뜰 수가 없다. 지금쯤 두 번째 독극물이 투입되고 있
을 것이다. 참 이상한 일이군. 구경꾼들 사이에서 조용히 죽어 가
던 남자가 조금 놀란다. 빛. 눈부시게 밝은 빛. 점점 가까워 오는
빛 속으로, 어떤 궁금증이 또렷하게 떠오른다.

정말 알 수가 없구나. 내가 왜 죽는 거지?

사형 집행을 당할 어떠한 범죄도 남자는 저지르지 않았다. 총이나 칼로 누구를 피 흘리게 한 적도, 음주 운전을 한 적도, 사기를 친 적도 없었다. 사형수 신분으로 몇 년을 살아가는 동안 남자가 지은 죄를 비난하거나 그를 입에 올린 사람이 단 한 사람이라도 있었던가? 죄는 미워하되 사람은 미워하지 않아서, 가 아니었다. 남자는 애초에 아무런 죄도 없었던 것이다. 시야가 희미해진다. 머릿속이 하얗게 비어 간다. 잠든다. 잠든다. 빛. 환한 빛. 눈부시게 찬란한 빛이 온몸을 감싼다. 아내가 보였다. 딸이 보였다. 그들이 활짝 웃는다. 일요일 오전. 식물원에 소풍을 가기로 한 날이다. 남자가 진공청소기로 방과 마루를 훔치면 여자는 부엌에서 빠른 손놀림으로 도시락을 만든다. 식물원 호젓한 풀밭에 자리 잡고 점심을 펼치려면 1시간 안에 집을 나서야 한다. 걸음마 떼고부터 매일 놀랍게 말이 느는 딸아이가 냉장고 앞에 서서 뭐라고 호통을 치고, 식빵을 집어 들던 여자가 피식 웃는다. 베란다 창문으로 딸아이의 앞니 같은 아침 볕이 시리게 쏟아진다. 퍼석! 스피커 위에 세워 둔 화분이 마룻바닥에 무참히 박살 난다. 청소기 줄이 뭘 잘못 건드린 모양이다. 남자가 찔끔 어깨를 웅크리고, 여자가 미간을 찌푸리고, 위이이잉, 요란하던 청소기 소음이 잦아든다. 소리와 움직임이 한데 멈추고 시간마저 멈춘다. 빛. 환한 빛. 시린 눈을 뜰 수가 없다.

아니, 이건?

꿈을 꾸었구나. 또 꿈을. cy-10522은 간이침대에서 눈을 떴다. 여기가 다름 아닌 여기, 임을 아프게 깨닫는다. 꿈은 강렬했다. 요즘 들어 늘 같은 시간과 장소를 꿈꾼다. 나쁜 꿈은 시달리느라 괴롭고 달콤한 꿈은 깨서 괴롭다. 4년 전 눈 시린 일요일 아침. 젊어진 아내와 고작 두 살밖에 되지 않은 딸아이. 식물원 나들이 준비로 분주한 거실에 퍼석! 화분 깨지는 소리가 아직도 귀에 남아 있는. 그러나 매일 아침 잠 깨어 직면하는 풍경이란 강렬하기 그지없는 꿈의 여운을 털어 내기에 충분히 견고하다. 하얀 콘크리트 벽으로 삼면이 가로막힌, 그런가 하면 전면의 시야 가득히 일정한 간격으로 힘의 강제성을 유지하는—검은 쇠창살. 그리고 어제. 침대 모서리에 주저앉은 cy-10522는 어제를 떠올린다.

어제, 무슨 일이 있었더라?

하루가 다시 시작되었다.

*이 소설의 모체는 이른바 '에이미 윌슨 살인 사건'을 바탕으로 한 앤드류 클레이번의 장편 소설 《데드라인(True Crime)》(책세상, 정명진 옮김, 1997년 8월 23일 초판 1쇄)이다. 혼성 모방 또는 짜깁기라 해도 그야 말하기 나름일 터, 원작에 힘입은 할리우드 영화가 1999년 클린트 이스트우드 감독 주연으로 만들어지기도 했다.

청계산의 남자

• • •

그 산이 언제부터 거기 있었을까. 전날 오후. 퇴사하고 두 번째로 찾아간 사무실에서는 이즈음 경기 침체가 고사 문턱까지 이르렀다는 선고를 들어야 했다. 사람들의 얼굴은 그게 공연한 엄살이 아니라는 듯 담뱃진 같은 무기력함에 노랗게 찌들어 있었다. 두 달 전보다 나아진 것은 어디에도 없어 보였으며 그것은 이제 별 상관이 없어진 나까지 우울하게 만들기에 충분했다. 마침 퇴근 무렵이었고 저녁이나 하자는 청을 거절하기 힘들었다. 자주 가던 족발집에서의 술자리가 끝날 때까지, 기다란 테이블 끝자리에 커다란 인형처럼 앉아 있던 사장은 미안하다는 말을 세 번 했다. 부끄럽고 울화 치미는 이야기지만 지난달 월급도 아직 못 나갔어. 그러자 술잔을 들거나 식은 콩나물국을 뜨려던 옛 동료들이—실로 부끄럽고 울화 치미는 소리를 들은 사람들처럼—어색한 미소를 짓거나 슬그머니

시선을 돌렸다. 여하간 내 할 말이 없어서. 사정 어려운 건 알지만 연말 보내고 내년, 그저 1월까지만 어떻게 기다려 줘야 할 것 같은데. 더는 퇴직금 운운할 계제가 아니었다. 일부만이라도 어떻게 안 될까요, 준비해 두었던 말을 써먹을 용기가 내게는 없었다. 잠정적으로 약속된 1월 말이 되어도 나는 시종 물렁하게밖에 나오지 못할 것이었다. 한보와 기아. 외환 거래 중단. 금융 개혁 법안 국회 처리 무산. 경제 부총리와 대통령 경제수석 비서관 경질. 5백 50억 달러 구제 금융. 국가 부도. 은행 구조 조정과 부실 종금사 폐쇄. 주가 400선 붕괴. 캉드쉬와 양해 각서. 25년 만에 최고의 어음 부도율. 뭉뚝한 돼지 발목이 쌓인 술자리엔 그런저런 이야기들이 상처 입은 유령처럼 떠돌았고 조심스럽던 사람들은 저마다 속 깊이에 묵혀 두었던 종양 덩어리들을 거침없이 끄집어내기 시작했다. 초록색 술병이 사람 숫자보다 많아질 즈음 모두 일어나서 2차로 자리를 옮겼다. 끈적끈적한 나무 식탁에서 양념 냄새가 지독하던 지하 호프집. 누군가 유치원 보내고부터 무섭게 말을 안 듣기 시작하는 딸아이 욕 혹은 자랑을 시작했고 누군가는 사과 조각을 아작아작 씹으며 정치하는 개새끼들,을 씹었으며 그 틈에 난데없는 음담패설들이 껴들기도 했다. 두 종류의 술이 반응하는 화학 작용에 모두 내남없이 정신을 놓쳐 갔다.

그날 아침. 눈뜨니 여관방의 노란색 벽지가 보였다. 숨을 쉴 때마다 채 삭지 않은 술 냄새가 마구 쏟아졌다. 역겨웠다. 질식할 것 같았다. 함께 취한 밤을 보낸 옛 동료 세 명이 까칠한 얼굴로 출근을 준비하고 있었다. 이른 아침부터 갈 곳 없이 그들을 따라나섰다. 을지로 3가. 드문드문 찢어지고 흩어진 전날의 기억으로부터 멀지 않은 거리였다. 가까운 밥집에서 선지가 잔뜩 든 해장국을 같이 먹은 뒤 출근할 곳이 있는 그들과 헤어져야 했다. 그러고 나니 할 일이 없었다. 2시에 명동에서 대학 동기와의 약속이 있었다. 전화 걸어 약속을 미룰까. 내 자신의 긴요한 필요에 의한 것이 아니었다면 과연 그렇게 했을 것이다. 전철역 부근. 막 문을 연 대형 서점에 들어갔다. CD 매장에서 온화한 음악이 흘러나오고 패스트푸드점에서 신선한 기름 냄새가 풍기는, 서고 가득 진열된 책들 사이를 일없이 어슬렁거리는데 어울리지도 않게 갑자기 속이 울렁거렸다. 참기가 힘들었다. 화장실로 달려가서는 채 삭지 않은 선지 국물을 죄 토해 냈다. 기분 더러웠다. 당장에 집에 돌아가 자리에 눕고 싶었다. 아직 10시 30분. 앞으로 2시간을 어떻게 보내면 좋을지가 문제이다. 서점을 나서자 뭐라도 쏟아질 듯 스산한 날씨. 중앙 극장 로터리 맞은편을 터벅터벅 걸어 내려가던 즈음이다. 국제 사우나. 후들거리던 걸음이 스르륵, 멈춰 선다. 명함 전단지 판촉용 라이터 따위를 찍어 내는 작은 인쇄소들이 늘어선 골목 초입의 낡은 건물이다. 지하 다방이 있고 1층엔 구멍가게와 공인 중계소 사무실, 3층에는 만화방과 당구장이 들어선 건물 2층. 흰

색 바탕 붉은 글씨로 뜻밖의 시설을 알리는 아크릴 간판이 걸렸
다. 사우나라는, 이런 상황에서 썩 유용할 시설을 염두에 둔 적은
맹세코 없었다. 채 거기까지 생각이 미치지 못했다. 그런데 예의
간판을 발견한 머릿속에서 초록 신호등이 반짝 불을 밝혔다. 그래,
바로 저기.

　거창한 상호에 비해 변두리 목욕탕 정도의 시설이다. 네다섯 명
의 살진 알몸뚱이들이 어슬렁어슬렁, 발목 혹은 손목에 옷장 열쇠
가 달린 고무줄을 덜렁거리고 있다. 카운터의 TV에서는 철 지난
영화 〈아제아제 바라아제〉가 큰 소리로 떠드는 중이다. 점퍼와 청
바지와 스웨터와 남방셔츠와 양말을 벗어 옷장에 쑤셔 넣고는, 팬
티와 러닝셔츠 차림으로 수면실에 들어선다. 다락방 같이 좁고 어
둑한 그곳에 더 많은 사람들이 웅크려 잠들어 있다. 가스실에 널브
러진 민간인 포로들 같다. 담요 두 장을 머리끝까지 덮어쓴 이. 시
커먼 물건을 허벅지 사이로 늘어뜨리고 얇게 코를 고는 이. 죽은
듯 벽에 바짝 몸을 붙이고 모로 누운 이. 얇은 매트리스가 깔린 바
닥은 그런 대로 따끈하다. 드러누워 눈을 감자 채 숨죽지 않은 술
기운이 뱅글뱅글 맴돌았다. 탕에서 좌악좌악 물 끼얹는 소리가 아
득했다. 깊은 잠을 이루지는 못했다. 술이 덜 깨 버거웠을 뿐이지
잠이 모자란 것은 아니었다. 요상한 꿈을 연달아 꾸었다. 기억나는
한 가지, 다방 아가씨가 차 배달을 왔다. 알몸뚱이 사내 둘이 평상

에 앉아 그들을 맞는다. 보자기에 보온병과 찻잔을 싸들고 온 여자도 둘이다. 사내들이 커피를 후루룩거리는 동안 그네는 무표정한 얼굴로 탈의실을 둘러본다. 최 양이라고? 아랫배 불룩한 곱슬머리 사내가 말한다. 이런 데 첨 오는 모양이지. 주황색 립스틱의 여자가 심드렁히 대꾸한다.(여자 두 명도 어느새 알몸이 되어 있다.) 별거 아니네요. 여탕이랑 똑같아, 한 군데만 빼고. 거기서 꿈이 깨고 10분 정도를 더 뒤척였다. 온몸이 무거웠지만 잠은 오지 않았다. 수면실에서 나와 시계를 보니 11시 20분. 〈아제아제 바라아제〉는 끝난 모양이다.

탕 안은 한산했다. 한증막에 두어 명, 샤워기 앞에 서서 비누칠을 하는 두어 명, 넓은 온탕 안에는 한 사람뿐이다. 후끈한 공기 속에 들어서니 몸이 더 쳐졌다. 뜨거운 탕에 들어가거나 한증막에서 땀을 뺄 상황이 아니었다. 적당히 씻고 나갈 요량으로 플라스틱 의자를 당겨 앉았다. 냉수 온수 꼭지를 돌려 수온을 조절하고 따뜻한 물 한 바가지를 끼얹고 비누칠을 시작했다. 하며, 욕탕 안을 힐끔거렸다. 타일 벽에 기대앉은 이가 지그시 눈 감고 있다. 50대 후반? 희끗희끗 숱 많은 머리칼. 두툼하게 쳐진 눈 밑 살. 꾹 다문 적갈색 입술. 수증기 자욱한 명상에 빠진 그 모습이 어딘지 낯익다고 생각한다. 보면 볼수록 그렇다. 어디서 만난 사람이더라. 생각나지 않는다. 얼마 전에 보았던, 적어도 한 번은 마주했던 얼굴임에 분명하건만 말이다. 누구지. 누구더라. 일순 조바심이 인다. 머릿속의 정보 연산 처리 프로그램이 삐걱삐걱 불안정한 속도로 내 생애 접했던 인물 군을 검색한다. 크고 작은 생활 반경 속에서 여태 만나고 스쳐 갔던 사람들. 가족과 가깝고 먼 친척. 학생 때와 군 복무 시절. 직장을 두 번 바꾸었던 사회생활 속에 저마다 다른 역할과 관계로 수많은 명함을 주고받았던 이들. 일상 속에서 늘 무심결에 스쳐 가던, 이를테면 집 동네와 지하철역을 오가는 3-3번 마을버스 운전기사라든지 매일 3시면 계란과 두부와 콩나물을 싣고 동네 골목에 찾아오는 트럭 장수라든지. 아아, 버스 정류장 앞 정일 약국의 주인 남자구나! 저 아저씨가 이 시간에 여기 웬일이지? 정상적인 경우라면 그런 순서로 실타래가 술술 풀려 나가야 당연할 터이다. 그러나 기억은 반걸음도 나아가지 못했다. 어쩐지 낯이 익다, 는 불완전한 느낌만이 애매하고 찜찜하게 남아 있을 뿐이었다. 누구더라. 남자는 여전히 탕에 기대앉아 지긋이 눈감고 있다. 오전 11시가 채 안 된 시간, 을지로와 종로 사이의 어느 대중 사우나에서 홀로 넓은 온탕을 독차지하고 있는 저 머리 희끗한 사내를, 도대체 언제 어느 경황에 스쳐 갔던가. 그쯤에서 조바심을 거두어들이고 말았다. 문득 뒤가 무거웠던 것이다. 실은 수면실을 나올 적부터 아랫배가 싸했다. 술 마신 다음 날이면 어김없이 찾아오는 증세였다. 다급하게 탕에서 나와 카운터 반대편에 붙은 화장실에 들어갔다. 묽고 끈적끈적한 것이 줄줄 쏟아졌다. 자고 씻고 싸고. 그만하면 사우나 입장료는 뽑고도 남은 셈이었다.

　옷장 문을 열고 쑤셔 넣었던 옷가지를 주섬주섬 챙겼다. 팬티에 막 허벅지를 꿰어 넣는 참인데 탕 문이 열렸다. 온탕에 있던 그 사람이다. 수건 한 장을 집어 몸의 물기를 닦아 낸 남자는 남들처럼 거울 앞에 불룩한 몸매를 비춰 보지도, 체중계에 올라서 숫자를 확인하지도 않은 채 곧장 내 쪽으로 다가왔다. 공교롭다고 할 것인가 내 옆의 옆 칸이 그의 옷장이다. 나보다 조금 작은 키, 나이에 비해 군살은 없지만 뜨거운 물에 발갛게 달궈진 피부는 탄력을 잃은 지 조금 되었다. 그리고 근거를 기억해 낼 수 없는 낯익음.

　홀딱 벗고 있을 때엔 피차 확인할 길이 없었던, 사람의 사람됨을 소개하는 외형적 특징이 탈의실 옷장 앞에서 조금씩 분명해지고 있다. 이를테면 내가 청바지와 노랑 병아리색 스웨터를 입을 때 그는 잘 다려진 하얀 와이셔츠를 입고 푸른빛 감도는 넥타이를 맸으며 이어 내가 흰 양말을 신고 스포츠 점퍼를 걸칠 때 그는 감색 더블 양복 상의의 단추를 채움으로 피차간의 어떠한 차이를 분명히 했다. 회색 외투를 집어 들던 그가 내게로 고개를 돌렸다.

「저어.」

대뜸 말을 건넨다.

「제 얼굴에 뭐가 묻었습니까?」

「……예?」

얼굴에 뭐가 묻었냐는 관용어가, 그 의미와는 무관하게, 머릿속을 헝클어뜨린다.

「아무것도 안 묻었군요.」

「그렇지요? 아마 그럴 겁니다.」

두 손을 들어 뺨을 한 차례 쓰다듬는다. 정확한 표준어에 라디오 아나운서처럼 굵직한 음성에는 나이에 어울리는 침착함이 있었다.

「그런데 아까부터 자꾸 저를 쳐다보시기에.」

한 차례 멈추었다가, 주어진 대사를 연기하듯 말을 잇는다.

「처음엔 착각이려니 했습니다. 유명한 사람도 아니고 모르는 사람의 시선을 끌 만큼 잘난 얼굴도 아니니까.」

아주 조금 당황스러웠다. 내 염치없는 시선을 행여 눈치 챘다 하더라도, 이런 식의 응답이 있으리라고는 생각도 못했었다.

「신경 거슬리셨다면 죄송합니다. 어쩌다 보니 그만.」

「사과하실 필요 없습니다. 그보다 말씀이지요, 이 얼굴이 어쩌다가 그쪽의 관심을 받게 되었는지, 별다른 이유라도 있는 것인지 궁금하군요.」

그쯤 와서야 숨길 이유가 없다.

「낯이…… 좀 익어서요.」

「그래요?

남자는 고개를 끄덕였다. 흥미롭거나 별로 믿을 수 없다거나. 그 어느 편에도 해당하지 않은 얼굴이다.

「저를 아시던가요.」

「글쎄요. 언젠가 어렴풋이 뵌 것만 같아서.」

「허허. 전에 어디서 뵈었을까.」

「그래서 실은 한참을 궁리했지요. 저분이 누구더라. 그런데 도통
기억을 찾을 수 없더군요. 낯익은 느낌만은 분명한데.」

「그거 참.」

「말이 나왔으니 그러는데, 혹시 저를 모르시겠습니까.」

그가 소리 없이 웃었다.

「글쎄올시다. 기억력이 영 시원찮아서. 뭐냐, 혹시 댁이 논현동
쪽 아니신가요.」

「아닙니다.」

「그렇다면, 에에, 섬유 계통 일을 하고 계신다든가.」

「그것도 아니구요.」

탈의실 여기저기 흩어진 수건과 가운들을 주워 담던 사우나 직
원이 남자와 나를 힐끔거리고 지나간다.

「이거야 원. 하긴 그럴 수가 있지요. 오래전 일도 아닌 것이 갑자
기 머릿속에서 가물거리는 때가. 심지어 집 전화번호가 생각나
지 않아서 황당한 경우도 있으니.」

「…….」

「안타깝지만 별수 없네요. 뒤에 가서는 기억이 돌아오길 기다릴
밖에.」

「그렇군요.」

대꾸는 했지만 그만큼 간절하지는 않았다. 실은 탈의실 옷장 앞에 서서 대화를 시작할 무렵부터, 언제 어디서 이 사람을 만났을까 싶던 처음의 낯익음이 조금씩 희미해지고 있었다. 굳이 따지자면 탕 안에서의 알몸을 감춘 흰색 와이셔츠와 푸른빛 점잖은 넥타이 때문이라고 할 수 있겠다. 신발장에서 잘 닦인 구두를 꺼내 든 남자는 농담 같은 격려의 말을 남겼다.

「꼭 좀 생각이 나줘야 할 텐데. 그리 되길 빌겠습니다.」

종일 피곤한 날이었다. 어서 집에 돌아가 눕고 싶은 마음을 내내 달래며 친구를 만나서는 점심을 얻어먹고 녹차를 얻어 마셨다. 이 런저런 이야기를 나누다 일자리에 관한, 일종의 청탁 같은 것을 어 렵사리 꺼낼 수 있었다. 그러자 여태 그렇지 않던 친구의 얼굴이 어색하게 굳는 것만 같았다. 한번 알아볼게. 요즘 상황 너도 알잖 아. 하여간 기운 내라. 집에 돌아온 것은 북향 창을 넘어 들어선 햇 살이 마룻바닥에 길게 늘어졌을 즈음이었다. 옷도 벗지 않고 방바 닥에 드러누웠다. 여전히 머릿속이 빙빙 돌았다. 제기랄. 오늘 하 루를 이렇게 때려 조지는구나. 뭐, 달리 할 일이 있는 것도 아니지 만. 종일 편치 않은 몸이었지만 집이라고 와서 누우니 그래도 마음 편했다. 잠은 오지 않았다. 그렇게 이리 뒤척 저리 뒤척, 그러다가 결국 몸을 일으키고 말았다. 해장용 낮잠을 청하기엔 시간이 영 어

중간하기도 했다. 다세대 1층 셋방에 저녁 어둠이 빠르게 스며들고 있다.

화장실로 가 이를 닦았다. 칫솔질에 그다지 구토가 올라오지 않는 걸 보니 속이 많이 가라앉은 모양이다. 그렇다면 뭘 좀 집어넣어야지. 주전자 물을 올려놓고는 창문을 활짝 열고 걸레질을 하고 세탁기를 돌리고 밀린 설거지를 했다. 13평 집안일은 물이 끓기도 전에 끝났다. 컵라면을 뜯어 뜨거운 물을 붓고 TV를 틀었다. 저녁 뉴스가 막 끝나고 일기 예보가 진행 중이다. 생전 쌍욕 한 번 안 해 봤을 것처럼 예쁘고 착하게 생긴 기상 캐스터가 다음 날 비가 내리겠다는 소식을 전한다. 젓가락으로 면발을 풀며 한반도와 주변 지역의 고기압 이동 방향을 지켜보다가 그만 뜨거운 라면 용기를 엎지를 뻔했다. 입을 데었던 것이다.

그렇구나, 그 남자!

국제 사우나에서 만났던 남자의 얼굴이 뒤통수를 친다. 참으로 알 수 없는 노릇이었다. 세탁기에 뒤집어진 속옷들을 집어넣으며, 빠른 손놀림으로 수세미질을 하면서, 라면 스프를 뜯어 면발 위에 뿌리며, 머릿속은 시키지도 않았는데 남자에 대한 기억의 서랍들을 부지런히 뒤적였던 모양이다. 틀림없다. 얼마 전에 과연 그를 만났었다. 만났다는 표현은 적당치 않지만, 하여간 그런 적이 있었다.

그 산이 언제부터 거기 있었을까. 일요일 이른 아침이었다. 묵직한 요의에 채 7시도 되지 않아 눈이 떠졌다. 화장실에 다녀와 따끈한 체온이 남은 이부자리에 다시 기어들었지만 잠은 오지 않았다. 실직자 생활 두 달을 넘기면서 통제를 벗어난 수면 시간은 갈수록 제멋대로였다. 어둑하던 창문이 뽀얗게 밝아 올 무렵까지 이불 속을 한없이 뒤척이다가는 못 참고 이불을 걷어 냈다. 집 밖으로 나섰다. 물론 갈 곳은 없었다. 일요일임에도 거리는 조용히 깨어 있었다. 저마다 생각에 족한 표정의 사람들이 부옇게 동튼 거리를 총총 오고 간다. 버스 정류장. 네다섯 명의 사람들이 단연코 시선을 잡아끈다. 무릎까지 올라오는 겨자색 양말과 빨갛고 파란 점퍼와 역시 알록달록한 챙 모자에 배낭까지 빠짐없이 갖추고는 우리 지금 등산하러 간다네 시위라도 하는 것만 같은 그들. 버스를 기다리며 쉴 새 없이 떠들어 대는데 그 목소리가 희극적일 만큼 커서, 그 옆에 서 있다간 원치 않더라도 그들의 대화를 알아듣지 않을 수 없었다. 바람이 불고 버스 한 대가 도착했다. 78-1번. 눈에는 익지만 타본 적도 없고 노선이 어떻게 진행되는지도 알 길이 없는 번호이다. 예의 등산객들이 앞 다투어 몰려든다. 빨간 운동모자를 쓴 체구 작고 다부진 여인이 그들 가운데 마지막으로 올라서고, 버스가 천천히 정류장을 벗어난다. 그 순간이다. 뜻밖의 사건이 벌어지고 말았다. 막 출발하는 버스를 다급하게 뒤쫓아 달린 내가, 이윽고 속도를 줄이며 문을 연 버스에 매달리듯 올라타고 만 것이다. 누가 시킨 적 없이 내 스스로 벌인 일이지만 그저 말하기 수월하게 뜻밖의 사건,이라고 해두자. 어쩌다가 그런 충동이 등을 떠밀었던 것인지 그제나 이제나 나는 알지 못한다. 생각 없이 집 밖으로 기어 나온 차림이라곤 꺾어 신은 운동화에 허름한 추리닝이었고 주머니엔 백 원짜리 동전 몇 개가 달랑거릴 정도였다. 등산은커녕 버스를 타고 집 동네를 떠나가기에 참으로 적절치 않은 상황이었던 것이다.

버스는 상쾌한 속도로 일요일 아침을 달렸다. 날은 화창했다. 포이동 동사무소 앞. 삼호 증권 사거리. 구룡사. 언남 중학교. 서초 소방서. 크고 작은 거리를 꼬불꼬불 지나서는 성남 방면 대로에 진입한다. 8차선 도로를 막힘없이 달려 시민의 숲과 양재 꽃시장을 지난다. 정류장을 거치면서 엇비슷한 복장을 갖춘 등산객들이 하나둘 늘어났다. 농협 하나로 마트에서 버스는 우회전 길로 들어섰다. 다음 내리실 곳은 원지동이라고 한다. 이사 온 지 2년이 다 되어 가지만 듣기도 처음인 지명이었다. 온갖 비닐하우스에 화훼 직매장과 조경원 간판들이 줄기차게 늘어선 길은 좁다. 그 좁은 길을 일고여덟 정류장이나 달린 모양이다. 이윽고 널따란 공터가 나타나고 버스가 멈춰 섰다. 차 문을 열어 놓은 채 아예 시동을 끈다. 좋게 서른 명은 넘는 승객들이 예비군들처럼 적당히 일사불란하게 앞뒷문을 향해 모여든다. 그 물결을 뒤따르지 않을 재간이 없었다. 멀리 황량한 겨울 들판과 군데군데 옹송그린 양옥집 몇 채. 차에서 내려선 정면으로는 경부 고속도로에 이르는 굴다리가 놓여 있고 반대쪽에는 메뉴에 상관없이 늘 돼지갈비 삼겹살만 팔 것 같은 식당 두 군데와 구멍가게와 커피 자판기와 공중전화 박스가 눈에 들어온다. 청계산. 서초구청. 굴다리 입구 돌비석에 그렇게 음각되었다. 등산객들이 삼삼오오 굴다리 밑을 지나는 동안 텅 빈 버스는 공터를 빙그르르 돌아 맞은편 정류장에 섰다. 청계산 입구가 말하자면 78-1번 버스의 회차 지점인 셈이다.

 산길 시작되는 주변으로 수다한 등산복들이 울긋불긋 물결을 이루고 있다. 아닌 게 아니라 산 오르기 딱 좋은 날씨다. 길 한편에는 칡즙과 볶은 은행과 번데기와 군밤과 구운 가래떡과 별별 약초를 팔려는 사람들이 수레에 혹은 보따리 짐을 펼치고 부지런히 늘어섰고 그런가 하면 영양탕 오리탕 토종닭에 파전을 부치고 도토리묵을 무치는 막걸리 집들이 문을 활짝 열고 손님맞이에 분주하다. 포장도로 끝나고 바로 흙길이 이어졌다. 좀 걷다 보니 청계산 등산 안내도가 큼직하게 걸려 있다. 등산길은 시작부터 두 갈래로 나뉜다. 초행자들의 이해를 돕고자 편의상 그렇게 대별한 것인지도 모르겠다. 소공원 입구에서 천개사→원터골 쉼터→바람골→옥녀봉(375미터)이 그 한 갈래이다. 옥녀봉을 넘어가면 과천 서울대공원 방면이 나온다고 표시되었는데 375라는 숫자가 산길로 따져 얼마나 다리품을 들여야 하는지 가늠하기 쉽지 않다. 또 다른 길은 소공원 입구에서 좌측, 청계산 기도원을 거치게 되어 있다. 청계산

기도원에서 관현사로, 관현사→청계골 쉼터→헬기장→매바위(578미터)→매봉(582.5미터)까지의 산길이다. 자. 이제 어쩔 것인가. 어찌 흘려서 예까지 서고 말았지만 본격적으로 산을 타리라는 생각은 없었다. 양말도 신지 않은 운동화는 헐거운 데다가 밑창이 매우 얇았으며 입고 있는 추리닝도 그저 집 근처를 어슬렁거리기 알맞을 정도였다. 옷차림뿐인가. 산은 얼마나 깊을지 알 도리가 없는데 날 밝고 지금까지 식빵 한 조각도 못 먹은 데다 수중에 가진 돈이라곤 돌아갈 버스비 정도. 그러니 이제 어쩔 것인가. 산은 이제 막 시작되고 있으며 많은 등산객들이 지금 거침없이 갈등 없이 꾸역꾸역 그 길을 올라가는 중이다. 홀로 돌아서야 할 것인가. 고개 꺾어 등산 안내도를 올려다보던 나는 머저리처럼 중얼거렸다.

집 근처에 이런 산이 있었구나.

크고 작은 돌멩이들이 비쭉비쭉 고개 내민 흙길 왼편으로는 활엽 교목들이 앙상히 벗은 팔뚝을 벌리고 늘어섰다. 오른편은 얼음장이 얇게 올라앉은 계곡인데 아직 마르지 않은 계곡수가 바위틈을 얌전히 흘렀다. 산길은 입구로부터 왼편으로 완만하게 틀어져 오르는 형세였다. 한 7~8분 걸어 오르자 눈에 띄게 산세가 깊어졌다. 그런대로 걷는 재미가 나쁘지 않았다. 아까 그 많던 등산객들은 넓은 산이 팔 벌려 죄다 삼키고 말았는지 산책길은 외려 한적한 느낌이다. 쉬엄쉬엄 10여 분을 더 올라갔다. 운동이라곤 생전 안 하던 허벅지에 슬슬 신호가 온다. 길가 완만한 중턱에 벤치가 있기에 엉덩이를 내려놓았다. 근방에 약수터가 있는 모양인가, 석유통 닮은 빈 물통을 달랑거리며 여인네들 몇이 시선을 가로질렀다. 숨을 고르고 있자니 얇은 추리닝 사이로 쌀쌀한 바람이 숭숭 드나들었다. 배도 고팠다. 안 되겠구나 돌아가자, 생각지도 않던 산행을 그렇게 접을 수밖에 없었다. 별난 일요일 아침이었다.

두 번째로 청계산을 찾은 것은 그로부터 보름 정도가 지나서이다. 무속적인 논리를 빌자면 을지로 국제 사우나에서 알몸으로 재회했던 남자와 인연 맺기 위해 그날 청계산을 찾은 셈이다. 대학 동기의 결혼식이 전날 있었다. 춘천까지 몰려간 친구들과 피로연에 2차 3차 화난 새끼들처럼 내달렸고, 전세 봉고차에 실려 서울 올라오니 새벽 2시였다. 그리하여 오후부터 시작된 그날. 담배를 사러 나갔다 오고 녹차를 끓이려 잠깐 움직였을 뿐 도통 기운을 차릴 수 없었다. 갈 때 가까운 폐병쟁이처럼 방바닥을 딩굴딩굴 구르며 시간을 보내었다. 밥 때가 지났지만 시장하지도 않았다. 화장실에 가 쪼르르 소변을 보고 세면대 앞에 섰다가, 무심히 거울 저편을 마주했다. 그러고는 차마 눈을 돌리지 못했다. 목이 잘린 듯 무기력한 표정의 남자가 거기 서 있다. 추레하기 그지없는 얼굴, 너 도대체 누구인가. 정신이 번쩍 들었다. 찬물을 틀고는 도망가듯 버적버적 세수를 했다. 그때 귓속으로 뚜벅뚜벅 걸어 들어오는 단어가 있었다.

청계산! 청계산!

머릿속이 환하게 밝아 왔다. 별안간 다급해지기 시작했다. 장롱에서 오리털 점퍼를 꺼내고 목이 긴 면양말을 신었다. 그리고 밑창 두꺼운 운동화를 신발장 깊숙이 찾아내었다. 해 저물 때까지 남은 시간이 많지 않았다.

며칠 계속되던 추위는 다소 누그러져 있었다. 78-1번 버스를 타고 청계산 입구에 도착한 3시 20분. 인색한 겨울 해가 서편 하늘가에 반쯤 내려와 있다. 조급한 마음에 걸음을 빨리 했다. 월요일인데다가 시간이 시간이라 등산길은 무척 한가했다. 오가는 이들을 만나기가 힘들 정도이다. 지난 일요일의 노점상들은 아예 보이지 않았고 식당들도 문을 열기는 했지만 잠들지 못해 졸고 있는 기색이다. 산중의 겨울 색은 며칠 새 더욱 짙고 깊었다. 가지 앙상한 나무 그림자 소리 없는 흔들림이 그랬고 낮게 깔려 흐르는 개울물 소리가 그랬다. 지난 일요일, 얼결에 산길을 시작해서는 잠시 쉬고 돌아섰던 약수터 근처 벤치를 지났다. 내처 걸음을 빨리 했다. 언덕길 하나를 넘어 오르자 황갈색 겨울 산이 제 모습을 드러낸다. 오리나무 병꽃나무 단풍나무 상수리나무 밤나무 단풍나무 피나무 물푸레나무 팥배나무 졸참나무 옻나무 산뽕나무 산초나무. 지난날 잎새를 죄 떨어뜨리고 둥치와 잔가지로 남은 나무 틈새가 끝임 없이 시야를 비껴간다. 얼굴에 와 닿는 공기가 적당히 차갑고 쌓인 낙엽들이 흙으로 변해 가는 냄새가 또한 아릿했다. 흙길 위 그림자가 어룽어룽 길어지고 있다. 이윽고 첫 번째 이정표가 나타났다. 두 갈래 길 사이에서 양팔을 벌리고 서 있다.

청계골 쉼터① 1,500m   청계골 쉼터② 600m

왼편으로 꺾어 들어갔다. 딱히 이유는 없다. 어느 편이건 사전 지식이 없는 상태에서 선택을 궁리한다는 것이 쓸모없는 시간 낭비일 뿐, 오른쪽 길을 택했어도 그건 마찬가지일 터였다. 높고 낮은 징검다리를 밟고 개울을 건너자 낙엽 수북한 경사지가 나왔다. 완만하고 넓다. 여태 접하지 못한 산길이 본격적으로 시작되었는가 사위는 고요하달 정도이다. 운동화에 낙엽 차이는 소리가 연신 사그락 바스락 쏘삭거린다. 그렇게 20여 분을 좋이 걷다가 덤불 위에 퍼져 앉았다. 그새 가빠진 숨을 고르며 주위를 둘러보았다. 황토색 숲의 언덕. 물 흐르듯 완만한 경사지 두 곳이 양쪽에서 합쳐 맴돈 뒤 아래로 내려가는 모양새인데, 내 위치는 오른편 경사의 중간 정도다. 잔등에 땀이 식기 전에 엉덩이를 털고 일어섰다. 이제 정말로 시간이 넉넉하지 않다. 땅거미가 내려앉을 무렵까지는 얼추 산행을 마쳐야 하며 그 시간을 넉넉잡아 5시 30분 안팎으로 어림잡는 중이다. 앞으로 1시간 30여 분이 남은 셈이었다.

다시 걸음을 시작했다. 쌓인 낙엽으로 발아래가 푹신푹신, 그게 조금 거추장스럽다. 저편 나무 뒤에서 조그만 산짐승이라도 고개를 쏙 내밀 것은 숲길을 가로지르자 황토 흙길이 다시 이어졌다. 길이 느닷없이 가팔라진다. 좀 보태자면 코가 땅바닥에 닿을 정도이다. 허벅지가 뻑뻑해지고 허리 깊숙한 곳이 쑤셨다. 싸우듯 씩씩거리며 언덕길을 힘겹게 올라섰다. 또 한참 숨을 골랐다. 다시 낙엽 길을 지나 등성이 하나를 넘으니 완만한 평지가 조금 이어졌고 타박타박, 다시 가파른 돌길이 나왔다. 산 넘어 산이었다. 비탈길 한 걸음 올라서 쉬고 두 걸음을 걷고 숨을 골랐다. 그새 이마에 촉촉이 땀이 배었다. 시간에 쫓겨 서두는 통에 배는 힘에 부치는 것 같다. 두툼한 점퍼가 거추장스럽다는 생각을 처음으로 한다. 목이 말랐다. 정상까지 물 한 모금 얻어먹을 데나 있을까 생각하니 조금 걱정이다. 이럴 줄 알았으면 플라스틱 물병에 보리차라도 챙겨 올 것을. 바위 길이 시작되었다. 양손으로 바위 모서리를 짚으며 조심조심 발 디딜 틈을 찾아야 하는, 쉽지 않은 길이다. 거친 비탈을 겨우 올라서 허리 펴고 숨을 골랐다. 뒤를 굽어본다. 빨려 들어갈 듯 깊은 숲이 저편에 아득히 누워 있다. 그쯤에서 처음으로 사람을 만났다. 군청색 파카를 입은 키 큰 중년 남자이다.

「매봉에서 내려오는 길이신가요?」

「아 예.」

「여기서 얼마나 걸릴까요? 초행길이라 통 감이 안 잡혀서.」

검은 뿔테 안경 속의 큼직한 동자가 잠시 뒤룩거린다.

「글쎄요……. 이제부터 3, 40분 정도? 그렇게는 생각하셔얄 겁
니다.」

「그렇군요.」

다시 걸었다. 후우후우 가쁜 숨을 뱉으며 쉬지 않고 걸었다. 허
리가 쑤시고 다리가 후들거렸다. 그렇게 20여 분을 더 움직였을까,
비탈진 구석에 나무로 짜 맞춘 정자가 나타났다. 그 위치에 아슬아
슬한 세 갈래 길이 펼쳐져 있다. 선 채로 다리를 토닥거리며 이정
표를 올려다본다.

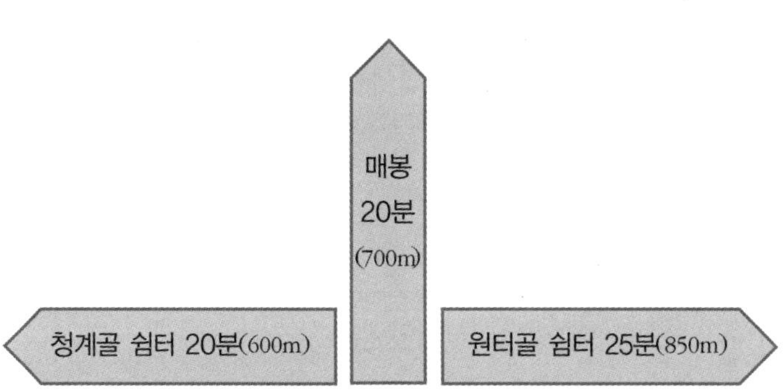

내 갈 길은 매봉이다. 역시 다른 이유는 없다. 처음 산을 시작할
때부터 (별 뜻 없이) 그렇게 마음먹은 때문이다. 그런데 다른 두 길
에 비해, 하필 매봉 방면 화살표를 향해서는 아찔한 나무 층계가 까
마득히 올라가고 있다. 층계 가장자리에는 굵은 밧줄이, 드문드문
층계참마다 박힌 디딤대에 의지한 채 길게 늘어졌다. 얼핏 헤아려
도 1백 20계단은 넘어 보인다. 마지막 고비인가. 부지런히 계단을

올랐다. 밧줄에 체중 일부를 당겨 가며 한 계단 두 계단 다리에 힘을 모은다. 허벅지 근육이 뻑뻑하게 땅겼다. 이거 새벽까지 술 먹은 다음 날 할 일이 아닌걸. 그예 마지막 계단에 올라서고 말았다. 헉헉 밭은 숨을 뿜으며 그간 지나온 길을 돌아본다. 아찔하다. 저편 아래, 경부 고속도로가 뱀 지나간 자국처럼 길게 누워 있다. 그 위로 고작 엄지손톱만 한 차들이 앞서거니 뒤서거니 기어가는 꼴이 눈에 선하다. 시야 좌우로 봉우리 두 개가 봉긋봉긋 솟아올랐는데 모두 눈 아래 높이다. 많이도 올라왔구나, 흡족할 새도 없다. 계단 끝나는 저편에 새로운 나무 계단이 더 아득한 높이로 시작되고 있는 것이다. 아이고 죽겠네. 그만 내려갈까. 툭툭 가슴 뛰는 소리가 귓가에 들린다. 잔등은 이미 펑 젖었고 이마에도 송골송골 땀방울이 맺혔다. 다시 한 명의 등산객을 만났다. 빨간 모자를 쓴 작달막한 남자가 나무 계단을 톡톡 타 내려오고 있다.

「다 왔어요. 저기 저 깔딱 고개 하나만 넘으면 바로니까.」

「……예에.」

「여기 처음이신가 봐요?」

「그렇습니다.」

「올라가 보세요. 근데 통 따분한 길이 돼놔서.」

그러고는 구성지게 휘파람을 불며 다시 타박타박 나무 계단을 타 내려간다. 빨간 모자가 산 아래로 통통 멀어진다. 그로부터 다시 10여 분을 걸었다. 숲길이 갈수록 우거지다가, 아닌 게 아니라 하늘이 조금씩 트이는 것도 같았다. 정상이 가까워지고 있는 것이다. 큼직한 H자가 선명한 헬기장이 나타나고 그로부터 오른편으로 꺾인 길을 따라 더 걸었다. 매봉 가는 길임을 알리는 마지막 이정표가 나온다. 밑에서는 덜 그랬는데, 눈 녹은 흙 길이 유난히 질척하고 또 미끈거린다. 운동화 바닥에 진흙이 켜켜이 달라붙어 다리를 무겁게 한다. 좁은 길을 따라 걸었다. 오른편으로 충혼비 안내문이 지나쳐 간다. 작전 중에 비행기 사고로 숨진 군인들을 기리는 곳이란다. 이윽고, 어른 키보다 높은 바위들이 앞길을 가로막고 서 있다. 매바위였다. 이번에는 위태로이 설치된 외줄을 대롱대롱 매달려 겨우 바위를 넘어야 했다. 그리고 마지막 비탈길을 할딱할딱 기어올랐다. 예닐곱 평 남짓의 공터가 나왔다. 매봉. 정상에 다다른 것이다.

　거친 숨을 몰아쉬며 사방을 둘러보았다. 들쑥날쑥 앉은키를 견주는 봉우리들이 사방에 내려다보이고, 길게 굽이쳐 돌아가는 경부 고속도로가 까마득히 깔렸다. 바람이 세다. 좁은 터 가장자리를 삥 둘러 드문드문 벤치가 놓였고 중앙에 2미터는 됨 직한 비석이 서서 당당하게 현 위치를 알리고 있다. 청계산 매봉(582.5미터). 산 아래 이쪽 편을 굽어보았다. 저 멀리에 우면동 아파트촌이, 그 옆에는 서초 교육 문화 회관으로 짐작되는 붉은색 건물이 어렴풋이 보인다. 오른쪽으로 눈을 돌리면 포이동 거리가 꼬불꼬불한 손아귀에 잡힐 듯하다. 언남 중고 운동장과 삼호 증권 건물까지 78-1번 버스를 타고 꼬불꼬불 거슬러 왔던 바로 그 길이다. 공연한 뿌듯함이 하복부에 팽팽히 괴었다. 주변엔 나 혼자였지만 그래도 구석 나무 그늘로 갔다. 바지 지퍼를 내리고 길게 오줌을 누었다. 푸득푸득 더운 물줄기를 맞는 수풀에서 흰 김이 솟았다. 핸드폰을 꺼내 시간을 확인해 본다. 4시 52분. 그럭저럭 1시간 반 가까이 산을 탔다. 이만하면 계획대로 진행되는 셈이다. 이제는 돌아갈 길을 서둘러야 한다. 가장자리 붉게 물들기 시작한 산중의 겨울 해가 얼마나 더 기다려 줄는지 모를 일이었다. 평화롭게 누워 있는 거리를 다시 한 번 굽어보았다. 그리고 더 오를 곳이 없어 아래로 비탈진 길을 타 내려가기 시작했다.

청계산 등산로 어귀에서 이른 저녁을 해결했다. 느닷없는 운동이 하도 과해 시장기를 느낄 새도 없었다. 그러나 산행 마치자마자 78-1번 버스를 기다려 타고 집으로 돌아간다는 게 왠지 아쉬웠다. 아쉽다기보다 내 자신에게 못할 짓 같았다. 누가 시키지 않았음에도 스스로 어떤 목표를 계획하고 실천하고 성취해 내었던 게 도대체 언젯적이던가, 그래 봐야 집 근처 산에 빈손으로 올랐다가 빈손으로 내려왔을 뿐이지만. 그리하여 스스로에게 조촐한 상을 내리기로 한 것이다. 날은 저물고 불 켜놓은 식당들은 많은데 대개 한산하다. 그럴밖에 산에서도 사람 구경하기가 힘들었으니. 내가 선택한 곳은 커다란 솥을 문밖에 내놓고 뽀얀 김을 올리며 두부를 만들어 파는 집이었다. 당진 손두부 전문. 문을 밀고 들어서면 껌 사탕 과자 초콜릿이며 과자 귤 삶은 계란 등속이 놓인 간이 판매대가 카운터 옆 자리를 차지하고 있다. 그 안쪽으로 홀이 놓였는데 식탁은 일고여덟 개나 될 듯하다.

창가 구석 자리. 남자가 앉아 있었다.

실내엔 아무도 없다. 남자뿐이다. 문을 열고 들어가는 순간 남자는 수저 한가득 퍼 올린 비지 건더기를 입 안에 막 몰아넣던 참이었다. 식탁 다리 사이로 낙엽 색깔의 두툼한 등산화가 삐져나왔다. 그게 아니래도 막 산에서 내려온 사람임에 분명한 행색이다. 누구건 직장 생활하는 사람은 아니겠거니. 떳떳치 못한 이야기지만 그즈음 사람을 실업자와 그렇지 않은 두 종류로 분류하는 이분법에 발목이 잡혀 있었다. 내 자신 더도 덜도 아닌 실업자 신세를 벗어나지 못한 채로 말이다. 남자와 내 시선이 잠깐 마주쳤다. 아니다 내가 계속 쳐다보자 그가 내 쪽으로 힐끔 시선을 던졌다는 편이 정확하다. 50세 정도? 숱 많은 머리칼은 반쯤 세었고 눈 밑 두툼하게 쳐졌으며 적갈색 입술은 신중하고 진지한 성격을 말해 주는 것 같다. 을지로의 국제 사우나에서 재회할—머잖아 그렇게 될—남자의 밥 먹는 모습을 할 일 없이 힐끔거렸다. 그 외엔 달리 할 것이 없었으므로, 라고 해두자. 뚝배기 안의 비지찌개와 밥을 뜨고, 크게 입 벌려 그것을 삼키고, 젓가락으로 나물 반찬을 집어 또한 입으로 가져가고. 음미하듯 오래오래 입 안의 것을 씹는다. 일련의 동작이 식사 행위를 넘어 어떤 비장한 의식처럼만 여겨진다. 주방 옆. 안채로 연결된 문이 한참 만에 열렸다. 초록 앞치마를 두른 여자가 여유작작 물통과 잔을 가지고 온다.

「식사 하실라구요?」

「예.」

「콩비지 드려요?」

「그거밖에 안 되나요.」

「왜요. 다 되지. 아니면 딴 거 하시든가. 다 괜찮아요. 여기서 직접 맨드는 거니까.」

벽에 붙은 차림표를 본다. 순두부 백반. 생두부. 콩비지찌개. 구운 두부. 두부전골.

「비지찌개 주세요.」

「그러세요.」

「그리고, 소주……도 한 병.」

슬그머니 추가 주문을 끼워 넣었다. 땀 흘리고 나니 상처 입은 속이 또 말짱해져서는, 밥보다는 술 생각이 먼저 났던 것이다. 그래, 기왕에 상을 내릴 바에야. 느릿느릿 안채로 돌아가던 여자가 남자에게 말을 건넨다. 식사 좀 더 드려요? 마침 수저를 내려놓은 남자가 보리차로 입 안을 헹구고 있다. 꿀꺽 물을 삼키고는 우물우

물 대답한다. 됐어요. 한 그릇 먹었으면 됐지 뭘. 일어서서 검은 배
낭을 걸치고 지갑에서 만 원짜리를 꺼내 내민다. 여자가 챙겨 준
잔돈을 받고는 내 쪽으로 한 푼의 시선도 건네지 않고, 뚜벅뚜벅
출입구로 향했다.
「들어가세요.」
주인 여자의 인사에 대꾸 없이 덜렁, 유리문이 닫혔다.

한 번은 서초구와 과천 의왕 성남까지 뿌리를 내리고 주말이면
이른 시각부터 울긋불긋 등산객들로 몸살을 앓는, 그러나 평일 이
른 저녁이라 한산하기 그지없는 '청계'라는 산 초입에서. 또 한 번
은 을지로와 종로 사잇골목의 대중 사우나에서 피차 발가벗은 채.
그리고 그날 저녁 남자와 내가 다시 만났다.
「오오, 그러셨군. 맞아요, 월요일에, 그 콩비지 집.」
「기억이 나서 다행입니다.」
「하여간 고맙군요. 이렇게 알아봐 주시고.」
「별말씀을요.」
「청계산 자주 다니시나 봐요?」
「처음이었어요. 그런 산이 있다는 걸 안 지도 얼마 안 되고.」
「그러셨구나. 거 참, 우리 언제 함께 청계산이나 오를까요? 이것
도 인연인데.」
「좋지요.」

「난 일요일이면 대개 괜찮은데. 날 한번 잡아 보세요.」

탈의실에서 청계산이 기억났더라면 과연 그런 식의 대화가 오갔을까. 과연 그러했을까. 모른다. 그건 영영 모르는 일이다. 을지로 탈의실은 이미 지나간 세상이며 이제 기억은 돌아왔지만 남자를 다시 만날 일은 영영 없을 터였다. 이 넓은 세상에서 그를 다시 만났고, 한참이 지나 그게 흔치 않은 우연이었음을 깨달았지만, 그런 우연이 재차 반복되리라고 기대할 수야 없었다.

여러 날이 지났다. 매일같이 반복되는 출퇴근의 구속에서 한 걸음 떨어진 실업자의 일상. 사상 최악의 경제난이라고 무섭게 떠들어 대는 속에서 새로운 일자리를 얻는 일은 어려운 게 아니라 불가능한 일로만 여겨졌고, 이걸 불행 중 다행이라고 해야 할지, 어제가 목요일인지 내일이 화요일인지 헷갈려도 그다지 걱정스럽지 않은 실업자의 무색무취한 나날은 그런대로 몸에 잘 맞아 갔다. 세상은 다세대 1층 13평짜리 전셋집 살림보다 나은 것이 별반 없어 보였으니 이른바 IMF 한파. 살기가 어렵고 앞날이 막막하다고, 6·25 전란 통의 거지 고아도 아닌데, 한숨을 폭폭 쉬고 눈물을 주룩주룩 흘리는 얼굴들을 신문과 TV에서 얼마든지 볼 수 있는 즈음이었다. 먼 나라 이야기 접하듯 비교적 무관심하던 나로서도 결국 아프게 공감할밖에 없는 사건이 그 와중에 발생했다. 전 회사가 결국 문을 닫고 만 것이다. 퇴직금 문제는 더더욱 어려운 상황을 맞게 되었다.

건물 싹 정리하고도 집안 살림까지 넘어간 상태라는 사장에게 적절한 위로의 말을 건네야 할 일이었지만, 미처 그러지도 못했다.

청계산을 다시 찾은 것은 막바지 겨울이 답지 않게 포근하던 금요일이었다. 헛된 충동이나 별다른 계기는 없었다고 말하는 편이 낫겠다. 점심 대신으로 딱딱한 마늘빵에 커피를 마시노라니 TV에서 겨울 산 풍경이 한가득 소개되고 있었다. 민족의 비극이 서린 지리산 중턱이라며 여자 리포터가 쓸데없이 생글거렸다. 자아, 움츠러든 어깨들 한번 활짝 펴시구요, 이번 주말엔 가족과 함께 겨울 산 한번 다녀오시는 건 어떨까요? 그리하여 나는 멍히 중얼거리고 말았다. 그래, 청계산이 있었지. 그러고도 한참을 빈둥거리다가 오후가 깊어서야 집을 나섰다. 지난번처럼 무리하게 산을 탈 생각은 없었다. 하려고 들자면 못할 것도 없었지만 일단은 시간이 넉넉지 않았다. 등산로 입구에서 78-1번을 내린 것이 이미 3시 47분이었으니. 유리알 같은 겨울 햇살이 산 어귀에 쏟아지고 있다. 간만에 날이 풀려서인지 주말을 앞두고 있어서인지 눈에 띄는 등산객들이 뜻밖에 적지 않았다. 천천히 산길을 걸었다. 봄이 멀지 않은 모양인가. 발에 닿는 흙 땅의 느낌이 조금 다르다. 첫 번째 이정표를 앞두고, 약수터 바라보이는 위치에서 왼편으로 난 소로를 택했다. 지난번에 눈여겨봤던 샛길이다. 좁은 길을 10여 분 오르자 숲이 한층 깊어진다. 겨울 숲의 매캐함을 마음껏 들이 마시며 우측으로 굽은 고갯길을 계속 걸었다. 지난번 내렸던 눈이 그늘마다 희끗희끗 쌓였다. 유난히 눈이 귀한 겨울이라 시내 거리에서는 보기 힘든 장면이었다. 호젓한 숲길이 구불구불 이어지고 있었다. 왼발, 오른발, 왼발, 오른발. 걸음 수를 세듯 천천히 걸음을 옮겼다. 길 옆 나뭇가지에서 새 한 무리가 후드득 날아오르며 나를 놀랬다.

부러 맞춘 것도 아닌데 산길 마치고 등산로 초입으로 돌아오니 정확히 1시간이 지나 있었다. 등에 땀이 촉촉이 젖으려다 마는, 딱 적당한 산보였다. 세 번째 청계산 행은 그러했다. 망설일 것 없이 당진 손두부 집을 찾았다. 애매한 시간이지만 참기름 간장 양념을 듬뿍 한 콩비지 찌개가 아까부터 생각났던 것이다. 식당 사정은 지난번과 많이 달라, 이미 두 자리에 손님들이 차 있다. 그만으로도 넓지 않은 실내가 가득 찼다. 한곳은 너나없이 빨간 등산 조끼를 입은 50대 여인들이었고 다른 테이블은 교회 산악 모임 정도인 듯싶었는데 무슨 집사님 무슨 권사님 조분조분 대화를 나누던 이들은 식사가 나오자 한 사람의 통솔로 긴 감사 기도를 올리기 시작했다. 창가 쪽, 일전에 남자가 앉았던 테이블에 자리를 잡았다.

「콩비지 주세요.」

술 한잔 곁들일까 하다가 그만둔다. 술에 취하기 싫은 날이, 흔치는 않지만, 있기도 한 것이다. 콩비지는 깔깔하면서 부드럽고 담백하다. 지난날의 기억들이 혀끝에서 고스란히 되살아난다. 수저로

밥과 비지찌개를 뜨고 젓가락으로 나물 반찬을 집어 입에 가져갔다. 어떤 의식이라도 치르듯 입 안의 것들을 천천히 씹어 삼키며 두 번째로 청계산을 찾은 날을 떠올린다. 그게 언제였더라, 을지로 골목의 여관에서 회사 동료들과 취한 밤을 보내고 사우나에 갔던―그전의 일임은 분명하다. 그렇다면 언제일까. 지지난주? 밥을 비우는 사이 빨간 조끼 여인들이 우르르 식당을 나섰다. 앞치마를 두른 여자 둘이 어질러진 식탁들을 정리한다. 긴 생머리를 뒤로 묶은 이가 눈에 익는다. 저번의 그 여자(인 것 같)다.

「식사 더 드려요?」

밥주발 거의 비워 갈 무렵 바로 그이가 다가와 묻는다.

「아니, 됐습니다.」

돌아선 여자가 행주로 빈 식탁을 훔친다. 기계적인 동작으로 부지런히 식탁을 닦으며, 키 작은 여자와 이야기의 허리를 잇는다. 수다조차도 식당 잡일의 일부라는 양 권태롭기 그지없는 말씨로. 그네들 하는 이야기를 무심히 흘려듣다가 수저질을 멈칫, 세우고 말았다. ……징그러워 참. 사우나에 가서 때까지 밀고 새 와이셔츠에 양복 깨끗하게 차려입고, 어떻게 알긴, 저번에 아는 사람들이라고 와서 한 말인데. 미쳤다고 그런 거짓말 했겠어? 하여간 그래서는, 빈 사무실로 혼자 돌아가서 약을 먹었대. ……왜 아니야. 그렇게 깔끔 떨 정신이 있으면 죽지를 말 일이지. 여기까지가 머리 뒤로 묶은 여자의 이야기이고 작은 키에 통통한 여자가 이제부터 말을 받아치기 시작한다. 하긴 사업하는 사람들 요새 정말 살 맛 안 날 거라. 중소기업 부도내고 자살하는 일이 그렇게 많다더니. 쯔쯔쯔. 정말 사람 목숨이 너무나 목숨이 아닌 거네. 교회 산악 모임이 우르르 일어섰다. 계산을 받느라 잠시 자리 비운 노란 앞치마가 돌아왔다. 머리 긴 여자가 쟁반에 행주를 얹고는 젖은 손을 앞치마에 슥슥 닦았다. 마누라랑 새끼들까지 죄다 끌고 황천길로 가는 독한 이들도 있다잖아. 마누란 그렇다 쳐도 새끼가 무슨 죄야. 그 양반 이혼 수속까지 밟아 놓았다던가 자기 할 바는 싹 마무리하고 떠난 모양이더라고. 징그러. 아이구, 징그러. 얼결에 뒤통수를 호되게 한 대 얻어맞은 나는 가만히 숟가락을 내려놓았다. 입 안에 침으로 흥건한 음식물이 가득이었는데, 그것을 더 이상 씹을 수도 뱉어 낼 수도 없었다. 참으로 난감했다.

사먹은 식당 밥이 그만 얹히고 만 모양이다. 집에 들어서던 즈음부터 속이 더부룩 머리가 아파 왔고 소화제 대신으로 진하게 탄 커피를 두 잔이나 끓여 마셨지만 체증은 좀처럼 가시지 않았다. 덩달아 기분까지도 더없이 언짢아서는 저녁 내내 남자를 만나야 했다.

「오오, 그러셨군. 맞아요, 월요일에, 그 콩비지 집.」

「기억이 나서 다행입니다.」

「하여간 고마운 일이군요. 이렇게 알아봐 주시고.」

「별말씀을요.」

「청계산 자주 다니시나 봐요?」

「처음이었어요. 그런 산이 있다는 걸 안 지도 얼마 안 되고.」

「그러셨구나. 거 참, 우리 언제 함께 청계산이나 오를까요? 이것
도 인연인데.」

「좋지요.」

「난 일요일이면 대개 괜찮은데. 날 한번 잡아 보세요.」

국제 사우나 탈의실에서 요행히 청계산의 기억을 되살렸더라면,
그랬다면 남자의 시간들에 어떤 변화가 찾아왔을까. 텅 빈 사무실
로 혼자 돌아가 유서를 써 남기고 약을 마시는—험하게 주어진
운명이 그로써 조금이라도 방향을 바꾸지는 않았을까. 그로써 청
계산 혹은 을지로에서 그를 만났던 일의 숨은 의미가 뜻밖의 깊이
와 방향으로 확장되지 않았을까. 이제는 더 이상 아무런 필요가 없
어진 공상들. 그 산이 언제부터 거기 있었을까. 어쨌거나 이후로는
그곳을 향한 엄두를 좀처럼 내지 못할 터였으니, 청계산은 내게 가
장 가까이 있으면서 가장 멀리 존재하는 곳임에 분명했다.

그를 싫어할 수 없는 몇 가지 이유

김도언(소설가)

나는 한차현을 싫어하지 않는다. 아니 싫어할 수 없다. 좋아하면 좋아하는 거지 싫어할 수 없다는 건 대체 뭐냐고 할 사람이 있을지 몰라 하는 말이지만, 내가 그를 좋아한다고 말하는 것은 어쩐지 그에 대해 내가 가지고 있는 풍성하면서도 복합적인 느낌을 제대로 전달하지 못하는 것이라는 생각이 든다. 차라리 싫어할 수 없다는 말 속에 그에 대해 내가 갖고 있는 특별하고 애틋한 감정이 좀더 정확하고 은연하게 드러나리라 믿는다.

인간적으로서나 작가로서나 나는 그의 면면이 마음에 든다. 그는 나보다 두 살이 위지만 그것을 내게 부러 일깨워 준 적은 없다. 다시 말해 그가 먼저 나서서 형 대접을 받으려 한 적이 한 번도 없다는 것이다. 그렇다고 내가 그를 형으로서 대접하지 않은 건 아니다. 그가 우쭐해할까 봐 한 번도 그 앞에서 말한 적은 없지만 나는 그에게서 문학과 삶과 관련한, 결코 녹록지 않은 지혜를 배워 오고 있는 터다. 그러니 그는 내게 형 대접을 받을 만한 충분한 자격이 있는 셈이다.

내가 그를 싫어할 수 없는 이유는 크게 다섯 가지다. 첫 번째는 누구보다도 맹렬하고 성실하게 글을 쓰는 그의 태도가 맘에 들기 때문이다. 그의 일면만을 경험한 사람들은 그의 천성이 게으르다고 오해하지만 기실 그는 아주 성실하고 부지런한 사람이다.

이와 관련해서 제법 흥미로운 에피소드가 하나 있는데, 그것은 내가 그를 처음 만나던 장면과 관련된 기억 속에 들어 있다. 그를 처음 만난 건, 소리만 요란했던 역사적인 새천년이 시작되고도 아무 일 없이 1년이 지나 김이 팍 새버린 2001년도였다. 그 무렵 나는 S출판사에서 3년차 편집자로 근무하고 있었다. 어느 날 편집장은 내게 한 뭉텅이의 원고를 던져 주면서 말했다. "꽤 발칙한 작품들이야. 잘 만들어 봐." 편집장이 내게 던져 준 원고는 한 신인 작가의 소설집 원고였고 나는 아주 오랜 시간이 흐른 후에야 악연으로 판명될 어떤 운명에 이끌려 그 소설집의 담당 편집자가 되었다. 나는 처음엔 좀 심드렁한 기분으로 소설 원고들을 읽어 내려갔던 것 같다. 왜냐하면 소설가의 이름을 처음 들어 보았고, 그때 이미 국내 소설에 어지간히 질려 있었기 때문이었다. 하지만 그의 소설들은 내게 충격을 줄 만큼 새로운 문법을 보여 주었다. 그것은 재래의 소설들이 동어 반복적으로 되풀이해 온 서사적 규율의 억압을 끊어 내고 신생의 활기와 자유로움으로 가득 차 있었다. 이를테면 그의 소설들은 내 눈에 고전적이고 규범적인 형식의 틀 안에 대단히 전위적인 주제들을 담고 있는 것처럼 보였는데, 그 부조화의 간극에서 발생하는 긴장과 역동성이 아주 볼만했다. 그 소설의 작가가 바로 한차현이다. 요컨대 그와 나는, 나로서는 전혀 유리할 게 없는 작가와 담당 편집자로서 처음 조우하게 된 것이다.(그는 요즘까지도 나를 협박할 때면, "너는 내 담당 편집자였어"라고 돼먹잖은 겁을 준다.)

원고의 초교를 본 며칠 후 맥주 집에서 만난 그의 첫인상은 그가 쓴 소설만큼이나 자유로웠다. 파가니니의 바이올린 연주곡을 워크맨으로 들으면서 건들건들 걷는 폼은 흡사 재수생으로 보일까 봐 안달복달하는 겉멋 든 재수생의 그것과 비슷했다. 처음 만나는 사람에게 이처럼 넉살이 좋을 수 있을까. 그는 타인 사이의 이물감을 생래적으로 무화시킬 수 있는 괴이한 친화력을 가진 사람이다. 열 번을 만나도 처음 만난 듯 호기심을 자극하고, 한 번을 만나도 열 번을 만난 듯 친근하다는 것, 그것이 한차현의 장점이다.

그저 놀기 좋아하고 마시기 좋아하는 사람처럼 보여도 그는, 등단작인 전작 장편 《괴력들》을 포함해 네 편의 장편 소설과 세 권의 소설집을 펴낸 부지런한 작가이다. 그 작품들 대부분이 수준작이라는 것도 놀라운 사실이다. 그의 문체는 날선 가위로 종잇장을 오려 내듯 경쾌하고 날렵하면서도 호기롭다. 쾌도난마라는 말이 가장 적실하게 어울리는 문체라 할까. 그 형식이 다루는 내용 역시 조금도 지리멸렬하지 않다. 자신보다 앞선 작가들이 누누이 해온 이야기에 대해서 이 작가는 조금도 관심이 없는 듯하다. 그는 인간 복제, 식인, 가상 세계에서의 정체성 등 전방위적 주제에 놀랄 만큼 민첩하고 정치한 관심을 보여 준다. 이번 소설집에서도 그는 사회적 존재의 기원(《풍경의 내부,의 외부》)과 새로운 매체가 갖는 소통의 한계와 가능성(《당신은 날 잘 몰라요》), 사회적 폭력과 억압, 그리고 방어 기제(《어젯밤에 우리 아빠가,》) 등의 다양한 주제를 천의무봉의 재주로 무리 없이 탐문하고 있다. 그가 작가로서도 아주 뛰어난 사람이라는 건 의심의 여지가 없다. 이 부분에서 개인적으로 갖는 아쉬움도 함께 언급하지 않을 수 없는데, 나는 그가 앞가림에 서툴지 않아서 줄 서기나 얼굴 알리기 같은 정략적 포즈를 조금이나마 취했더라면 지금보다 훨씬 유명해졌을 뿐만 아니라 문단에서도 인정받았으리라 생각한다. 하지만 그는 태생부터가 그렇게 하는 게 글러먹은 사람이다. 그는 굴욕을 감내하는 영예보다는 굴욕 없는 고독에서 더 큰 즐거움을 얻는 사람이니까 말이다. 그는 문학을 벼슬이나 훈장으로 하는 게 아니라 단순히 좋고 즐거워서 하는 사람이다. 난 그의 이런 태도에서 큰 감명을 받았다.

　내가 그를 싫어할 수 없는 두 번째 이유는 뜻밖에도 그의 겸손함

에 있다.(에이 설마, 하는 사람들의 표정이 떠오른다.) 워낙 짓궂고
장난이 심해서 이 부분에 대해서도 그는 어지간한 오해와 루머에
시달리는 사람이지만, 내가 겪은 한차현은 참으로 진솔하고 소박한
영혼을 가진 사람이다. 혹자들은 내가 지나치게 한차현을 옹호하는
게 아니냐고 할지 모르지만, 그에게 잘 보여서 동전 한 닢 나올 게
없다는 걸 잘 아는 내가 부러 그를 띄울 이유는 애시당초 없다. 나
는 내가 느낀 그대로만 말하고 있고 그렇게만 하면 된다는 것을 알
고 있다. 내가 그의 완벽한 연기에 속은 것이 아니라면, 그는 기질
적으로 허위와 허영과 구속을 싫어하고 자유로움을 추구하는 사람
이다. 나는 그의 입에서 단 한 번도 식자연하는 사람들이 흔히 사용
하는 '학삐리식' 수사가 나오는 걸 들은 적이 없다. 그는 결코 아는
척하지 않는다. 아니, 다르게 표현하면 그는 부러 모르는 척한다.
작가입네 하며 중생을 가르치려고도 하지 않고 그들로부터 대우받
으려고도 하지 않는다. 세상의 비의에 통달한 듯한 표정도 짓지 않
고, 불우하고 외로운 포즈도 취하지 않는다. 그는 언제나 한결같은
표정이다. 한결같이 꿈꾸고 한결같이 자유롭고 한결같이 놀고자
하는 장난기 심한 소년의 표정이다. 나는 그 표정에 정이 들었고,
그건 그를 아끼는 몇몇 사람들의 공통된 경험이다.

　내가 그를 싫어할 수 없는 세 번째 이유(아, 이런 귀납적이고 뻣뻣
한 방식으로 글 쓰는 걸 정말 싫어하는데, 팔자에도 없는 글을 쓰려다

보니 이렇게 되었다.)는 주변 사람을 배려하고 아끼는 그의 예의와 상냥함 때문이다. 나는 수많은 작가들을 만나 보았지만, 한차현만큼 다른 사람의 말에 세심하게 귀를 기울이는 작가를 본 적이 없다. 자기 아픔만이 가장 통절하다고 엄살을 부리고, 자기만이 가장 잘났다고 믿으며 떠드는 게 생리가 되다시피 한 작가들의 동네에서 그의 이 같은 태도는 흔치 않은 미덕이고 매력임이 분명하다. 이를테면, 그는 누군가가 말을 할 때 도중에 말을 자르고 끼어드는 경우가 없다. 그는 상대방이나 좌중의 말을 끝까지 다 듣고 차분하게 정리하면서 이야기의 매듭을 풀어 준다. 그런 의미에서 그는 매우 훌륭한 조정자이다. 질펀한 술자리가 끝났을 때에도 사람들이 차를 잘 타고 가는지, 잃어버린 물건은 없는지 꼼꼼하게 챙기는 것도 한차현의 오랜 풍습이다. 물론 다음 날 잘 들어갔느냐는 안부 전화를 가장 먼저 해오는 이도 한차현이다. 그러면서 그는 다정다감하게도 해장은 어떻게 하라고까지 일러 준다.

내가 그를 싫어할 수 없는 또 하나의 이유는 불우하고 약한 자 편에 서는 그의 정의에 내가 동의하고 그것을 존중하기 때문이다. 그는 단 한 번도 정치적인 견해를 노골적으로 드러낸 적은 없지만, 그 누구보다도 진보적이고 합리적인 사람이다. 따라서 그는 그것이 옳지 않다는 판단이 들면 눈치 보지 않고 독설을 퍼붓는다. 그의 입에서 나오는 말들은 통쾌하고 후련하다. 체면이나 염치를 계산하면서, 설령 그의 말을 들을 사람이 그보다 훨씬 강자라 해도 그 지위를 염탐하면서 말의 수위를 조절하지 않는다. 그는 말하고 싶은 걸 그대로 정확하게 말할 뿐이다. 단지 정확하게 말하는 것도 비겁하지 않은 자신감의 발로라는 생각이 드는 이즈음 그가 더욱 돋보이는 것은 어쩌면 당연한 일이리라. 그러면서도 그는 약한 자들에게는 한없이 너그럽다. 차근차근 다친 사람을 위로하고 상처받은 사람을 보듬는다. 억강부약(抑强扶弱)이라는 말이 있다. 강한 것은 누르고 약한 것은 돕는다는 말인데, 한차현은 억강부약을 실천할 줄 아는 사람이다. '친절한 차현 씨'라 해도 과히 틀린 말은 아니다. 확실히 한차현을 말할 때 친절이라는 키워드를 빼면 어딘지 모르게 허전하다. 내가 지금 말하는 친절은, 그것을 가장해서 사람을 불편하게 하거나 불안하게 하는 가짜 친절이 아니다. 그는 정말 조건 없이 친절한 사람이다. 그를 처음 만난 이후 오늘에 이르기까지 일주일에 한두 번씩 꾸준히 만나 오면서 내가 습득한 한차현이란 사람의 키워드 중 하나는 친절이다.

그리고 내가 그를 싫어할 수 없는 마지막 이유는 그의 개인기, 즉 성대모사 때문이다. 그는 지구상에서 유일하게 러시아의 테니스 요정 마리아 샤라포바의 성대모사를 할 수 있는 사람이다. 그러니까 그는 마리아 샤라포바 성대모사의 원천 기술을 보유한 사람이다. 술집이나 밥집에서 그가 샤라포바 성대모사를 할 때 그는 더 이상 작가가 아니고 일급 코미디언이 된다. 그가 날리는 샤라포바 성대모사는 좌중을 뒤집어지게 만든다. 그것을 현장에서 직접 듣지 않은 사람은 한차현을 제대로 안다고 할 수 없다. 샤라포바가 강렬하게 포핸드스트로크를 날리면서 내뱉은 기합 소리, 에로틱한 상상력을 발휘하면 그것은 기합 소리가 아니라 순식간에 교성으로 치환되겠지만 아무튼 그 기합 소리를 한차현이 내뱉을 때, 조금 과장해서 말하면 비로소 한차현은 완벽한 한차현이 된다. 사람들이 샤라포바 성대모사를 한번 해보라고 부추기면 그는 안 할 듯 안 할 듯하면서도 결국에는 한다. 왜냐하면 친절하니까.

결국, 그를 싫어할 수 없는 이유들을 다 버무려서 애길 하면 한차현은 타인에게 고통을 주는 사람이 아니라 즐거움을 주는 사람 정도로 정리될 수 있을 것이다. 자기 상처에 골몰한 나머지 다른 사람이 베인 상처에는 무감각한 작가들에게 그는 그런 면에서 참으로 귀한 귀감이 되는 사람이다. 문학이 뒤집어쓰고 있는 신성(Divinity)을 부수고 탈 권위의 선봉에서 열심히 소설을 쓰는 전무후무한 작가 한차현의 세 번째 소설집을 진심으로 축하한다. 이로써 우리는 한차현식 난삽에로황당음란코미디 소설을 또 한 편 갖게 되었다. 형, 우리 또 소맥이나 말아 먹자.

'착란'이 내파(內破)하는 것

정은경(문학평론가, 원광대 문예창작학과 전임 강사)

1998년 등단, 이번 창작집까지 포함하여 네 권의 장편 소설과 세 권의 창작집을 펴낸 다작의 작가, 한차현의 작품 세계는 그만큼 왕성한 필력을 통해 다양한 세계를 모색해 왔다고 할 수 있다. 그럼에도 불구하고 시종일관 놓지 않았던 창작 '코드'가 있다. 기억과 망각, 객관 세계와 절대성에 대한 의심, 실재와 가상의 교란, 주체와 타자의 자리바꿈, 정체성의 혼란 등등으로 변주되는 '착란'의 문제이다. '착란'은 한차현이 '진지하고' '고집스럽게' 밀어붙여 왔던 문제의식, 그리고 현재에도 넘어서고 있는 '팔부능선'인 바, 이 세 번째 창작집에도 그것은 여지없이 하나의 방법론이자 정복해야 할 '고지'로 제시되고 있다. 가령, 첫 번째 창작집의 제목은 《사랑이라니, 여름 씨는 미친 게 아닐까》였고, 두 번째 창작집은 《대답해 미친 게 아니라고》였으며, 그리고 그 뒤에 세 번째 창작집인 《내가 꾸

는 꿈의 잠은 미친 꿈이 잠든 꿈이고 네가 잠든 잠의 꿈은 죽은 잠
이 꿈꾼 잠이다》가 놓인다고 했을 때, 우리는 작가가 '미친'이라는
형용사에 유달리 집착하고 있음을 발견할 수 있다. 그리고 이들 표
제작의 순차적 배열을 통해 작가가 이 '미친'의 주변부 혹은 외부에
서 맴돌다 이제 '내부'에 잠입하여 내파하고 있다고 짐작할 수도 있
겠다. 요컨대, 한차현은 '미친 게 아닐까'라는 의혹에서 출발하여,
'대답해 미친 게 아니라고'라는 불안과 강박으로 이어지다가, '내가
꾸는 꿈의 잠은 미친 꿈이 잠든 꿈이고 네가 잠든 잠의 꿈은 죽은
잠이 꿈꾼 잠이다'라고 중얼거림을 통해, 이제 바야흐로 '미치거나/
안 미치거나'의 경계를 '진정'으로 넘어서고 있는 것이다.

〈내가 꾸는 꿈의 잠은 미친 꿈이 잠든 꿈이고 네가 잠든 잠의 꿈
은 죽은 잠이 꿈꾼 잠이다〉(이하, 〈내가 꾸는 꿈의 잠은〉)라는 제목
은 도무지 해석이 불가능한 '헛소리'에 가깝다. 그렇다면 작품도 일
종의 '헛소리'란 말인가? 이 작품에서 보여 주는 '착란'은 이런 것이
다. 불면증을 앓고 있는 한 남자가 있다. '두엽'이라는 이 사내는 스
스로 딱히 이렇다 할 "정신적 외상이나 우울증 따위" "남모르게
애태울 고민"이 없다고 하지만, '바깥'의 시선으로 보자면, 잠 못 들
만한 처지에 있다. 그는 실업과 이혼 그리고 부친의 죽음이라는 일
상의 붕괴를 맞은 것이다. 그의 불면은 이렇듯 분명한 '외상'에도
불구하고 그것을 '상처'로 대면하지 않는 무감각, 즉 그것을 회피하
는 일종의 무의식적 거부라는 심리적 기제에서 비롯되었음이 분명

하다. 그러나 '두엽'은 이 무의식의 명령에 따라 그것을 표면화하지 않고 저 깊은 어둠 속에 가두어 둔 채, '불면'이라는 표피적인 현상에만 집착한다. 그리하여 온갖 수면 처방을 강구하게 되는데, '잠을 구걸하지 말라'는 신경정신과 의사의 충고에 따라 불면의 시간을 적극적으로 즐기기도 하고, 수면 클리닉 센터의 처방에 따라 낮과 밤을 완전히 바꿔 보기도 하지만, 모두 실패하고 만다. 급기야 인터넷 사이트에서 '해피드림 SD-305'라는 '의료용 저주파 자극 수면기'를 주문하고, 업그레이드된 제품 '해피드림 XQ-1200'을 수령하게 된다. 첨단 과학 기술에 의해 만들어졌다는 초소형 기기를 택배 기사의 안내를 받아 쇄골 안쪽과 겨드랑이에 삽입하고 나자, 거짓말처럼 불면증이 사라진다. 입력된 프로그램에 따라 '딸깍' 소리와 함께 스르르 잠이 들어, 다음 날 7시까지 9시간을 자고 난 '두엽'은 감격의 탄성을 지른다. "감격스러웠다. 믿기지 않았다. (……) 그리하여 지금까지, 무려 9시간을, 중간에 단 한 번도 깨지 않고, 꿈도 없이 깊은 잠을! 이게 도대체 얼마 만인가."

　숙면과 함께 "막 출소해 햇살 아래 나서는 짧은 머리 청년처럼 눈 가는 모든 것이 아름다웠다"라며 갱생의 날을 맞이하던 두엽은 그러나 며칠 뒤, 경악스러운 사태에 직면하게 된다. 간밤에 어디선가 나타나 방 안에 놓여 있는 총기들과 TV 뉴스에서 쏟아져 나오는 총기 탈취 사건. 사건 장소와 인상착의, 물증 등을 통해 추적해 보건대, 범인은 바로 두엽. 그는 불면증 대신 몽유병을 얻게 된 것이다. 하룻밤 사이 총기 탈취범, 살인범이 되어 버린 두엽은 해피드림 제조사에 전화를 걸어 보지만 어떤 도움도 얻지 못하고 공포에 휩싸인다. 죽은 군인의 영결식, 정치 음모설과 또 다른 테러에 대한 괴소문과 공개 수배 등으로 온 나라가 들끓는 와중에서도 두엽은 속수무책, 수면기기의 명령의 따라 또다시 잠이 들고 잠이 깨고 하는 날들을 며칠 보낸 어느 날 아침, 방 안에 있던 총기가 사라졌음을 발견한다. 골칫거리가 없어졌다고 좋아할 수도 없는 두엽, '간밤에 자신의 또 다른 누군가 자신의 의식 밖으로 나가 무슨 일을 저질렀는가'라는 두려움으로 전전긍긍하는데, 한 통의 전화를 받는다. 전화 건 낯선 이가 그의 사정을 낱낱이 알고 있음에 또 한번 경악하고, 그의 지시대로 총기가 발견된 청계천으로 나간다. 그곳에서 두엽은 '해피드림'을 배달한 택배 기사가 그 모든 일들을 꾸민 장본인임을 알게 되지만, 결국 경찰을 피해 도망치다가 총격에 쓰러지고 만다.

여기까지라면, 두엽의 총기 탈취 사건은 몽유병에 의한 무의식적인 범행이라고 단정할 수 있겠다. 그러나 반전이 일어난다. 총에 맞은 두엽은 온데간데없이 사라지고 오후 늦게 잠이 깬 두엽이 등장한다. 초소형 기기를 삽입했던 곳에서는 어떤 이물감도 만져지지 않고 인터넷을 아무리 뒤져도 '해피드림'이라는 수면기기는 찾을 수 없다. 그렇다면, 이것은 불면증을 앓는 두엽의 꿈이었다는 결론. 그러나 또 한 번의 반전이 일어난다. 가슴을 쓸어내리는 두엽에게 들이닥친 한 사내, "총 맞은 데는 좀 괜찮고요?"라고 묻는 그는 바로 두엽에게 해피드림을 배달해 준 택배 기사였던 것이다. 다시 뒤집어지는 뫼비우스 띠. 꿈이 아니라 실재였다는 것일까? 그러나 실재였다면 총 맞은 두엽과 총기 탈취 사건은 어떻게 된 것인가? 실재였다가 꿈으로, 또다시 '있을 수 없는 실재'로 이어지는 착란의 실타래.

〈내가 꾸는 꿈의 잠은〉은 이렇듯 반전들을 통해 실재와 꿈, 의식과 무의식을 몇 차례 뒤집어 버리고 결국 그 별개의 세계를 '하나의 세계'로 꼬아 버리고 만다. 이 착란이 의미하는 것에 주목해 보자. 두엽은 불면증 환자이다. 그는 왜 잠에 들지 못하는가? 주체가 깨어 있는 의식이라고 할 때, 잠은 의식의 소멸이고 불면은 의식의 지속, 즉 '주체'의 활성을 의미한다. 그러나 레비나스에 의하면, 잠이란 주체의 포기가 아니라 코기토의 탄생을 위한 필수불가결한 기반이다*. 잠이란 어제와 오늘을 분절(articulation)하는 표지이며, 망각을 통해 과거를 묻고 새로운 날을 맞을 수 있는 갱생의 '주체'를, 나와 너, 내부와 외부를 구분하는 의식을 소생시키는 원초적인 시간이기 때문이다. 따라서 잠을 통해 새롭게 탄생되지 못한 '주체', 즉 불면 속 의식이란 진정한 '주체성'이 아니라 오히려 "주체성의 총체적인 멸망**"을 의미한다.

---

* 서동욱: 〈잠이란 무엇인가?〉,《일상의 모험》, 민음사, 2005, 59~87쪽 참조.
** 같은 책, 73쪽.

　두엽이 불면 속에서 이렇듯 유령과 같은 "비인칭적인 존재"로 있을 수밖에 없는 것은 그가 망각하지 않기 때문이다. 두엽 스스로는 실업과 이혼, 부친의 죽음을 상처로 받아들이지 않는다고 하지만, 그의 불면은 역설적으로 이러한 일련의 충격을 외상으로 받아들이지 않기 위한, 의식의 전략이라고 할 수 있다. 즉 그의 불면은 무의식과 고통이 침입하는 것을 막기 위한 의식의 불침번인 것이다. "그러나 잠들면 꿈꾸기 마련, 그게 걱정이야. 세상 번뇌를 벗어나 영원한 잠에 잠길 때, 우리에게 어떤 꿈이 나타날지 두렵구나"라고 되뇌는 햄릿처럼 두엽은 자신의 의식이 부정했던 '타자'들을 꿈속에서 만날까 봐 잠들지 못한다. 그러나 두엽은 결국 '해피드림'을 통해 잠속에서 그 두려운 꿈들을 만난다. 그것은 총기 탈취와 폭력이라는 전혀 엉뚱한 행위로 드러나지만, 이는 억압된 무의식적인 충동의 알레고리적 표출이다. 세상과 타인에 대한 원망, 파괴본능으로 엉클어진 무의식이 몽유병을 통해 드러나자 두엽은 그것은 자신이 아니라고 부인한다. 자신의 무의식을 들여다볼 줄 모르는 두엽의 '의식'에게 무의식의 행위란 여전한 '타자'인 셈이다. 왜 아니겠는가. 사실 '전두엽'이란 호명에서도 알 수 있듯, 그는 영원히 '의식' 편에만 있는 인물로 운명 지어진 것을. 하여 기억과 고도의 인간의 사고 작용을 관장하는 '전두엽'과 '무의식'의 숨바꼭질이 펼쳐진다. 전두엽이 등장하면 그의 무의식은 사라지고, 무의식이 몽유병 속에서 활개를 치면 전두엽은 사라진다. 그러나 그 둘이 낮과 밤처럼 서로를 전혀 모르는 타인으로 살아가더라도 동일인인 바, 그것을 증언하는 것이 바로 '해피드림'의 택배 기사이다. 밤과 낮, 그 둘이 전혀 만난 적이 없으며 서로의 일을 모른다고 아무리 주장하더라도 그것은 동일한 대지 위에 일어난 일임을, 의식이 무의식과 단절되었더라도 그 둘은 모두 동일한 신체에 속한 것임을 보여 주는 것, 이것이 '전두엽'이 모르는, 이 작품에서 실재와 꿈이 얼크러진 착란의 진상이다.

계몽 이성과 비합리적 욕망의 대립항은 사설 가락으로 쓰인 고전 해학극이자 판타지 소설 〈안두루이두 초희는 부활했을까〉에서도 반복된다. 연와라는 나라에서 언사라는 기인이 '폐가 상한 80살 노인의 피고름과 가래침, 딸자식 잃고 목매어 죽은 아비의 밧줄, 기름불에 타 죽은 정신병자의 손가락과 손톱' 등의 기괴한 재료로 '안두루이두 초희'라는 절색의 미녀를 창조해 낸다는 황당무계한 이야기는 웃음과 해학을 그 일차적 목적으로 한다. 그러나 다음과 같은 구절은 작가가 천착하는 착란의 문제를 다시 한 번 환기시킨다.

한마디로 그 시절에는 할 수 있는 것과 할 수 없는 것과의 경계가 존재하지 않았다. (……) 까마득히 먼 그 시절과 이즈음 시대의 근본적인 차이란 이름하여 믿음의 문제에 근접해 있다고. (……) 제아무리 기이하고 요상 망측하고 희한 발칙한 이야기라 해도 기이 요상 망측 희한 발칙함에 놀랄지언정 이야기의 진위 자체는 조금도 의심하지 않았으니 왜냐 의심할 필요가 없었기에. 왜 의심할 필요가 없느냐 세상에 불가능한 일은 없으며 따라서 있지 않은 일을 있는 양 거짓을 발설하거나 눈속임을 하는 경우 역시도 없었기에.(79~81쪽)

위 인용문의 진술을 곧이곧대로 다 받아들일 수는 없으나, 할 수 없는 일과 할 수 있는 일이 지금처럼 완강히 구분되고, 많은 일들이 미신과 거짓의 영역으로 내몰리게 된 것은 과학의 발달과 더불어 인간의 이성과 합리성에 대한 믿음이 일반화되었기 때문이다. 그러나 그 모든 기적과 비합리적·초월적인 사건들을 모두 'X파일'류의 공상 영화로, 허상으로 돌릴 수 있는가. 신에 대한 믿음이 축소된 만큼, 인간의 문명은 점점 더 풀 수 없는 수수께끼로 가득 차버린 것은 아닐까,라는 문제제기를 포함하고 있는 것이 바로 이 고전 해학극이다.

또 한편의 '뫼비우스 띠'에 해당하는 〈풍경의 내부, 의 외부〉를 살펴보자. '소설의 기원에 관한 공상 4'라는 부제를 달고 있는 이 단편은 같은 제목으로 발표된 소설론 시리즈 중 하나이다. 액자 소설로 이루어진 〈풍경의 내부,의 외부〉의 액자 부분에서 작가는 초상화에 대해 이야기 한다. 프롤로그, 즉 이 단편의 도입부에서 작가의 분신이라고 할 수 있는 '나'는 전철 안에서 울고 있는 한 사내의 모습에서 강렬한 인상을 받고 '초, 상, 화'라는 단어를 떠올린다. 그러나 그가 떠올린 초상화란 "그린 이도 없고 그려진 이도 없는" "얼굴도 정물도 배경도" 없는 그런 기이한 초상화이다. 뒤에 동료 작가들과 함께 "인물 없는 소설이 존재할 수 있을까"라는 질문을 놓고 갑론을박했다는 에피소드가 삽입되기도 하는데, 어쨌든 이러한 프롤로그에 이어 그가 끼어 놓은 하나의 그림이란 분명한 성격이나 배경, 이름 등의 세목들을 갖추지 못한 인물에 대한 소묘이다. 캐나다에서 살고 있는 이종사촌들과 소풍을 떠난 '나'와 가족들은 중앙선 기차에서 한 불청객을 만나게 된다. 영락없이 노숙자로 보이는 이 사내는 염치없이 술과 담배를 청하여 일행의 눈살을 찌푸리게 한다. 그러나 그 거렁뱅이 사내가 장미와 빨간 노끈으로 이어지는 마술쇼를 보여 주자 기차 안은 한순간 탄성으로 가득 차게 되고 결국 다시 추레한 사내로 돌아간 그를 뒤로 하고 '나'의 일행은 기차를 빠져나온다. 이 한 폭의 소묘를 놓고 작가는 에필로그에서 다음과 같이 언급하고 있다.

이것은 그 사내에 대한 소설이 아니다. 무궁화호의 마술사 혹은 2호선의 우는 사내로부터 나는 철저히 격리된 관찰자이다. 설령 내가 그의 드러난 어느 부분인가를 비틀어 글로 옮겨 적는다 해도, 이는 내가 알지 못하는 피사체를 투영하는 내 안의 일부일 뿐이겠다. 누군지 모르는 그와 내가 같은 내부나 외부를 나누어 가지는 일이 가능하겠는가? 그리하여 이것은 그에 대한 소설이

아니며 그렇다고 다른 누군가에 대한 소설 역시 아니다.(191쪽)

작가가 친절하게 부기해 놓은 위 인용문에 의하면, 이 액자 안의 인물은 그가 중앙선에서 만난 그 사내도 아니고, 작가 자신 또한 그림의 주인이라고 할 수 없다. 왜냐하면 작가가 그 노숙자를 만난 적이 있다고 하더라도 그를 알지도, 이해한 것도 아니며 따라서 '진정' 그와 소통했다고 할 수 없기 때문이다. 이는 '풍경의 외부, 혹은 격리된 내부'가 될 수밖에 없는 모든 '일인칭'의 배타성, 즉 '타자의 윤리'에 대한 겸허한 고백이나 마찬가지이다. '나'와 전혀 다른 누군가, 가령 이주 노동자를 '윤리적'으로 형상화한다는 것은 무엇인가. 그들을 미메시스한다는 것이 도리 없이 '나'의 배타적인 언어로 담는 것일 수밖에 없을 때, 그것을 과연 '그들'이라고 할 수 있는가. 〈풍경의 외부,의 내부〉는 이렇듯 '그린 이도 그려진 이도 없는' 초상화를 통해 진정한 소통과 이해의 문제를 제기한다.

실재와 꿈, 현실과 실재, 사실과 미신, 주체와 타자, 내부와 외부 등의 잇따른 전복을 통한 '착란'은 작가가 집요하게 탐색하고 있는 소설의 '안'이기도 하지만, 소설의 바깥, 즉 플롯을 구성하는 중요한 방법론이기도 하다. 앞서 살펴보았듯, 〈내가 꾸는 꿈의 잠은〉은 '착란'에 의해 거듭 전복되는 구조로 이루어져 있고 〈세상 만물에는 엉덩이가 깃들어 있다〉, 〈당신은 날 잘 몰라요〉에서도 '반전'에 의한 서사적 '착란'이 수행되고 있다.

〈세상 만물에는 엉덩이가 깃들어 있다〉는 쌍둥이에 관한 이야기이다. 열두 살 아이 ‘바다’는 원래 쌍둥이로 태어났으나 형 ‘하늘’이 출생과 동시에 숨을 거둠으로써 홀로 자라나게 된다. 록 가수 엘비스 프레슬리, 연쇄 살인범 패트릭 R 제이콥의 예처럼, 태어날 때 죽어 나온 쌍둥이 형제의 경우 죽은 형제의 기운을 받아 살게 된다는 것을 믿고 있는 이 어린 화자는, 항상 주위에 보이지 않는 어떤 ‘기운’을 느낀다.

가령, 다섯 살 때 왕사탕이 목에 걸려 숨이 넘어갈 때, 보이지 않는 누군가의 손이 자신을 구해 주었다든가 하는 등의 믿을 수 없는 일들. 이 어린 화자는 아직 구천을 떠돌고 있다는 죽은 형 ‘하늘’이 가족을 찾아온다는 매우 특별한 열두 번째 생일을 맞게 된다. 무당에 의해 불려진 ‘형’의 혼과의 만남, 그러나 그것은 다름 아닌 이 이야기를 펼쳐 놓은 화자 자신이었다는 사실이 밝혀짐으로써 반전이 일어난다.

〈당신은 날 잘 몰라요〉의 경우에도 ‘반전’은 플롯뿐 아니라 이 이야기 전체를 장악하고 있는 중요한 요소이다. 술도 못하고 채식주의자인 얌전한 남편, ‘나’는 어느 날 아내가 ‘당신은 나를 좀 몰라요’라는 블로그를 통해 ‘일렉트릭글루미랜드’라는 아이디를 가진 이와 긴밀한 관계를 나누고 있다는 사실을 알게 된다. 아내를 사랑하지는 않지만 질투에 사로잡힌 ‘나’는 충동적으로 아내를 살해하고, ‘일렉트릭글루미랜드’를 죽이기 위해 유인한다. 그러나 알고 보니

'일렉트릭글루미랜드'는 남자가 아니라 여자였다는 것.

〈당신은 날 잘 몰라요〉에서 '반전'이 중요한 서사적 골격뿐 아니라, '전체'를 장악하고 있다는 것은 작품의 내용과 주제보다 '반전'이라는 형식의 비중이 더 크다는 의미이다. 물론 작가는 이 작품에서 현대 사회의 가족의 단절, 소외, 익명성을 문제 삼고 있으며, 이를 인터넷이라는 새로운 미디어와 소통 방식의 변화 등을 통해 제시하고 있다고 할 수 있다. 그러나 재현된 풍속이 독자에게 충격을 주지 못한다고 했을 때, 그것은 내용 자체보다는 '반전'이라는 극적 흥미를 위해 요청된 수단이기 쉽다. 또한 그 '반전'이 이미 익숙한 서사적 관습의 반복이라고 한다면, 이 작품은 대중 문학으로 분류되어야 할 것이다.

〈세상 만물에는 엉덩이가 깃들어 있다〉의 경우도 이와 크게 다르지 않다. '죽어 나온 쌍둥이 형제'라는 소재는 무척 흥미로운 것이나 이 또한 너무 쉽게, '반전'이라는 충격의 효과를 향하고 있다. 한차현의 작품에서 '착란'의 미학은 이렇듯 기존의 이분법적 대립항들을 비틀면서도 한편 기존의 관습적 형식에 기댄 측면이 많다. 실험적인 문체로 쓰인 〈안두루이두 초희는 부활했을까〉는 합리성/비합리성을 믿음과 의심의 문제로 풀어내면서 흥미롭게 출발하고 있으나 '반전의 반전'으로 치닫는 서사적 흐름은 이러한 문제의식을 담지해 내지 못하고 있다. 한차현 작품의 통속성은 어린아이의 총격 사건을 다룬 〈어젯밤에 우리 아빠가,〉와 같은 작품에서 더욱 두

드러진다. 이 작품은 폭력이 난무하는 황폐한 도심에서 폭력에 둔감해진 현대인들을 고발하고 있으나, 이들의 모습은 영상 매체에서 이미 익숙하게 보아 왔던 형상들의 반복일 뿐이다.

　분류 가능한 형식과 줄거리에 의한 문학 작품을 우리는 흔히 장르 문학이라 칭하며 이를 대중 문학의 하위 범주에 둔다. 《내가 꾸는 꿈의 잠은》에 실린 많은 작품들은 참신한 소재와 흥미로운 문제 의식에서 출발하고 있다. 그러나 익숙한 기존의 장르적 관습을 따르고 있다는 측면에서 장르 문학적 성격을 지니고 있다. 〈안두루이 두 초희는 부활했을까〉에서는 무협지를, 〈내가 꾸는 꿈의 잠은〉에서는 SF를 〈어젯밤에 우리 아빠가,〉는 액션 영화 등을 우리는 쉽게 연상할 수 있기 때문이다. 그러나 단지 장르적 관습을 차용했다고 해서 작품이 평가 절하되는 것은 아니다.

　(대중 문학과 장르 문학에 관해서는 또 다른 논의를 필요로 하지만) 한차현의 작품의 경우, 그가 제기하는 다양한 이분법적 대립항에 대한 의혹이 장르적 관습을 통해 형상화된다고 할 때, 그 구체적인 방법론으로서의 '착란'은 인식론적인 이분법적 대립항뿐 아니라 대중 문학과 본격 문학이라는 경계 자체를 교란시키고 해체시킨다. 물론 그에게는 이 구분조차 이미 아무런 의미가 없는 것이기 쉽다. 왜냐하면 '착란'은 사리분별이 분명한 외부자에서의 '의혹'이 아니라, 뒤섞여 버린 혼돈 그 와중에 있는 그 내부자의 것이기 때문이다. 한차현은 '내가 꾸는 꿈의 잠은 미친 꿈이 잠든 꿈이고 네가 잠

든 잠의 꿈은 죽은 잠이 꿈꾼 잠이다'라는 이 모호한 문장을 실증
하기 위해, 굳어진 우리의 관습적 인식틀을 '딛고', 지금 그 속으로
내파하는 중이다.

그대를 만나는 숲과 길과 정원

장사꾼 같은 소리 먼저 하고 넘어가자. 이 책은 지난 2001년부터 줄기차게(줄기차게? 글쎄) 진행되었던 '미친' 시리즈의 세 번째이자 마지막 소설집이며 그 험난했던 프로젝트의 종착역이다. 어째서 마지막이며 종착역이라고 설레발을 치냐 하면 이제 적어도 10년 안에는 이른바 단편 소설이란 것을 쓰고 정리하고 긁어모아 한 권 책으로 묶을 일이 없겠거니와 팔자가 희한하여 그 안에 단편스러우며 집(集)스러운 작업을 설령 재개하게 된다더라도 그것이 미친 프로젝트의 명맥을 잇는 네 번째임을 내세울 근거가 없을 터이기 때문이다.

장사꾼 같은 소리 하나 더, 그런가 하면 공교롭게도 올해로 등단 10년째이다. 여인의 배 속에서 처음 시작된 생명이 세상 빛을 열고

울고 빨고 직립 보행에 성공한 뒤 걷고 뛰고 달리고 재롱떨고 귀여
움을 받고 친구들을 사귀고 초등학교에 입학해 세상 절망과 권태
와 비열과 차별과 좌절을 두루 맛보다가 학년 후배까지 맞아들였
을 세월이 그새 흘렀다. 언제 그렇게? 그렇다. 언제 그렇게,이다.

2001년 《사랑이라니, 여름 씨는 미친 게 아닐까》에서 세상 빛을
세상 빛으로 승화시키려던 여름 씨의 희생정신은 미친 사랑임을
진단받았고 2004년 《대답해 미친 게 아니라고》에서 지극히 세상
적인 심부름센터 사장 염오는 현실과 환상이 둘 아니라 하나라는
뜻밖의 가르침에 그 경계선 어디쯤에 힘없이 주저앉고 말며, 드디
어 2008년 《내가 꾸는 꿈의 잠은 미친 꿈이 잠든 꿈이요 네가 잠든
잠의 꿈은 죽은 잠이 꿈꾼 잠이다》에서 실업자 두엽은 지독한 불
면증 환자 주제에 말도 안 되는 몽유병에 시달리다가 반사회적 범
죄자로 낙인찍히는데 그게 또한 꿈속 세상인지라 삶이란 다만 꿈
이었고 꿈이며 꿈일 뿐임을 깨달으니 이 역시 미치지 않고는 견딜
수가 없는 노릇인 것이다. 총평하자면 갈수록 미친 정도가 점점 심
각해져서 내가 다 민망하고 죄송스러운 것인데, 이렇게 늘어놓고
보니 어째 갈수록 질 떨어지는 영화 시리즈라도 접하는 기분이다.

그간 미친 시리즈를 모두 접한, 본의 아니게 그리 된 분이 혹시
계시다면 그간 고생 많았다는 인사를 전한다. 더불어 소설책을 대

출발던 도서관에서 좋은 인연을 만났다든가 책을 읽던 즈음에 구입한 복권이 1등에 당첨되었다든가 거리에서 우연히 마주친 유전자변형괴물을 이 책으로 때려잡았다든가-평소와 같잖은 어떤 추억을 더불어 남길 수 있었다면, 나로서는 그 이상 행복한 일이 없겠다. 바로 지금 이 문장을 통해 당신과 내가 사이좋게 야금야금 갉아먹는 이 시간이 그러하듯 말이다.

그 10년을 소설가로서의 어떻게 살았는지 나는 잘 모른다.(불과 몇 개월 전의 사진 한 장에도 쉽게 애틋해지는 나는 반면에 지나간 나날을 애써 기억 속에 불러내는 작업의 무용함을 일찍이 간파한 사람이다.) 그러나, 대개 그렇듯, 미루어 짐작할 수 있을 터이다. 빤한 노릇인 것이다. 아니, 기억 속에서 골라낼 만한 사건이 그다지 있지 않다는 편이 옳으리라. 그 10년 새 우주여행을 다녀오거나 성전환 수술을 하거나 새장가를 들거나, 그런 일은 없으니까. 당시의 일화고 당시의 사건일 뿐 지나고 나면 아무것도 아닌, 그런 나날들. 그러했다. 글을 썼고 사람을 만났고 몇 천 병의 소주를 몇 천 잔의 맥주에 섞어 마셨다. 때 되면 지르텍 노루모 정로환 따위를 비타민처럼 씩씩하게 삼켰고 리모컨이 따끈해지도록 TV 채널을 돌려 가며 스포츠 중계를 보고 그게 그것 같은 결혼식장 돌잔치 장례식장에 열나게 쫓아다녔다. 그렇게 유유히 흘러가는 시간들을 곁에서 지켜보며 나날을 살았다 혹은 흘려보내었다. 소설이 뭔지 소설 쓰기가 뭔지 이렇다 할 이론도 신념도 철학도 직업윤리도 가지지 못한 채 앞으로 또 10년을 살고 나면, 그때 역시 지난 10년 동안 미친 꿈이 꿈꾼 잠을 꿈꾸었을 뿐이라고 투덜거리고 있으리라.

최근의 개인적 바람이라면 덜 치열하게 덜 열심히 덜 노력하고 덜 애쓰며 살아가자는 다짐이 되겠다. 더 쉽게 더 편하게 더 자연스럽게 더 생각 없이. 이건 뭐 거창한 이야기로 번질 수 있겠지만 기본적으로 밥 한 끼를 때우거나 낮잠을 자거나 길을 걷거나 누군가와 문자를 주고받을 때 절실해지는 행동 지침의 한 가지인 것이다. 작년 정초의 한해 계획이 그러했고 올해 소원 역시 그와 다르지 않았는데 사람이 덜 되어서인지 큰 뜻은 원해 이루기 힘든 법이라선지 아직 그런 유유자적과는 거리가 먼 편이다. 어떻게 하다 보면 얼결에 치열해지고 얼결에 생각이 많아지는데 그럼에도 예의 계획은 아직 노력 진행 중이다. 사는 것이란 계산하고 계량하고 설계하고 연구하고 치장하고 뚜드려 맞추는 아니라 게 다만 느끼고 음미하고 받아들이는 것임을 지지하고 싶어서이다.

삶에 있어서 감사할 일이나 보답받을 일은 없다. 모두들 향기 좋은 관계에 푹 젖어 알게 모르게 나이를 채워 갈 뿐이다.

2001년 예의 첫 번째 소설집을 내며 작가의 말에서 호기롭게 지

걸었던 소리이다. 당시 무엇을 열광하고 고민하고 부끄러워했는지 함께 술 빨던 작자들과 주로 어떤 개소리를 지껄였던지 당장은 기억나지 않지만, 위의 인용문으로 통해 무엇을 말하려 했던 건지야 내 어찌 잊고 있으랴. 하여 '미친' 시리즈의 완결판을 내며 종착역에 선 지금, 그와 다르지만 다를 바 전혀 없는 이야기를 전하고 싶다. 그대, 내가 알거나 모르는 친구들이여 영광스러웠노라. 소설의 숲에서 세상의 길에서 블로그(blog.naver.com/hanchahyun)의 정원에서 그대들을 만나지 않았더라면 우리 지금 피차 알 수 없는 곳에서 낯선 얼굴들을 하고 있었으리라.

발문에서 저 김도언 작가가 샤라포바에 대한 이야기를 그예 꺼낸 모양이다. 관련된 김도언의 문장들은, 자칫 내가 좌중에 선보이는 개인기가 사라포바 한 가지뿐이라는 오해를 불러일으킬까 심히 염려스러운 구석이 있다. 하지만 행여 오해 없으시길. 샤라포바를 비롯해 이문세, 양준혁, 이범호, 전도연, 김종필 등등 다른 이들을 행복하게 혹은 민망하게 만드는 레퍼토리는 한두 가지 아니며 앞으로 더욱 늘어날 것이다. 그러길 나 역시 빌어마지 않는다.

개그맨 소리를 듣고 싶어 샤라포바 흉내를 내는 것은 아니다. 자아실현을 위해 샤라포바가 되려는 것도 아니다. 내 스스로 자족감을 얻기 위해서도 아니다. 남을 계도하거나 기쁨을 주기 위하기도 아니다. 소설도 마찬가지다. 소설 쓰기야말로 더욱 그러하다. 위의 경우 모두에 해당할 수 있겠지만 어차피 소설 쓰기-읽기는 기본적으로 어떠한 구실과 이유를 뛰어넘을 수밖에 없는 행위이자 관계이다. 바로 그것이, 지금 당신과 나의 만남이 어떤 구실이나 이유로도 모욕받거나 오해될 수 없는 결정적 근거이다.

서두에서 장사꾼 같은 소리 먼저 하고 넘어가쟀거니와, 내내 그러했고 맺는말까지도 노회한 장사꾼 떨이 외치듯 해야 할 것 같다. 각설하고, 앞으로 더 다양하고 부피감 있는 이야기들을 통해 세상 속으로 나아갈 것이다. 더불어 이 소설집이 내 문학의 10년차 1기를 기념하는 마지막 결실에 해당하기를 빈다. 그러려면 앞으로는 좀 더 변모하고 발전한 2기 문학을 보여 주어야 하는가, 이래저래 '덜 치열하게 더 생각 없이'는 이루기 쉽지 않은 염원이 될 모양이다.

작가의 말 쓰는 일이 점점 어려워진다.
안녕.
그럼 안녕히.
다시 만날 때까지.

2008년 5월 경기도 광주

여름 씨와 염오와 두엽, 그리고 차현

내가 꾸는 꿈의 잠은 미친 꿈이 잠든 꿈이고
네가 잠든 잠의 꿈은 죽은 잠이 꿈꾼 잠이다

초판 1쇄 인쇄일 · 2008년 6월 5일
초판 1쇄 발행일 · 2008년 6월 10일
지은이 · 한차현
펴낸이 · 임성규
펴낸곳 · 문이당

등록 · 1988. 11. 5. 제 1-832호
주소 · 서울시 중구 장충동 2가 186-39 장충빌딩 3층
전화 · 928-8741~3(영) 927-4990~2(편)
팩스 · 925-5406
ⓒ 한차현, 2008

홈페이지 http://www.munidang.com
전자우편 webmaster@munidang.com

ISBN 978-89-7456-413-1 03810

이 책은 경기문화재단의 지원금으로 제작되었습니다.